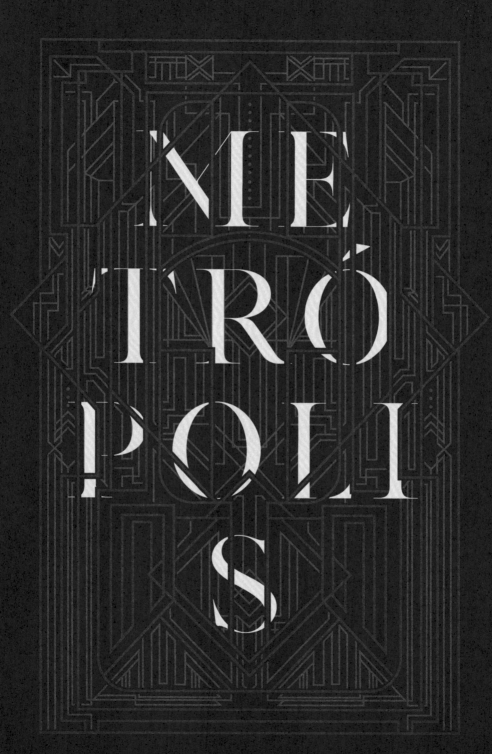

Uma edição com tradução feita
direto do alemão por Petê Rissatti
e ilustrada por Mateus Acioli

ALEPH

Nota dos editores

METRÓPOLIS, O ICÔNICO FILME ALEMÃO DIRIgido por Fritz Lang, lançado em 1927, foi indiscutivelmente uma das bases fundadoras da ficção científica. Numa época em que o imaginário popular ainda não era povoado por tantas referências para a representação de robôs e seres mecânicos, toda iniciativa de retratá-los, ainda mais com estética tão ousada, era de ineditismo singular. Mas essa obra, a mais importante da carreira de Lang e um marco na história do cinema mundial, teve também outra criadora: Thea von Harbou.

A escritora, casada na época com o cineasta alemão, é autora tanto do roteiro do filme quanto do livro que você tem em mãos. A carreira cinematográfica de Thea, aliás, foi extremamente produtiva, tendo roteirizado vários outros clássicos, como *M: o vampiro de Düsseldorf* e *A mulher na lua*, ambos dirigidos pelo próprio Fritz Lang. Em 1940, Thea von Harbou filiou-se ao partido nazista, e durante o governo de Hitler foi presidente da Associação Alemã de Autores de Filmes Falados, que estava alinhada à Câmara de Cultura do Reich.

Esta edição de *Metrópolis*, inédita no Brasil, traduzida direto do alemão e publicada com apoio do Instituto Goethe, não intenciona apagar nem diminuir o envolvimento da autora com o regime nazista. Pelo contrário, visa trazer à luz este importante documento histórico da cultura alemã e mundial que reverbera até os dias atuais, e, ao conhecer a vida de sua autora, suscitar discussões indispensáveis sobre temas que permeiam toda a sua obra.

Para celebrar esta história e fazer jus a sua importância, você vai encontrar alguns conteúdos extras, como: um posfácio de Franz Rottensteiner, famoso editor de ficção científica de língua alemã; um texto inédito da cineasta Marina Person sobre o filme e sua criadora; um relato de Anthony Burgess, autor de *Laranja mecânica*, sobre o impacto do filme em sua vida; e por último, a reprodução de algumas páginas da revista de divulgação do filme, por ocasião de seu lançamento, com fatos e curiosidades da produção.

Retratar em forma de livro a estética de *Metrópolis*, que inaugurou os padrões do que seria a ficção científica dali para a frente, foi um verdadeiro desafio. Para tanto, contamos com Pedro Inoue para criar a capa e o projeto gráfico baseados no pôster original do filme; e com Mateus Acioli para ilustrar a mesma estética com ares contemporâneos, pontuando passagens importantes e as conectando ainda mais ao clássico quase centenário. Tanto o livro quanto o filme são um marco na história e se complementam, construindo uma narrativa audiovisual monumental. Os ecos dessa genialidade, como você mesmo vai constatar durante a leitura, repercutem nas obras de ficção científica até os dias atuais.

Esperamos que você desfrute e aproveite deste clássico!

Deixo este livro em suas mãos, Fried.

Este livro não é uma imagem do presente.
Não é uma imagem do futuro.
Não se passa em lugar algum.
Não serve a nenhuma tendência,
nenhuma classe, nenhum partido.
Este livro é um acontecimento
que gira em torno de uma percepção:
o mediador entre o cérebro e as mãos
deve ser o coração.

THEA VON HARBOU

O argumento central foi da sra. Von Harbou, mas sou ao menos 50% responsável, porque rodei o filme. Não tinha tanta consciência política quanto tenho hoje. Não se pode fazer um filme socialmente consciente dizendo que o mediador entre a mão e o cérebro é o coração – quero dizer, esta é uma fábula, na verdade. Mas eu me interessava por máquinas...

FRITZ LANG

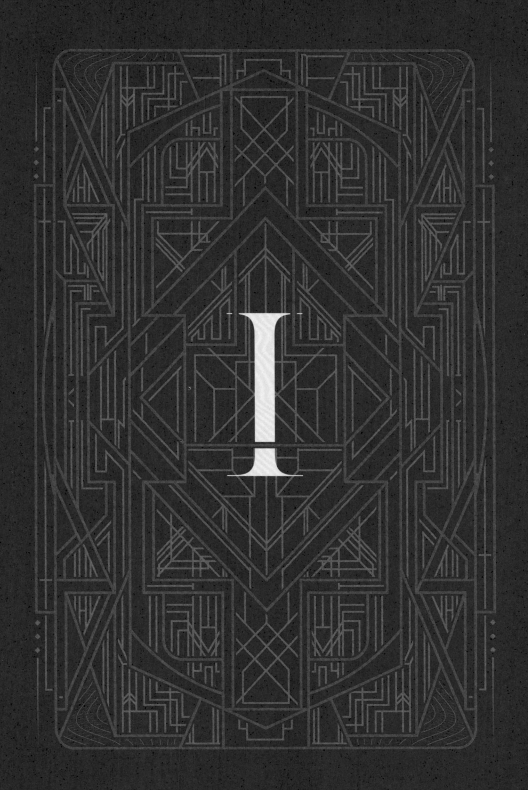

AGORA QUE O RUGIR DO GRANDE ÓRGÃO cresceu como um estrondo, erguendo-se feito um gigante contra a abóbada do alto salão para arrebentá-la, Freder lançou a cabeça para trás; seus olhos arregalados e cintilantes se voltaram para cima, sem enxergar. Suas mãos tiravam música do caos daquelas notas, lutando com as vibrações do clangor e revolvendo até seu íntimo.

Estava próximo das lágrimas, como nunca antes na vida, e, em um desamparo abençoado, ele se rendeu à umidade ardente que o cegava.

Acima dele, a abóbada celeste era lápis-lazúli; lá pairava o mistério de doze faces, os signos do zodíaco em ouro. Em ordem de superioridade sobre elas, os sete coroados: os planetas. Acima de tudo isso, um corpo celestial de mil estrelas prateadas e brilhantes: o universo.

Diante dos olhos estupefatos do organista, as estrelas começaram sua dança, solenemente poderosa, ao ritmo da música.

A rebentação dos sons fez o salão se dissolver em nada. No meio do mar ficava o órgão que Freder tocava. Era como um recife, no qual as ondas se desfaziam em espuma. Carregando a crista, corriam com violência, e sempre a sétima era a mais poderosa.

Porém, bem acima do mar, que rugia no tumulto das ondas, as estrelas do céu se moviam em sua dança solene e poderosa.

Abalada até as profundezas, a velha terra despertou de seu sono. Suas corredeiras secaram; suas montanhas desmoronaram. O fogo jorrava das fendas abertas. A terra queimava tudo o que carregava. As ondas do mar viraram ondas de fogo. O órgão chamejava, como uma tocha de música. A terra, o mar e os hinos do órgão flamejante colidiram em um estrépito e se transformaram em cinzas.

Mas bem acima do deserto e do vazio que a Criação havia abrasado, as estrelas do céu seguiam com sua solene e poderosa dança.

Lá, das cinzas que se espalhavam, ergueu-se em asas trêmulas, inexplicavelmente belas e solitárias, um pássaro com penas de pedras preciosas. Ele soltou um grito lamurioso. Nenhum pássaro que já vivera sobre a terra sabia lamentar com tanta doçura e dor.

Ele pairou acima das cinzas da terra completamente destruída. Pairou para lá e para cá e não sabia onde pousar. Pairou sobre o túmulo do mar e sobre o cadáver da terra. Nunca, desde que os anjos transgressores se lançaram do céu ao inferno, a luxúria tinha ouvido tamanho grito de desespero.

Lá, da dança solene e poderosa das estrelas, uma se soltou e se aproximou da terra morta. Seu brilho era mais suave que o luar e mais altivo que o do sol. Da música das esferas, ela era a nota mais celestial. Envolveu o pássaro lastimoso em sua luz carinhosa; era forte como uma divindade e gritou: "Para mim... para mim!".

Então, o pássaro de pedras preciosas deixou o túmulo do mar e da terra e uniu suas asas caídas ao forte grito que o carregava. Descansando em um berço de luz, alçou voo e cantou, tornando-se uma nota das esferas e desaparecendo na eternidade...

Freder afastou os dedos das teclas. Inclinou-se para a frente e enterrou o rosto nas mãos. Estreitou os olhos até ver a dança ardente das estrelas por trás das pálpebras. Nada o ajudava – nada! Em todos os lugares, em toda a onipresença cheia de agonia e glória, uma visão se impunha. Era um único semblante:

O severo semblante da Virgem, o doce semblante da Mãe – o tormento e o desejo que ele invocava, e invocava para aquela única e mesma visão, e para o qual seu coração torturado nem sequer tinha nome, exceto o único, o eterno:

Você...

Ele deixou as mãos caírem e ergueu os olhos para o alto da bela sala abobadada em que ficava seu órgão. Do azul profundo do céu, do ouro impecável das estrelas, do misterioso crepúsculo ao seu redor, a garota olhou para ele com a severidade mortal da pureza, toda serva e senhora, a inviolabilidade – e também era doçura: a linda fronte no diadema da bondade, a voz de compaixão, cada palavra uma canção. Então, ela se virou, caminhou para longe e desapareceu – e não foi mais encontrada, em lugar algum, em lugar algum...

– Você! – gritou o homem. O tom aprisionado atingiu as paredes, sem encontrar saída.

Agora a solidão não era mais suportável. Freder levantou-se e empurrou a porta dupla. A oficina surgiu diante dele, em brilho ofuscante. Ele estreitou os olhos, parado, mal conseguindo respirar. Sentiu a proximidade dos serviçais silenciosos, esperando as ordens que permitiriam que ganhassem vida.

Entre eles estava o Homem Magro, com rosto cortês que nunca mudava de expressão; dele Freder sabia: uma palavra bastaria, e, se a menina ainda caminhasse sobre a terra com seus passos silenciosos, o Homem Magro a encontraria. Mas não se atiça um cão de caça atrás de uma corça branca e sagrada se não quer acabar amaldiçoado e passar o resto da vida como um homem miserável, miserável.

Freder viu, sem encará-lo, quando os olhos do Homem Magro o examinaram. Ele sabia: o homem silencioso, enviado por seu pai para ser seu todo-poderoso protetor, era também seu guardião. Na febre das noites de sono roubado, na febre do trabalho na oficina, na febre do órgão que invocava Deus, o Homem Magro media as escalas da pulsação do filho de seu grande Senhor. Não entregava nenhum relatório; não era necessário. Mas se chegasse a hora em que lhe pedissem para fazê-lo, certamente produziria um diário de completa perfeição, desde o número de passos com os quais uma pessoa atormentada pisoteava, minuto a minuto, a própria solidão, até o afundar de sua fronte nas mãos apoiadas, cansadas de ter saudade.

Seria possível que esse homem, que tudo sabia, dela nada soubesse?

Não havia nada que indicasse que o Homem Magro tivesse entendido a revolução no temperamento e na essência de seu jovem mestre desde aquele dia no Clube dos Filhos. Mas nunca se revelar era um dos grandes segredos do servo esbelto e silencioso, e, embora o agente de seu pai não tivesse acesso direto ao

Clube dos Filhos, Freder imaginava que, fazendo uso do poder do dinheiro, ele poderia encontrar maneiras de burlar as regras estabelecidas pelo Clube.

Ele se sentiu abandonado, desnudo. Um brilho cruel, que nada escondia, banhava-o e a cada coisa em sua oficina, que era praticamente o cômodo mais alto de Metropólis.

– Quero ficar sozinho – disse Freder em voz baixa.

Sem ruído, os serviçais desapareceram, incluindo o Homem Magro. No entanto, em todas aquelas portas, que se fechavam sem som, era possível abrir uma fresta estreita, também sem som.

Com olhos doloridos, Freder tateou as portas de sua oficina.

Um sorriso, que continha muita amargura, fez os cantos de sua boca se curvarem para baixo. Ele era um tesouro que precisava ser vigiado, guardado como as joias da coroa. O filho do grande pai; e o filho único.

Realmente o único?

Então, seus pensamentos voltaram à saída do circuito, e a imagem estava lá de novo, e o olhar e a experiência...

Talvez a casa mais bonita de Metrópolis pertencesse ao Clube dos Filhos. Isso não era surpreendente, já que os pais, para quem cada giro da roda de uma máquina significava ouro, haviam dado essa casa a seus filhos. Era muito mais um distrito que uma casa. Incluía teatros e complexos de cinema, auditórios e uma biblioteca com todos os livros impressos nos cinco continentes, pistas de corrida e estádio, além dos famosos Jardins Eternos.

Continha apartamentos enormes, destinados aos jovens filhos de pais carinhosos, e aposentos para criados impecáveis e criadas bonitas e polidas, cuja educação exigia mais tempo do que o cultivo de novas espécies de orquídeas.

A tarefa principal dessas criadas nada mais era do que parecerem sempre revigoradas e serenas, a qualquer hora, em seus trajes desconcertantes, com rostos maquiados e máscaras sobre os olhos, encarapitadas por perucas brancas como a neve e perfumadas como flores; pareciam delicadas bonecas de porcelana e brocado, concebidas pela mão de um artista, não para venda, mas para serem oferecidas como lindos presentes.

Freder era um convidado raro no Clube dos Filhos. Ele preferia sua oficina e a Capela das Estrelas, onde ficava o órgão. Porém, quando desejava se lançar na alegria radiante das competições do estádio, era o mais brilhante e o mais feliz de todos e jogava de vitória em vitória, rindo como um jovem deus.

Também naquele dia...

Ainda imbuído pelo frescor glacial da água que caía, com cada músculo ainda se contorcendo na embriaguez da vitória, ele se deitou, alongando-se, exalando, sorrindo, inebriado, completamente exausto, quase imbecilizado de felicidade. O teto de vidro leitoso sobre os Jardins Eternos era uma opala à luz que o banhava. As mulheres pequenas e carinhosas, de cujas mão e de cujas pontas delicadas dos dedos ele mordiscava os frutos que desejava, serviam-no, esperando sua vez com malícia e ciúmes.

Uma ficou de lado e preparou uma bebida para ele. Dos quadris aos joelhos, o brocado ondeava, cintilante. As pernas estreitas e nuas permaneciam fechadas com nobreza, e ela estava de pé, como se fosse de marfim, em seus sapatos de bico púrpura. O corpo claro se erguia suavemente dos quadris, que – ela não sabia – estremeciam no mesmo ritmo que arfava o peito do homem com sua respiração ofegante. Cuidadosamente, o pequeno rosto maquiado sob a máscara que cobria os olhos observava o trabalho das próprias mãos cuidadosas.

Sua boca não estava pintada, e ainda assim era vermelho-romã. Ele sorriu de forma tão distraída para a bebida que fez as outras garotas rirem alegremente.

Contagiado, Freder também começou a rir. Mas os aplausos das meninas aumentaram até virar uma balbúrdia, quando aquela que servia as bebidas, que não sabia por que estavam rindo, foi acometida pelo rubor da confusão, da boca cor de romã até os claros quadris. O riso alto atraiu os amigos, que, sem razão, apenas porque eram jovens e não tinham preocupações, juntaram-se ao ruído alegre. Como um arco-íris de som exultante, o riso se sobrepunha de gargalhada em gargalhada colorida sobre o rapaz.

Mas, de repente, Freder virou a cabeça. Suas mãos, descansando nos quadris da moça que preparava as bebidas, caíram soltas, como se estivessem mortas. O riso calou-se. Nenhum dos amigos se mexia. Nenhuma das mulheres pequenas, vestidas em seus brocados e de braços e pernas descobertos, movia mão ou pé. Elas se levantaram e observaram.

A porta dos Jardins Eternos abriu-se e dela veio uma fila de crianças. Estavam todas de mãos dadas. Tinham rostos anões, cinzentos e muito velhos. Eram pequenos esqueletos fantasmagóricos, vestidos com farrapos e aventais desbotados. Tinham cabelos e olhos sem cor, andavam arrastando os pés descalços. Silenciosamente, seguiram sua líder.

A líder era uma jovem. O severo semblante da Virgem. O doce semblante da Mãe. Segurava em cada uma das suas a mão magra de uma criança. Parou, então, e olhou para os rapazes e as moças, um após o outro, com a gravidade mortal da pureza. Era toda serva e senhora; a inviolabilidade – e também era doçura: a linda fronte no diadema da bondade, a voz de compaixão, cada palavra uma canção.

Ela as soltou, estendeu a mão e falou, apontando para os amigos, às crianças:

– Vede, estes são vossos irmãos!

Ela esperou. Ficou parada, e seus olhos pousaram em Freder.

Então, vieram os servos, os porteiros vieram. Entre as paredes de mármore e vidro, sob a cúpula opala dos Jardins Eternos, brevemente, houve uma confusão inimaginável de barulho, indignação e constrangimento. A garota ainda parecia estar esperando. Ninguém se atreveu a tocá-la, embora estivesse ali tão indefesa, entre as fantasmagóricas crianças cinzentas. Implacáveis, seus olhos ainda se mantinham em Freder.

Então, ela desviou o olhar, abaixou-se um pouco e segurou de novo as mãos das crianças, virou-se e conduziu a fila para fora. A porta fechou-se atrás dela; os servos desapareceram com muitas desculpas por não terem podido evitar o incidente. Tudo era vazio e silêncio. Se cada uma das pessoas ali, diante das quais a jovem tinha aparecido com a fila de crianças cinzentas, não tivesse testemunhas de sua própria experiência, ficaria tentada a acreditar que fora uma alucinação.

Ao lado de Freder, no mosaico brilhante do chão, a moça que servia as bebidas se agachou e pôs-se a soluçar, aturdida.

Com um gesto lânguido, Freder se inclinou para ela e hesitou, como alguém que para a fim de escutar alguma coisa – e, de repente, com um puxão violento, tirou dos olhos dela a máscara, a máscara preta e estreita.

A moça que servia as bebidas gritou, como se surpreendida em sua nudez definitiva. Suas mãos ergueram-se, tentando agarrar a máscara, mas permaneceram congeladas no ar.

Um rostinho maquiado olhou para o homem, assustado. Os olhos, despidos, eram completamente estúpidos, completamente vazios. Esse rostinho, do qual o charme da máscara fora tirado, não trazia mistério algum.

Freder soltou o pedaço de tecido preto. A moça que preparava as bebidas apanhou-o às pressas, escondendo novamente o rosto. Freder olhou em volta.

Os Jardins Eternos cintilavam. As belas pessoas ali dentro, ainda que agora também brevemente perturbadas, brilhavam em seus cuidados, naquela saciedade asseada. O cheiro de frescor que pairava sobre todos parecia a respiração de um jardim orvalhado.

Freder olhou para si mesmo. Vestia, como todos os jovens da Casa dos Filhos, a seda branca feita para apenas um uso – os sapatos confortáveis e macios de sola silenciosa.

Ele olhou para os amigos. Viu aquelas pessoas que nunca se cansavam, a não ser de jogar, que nunca transpiravam, a não ser de jogar, que nunca ficavam sem fôlego, a não ser de jogar. As pessoas que precisavam de suas alegres competições para que sua comida e bebida caíssem bem, para que então pudessem dormir e digerir tudo com facilidade.

As mesas onde todos haviam comido estavam cobertas de pratos intocados, como sempre. Vinho dourado e vinho púrpura, cobertos de gelo ou aquecidos, ofereciam-se como as mulheres pequenas e delicadas. A música voltou a tocar. Tinha silenciado quando a voz da menina pronunciou as cinco palavras em voz baixa:

"Vede, estes são vossos irmãos!"

E novamente, enquanto seus olhos repousavam em Freder: "Vede, estes são vossos irmãos!"

Freder deu um salto, como se estivesse se asfixiando. As mulheres de máscara olharam para ele. Correu até a porta. Percorreu corredores e escadas, chegou à entrada.

– Quem era aquela garota?

Um dar de ombros. Desculpas. O incidente tinha sido imperdoável, os servos sabiam. Haveria demissões em abundância. O rosto do mordomo estava pálido de fúria.

– Não quero – disse Freder, olhando para o nada – que ninguém seja prejudicado por esse incidente. Ninguém deve ser demitido... Não é o que quero...

O mordomo curvou-se em silêncio. Estava acostumado aos caprichos do Clube dos Filhos.

– E quem é a garota, alguém pode me dizer?

Não. Ninguém. Mas e se fosse ordenado que investigassem?

Freder permaneceu em silêncio. Pensou no Homem Magro. Balançou a cabeça, primeiro de leve, depois com violência: *não*...

Não se atiça um cão de caça atrás de uma corça branca e sagrada.

– Ninguém deve investigá-la – disse ele, em tom apático.

Freder sentiu recaírem em seu rosto os olhares sem alma do estranho homem contratado. Sentiu-se pobre e sujo. Aborrecido e infeliz, como se tivesse veneno nas veias, ele deixou o clube. Foi para casa como se caminhasse para o exílio. Trancou-se em sua oficina e nela trabalhou. Agarrou-se aos seus instrumentos durante as noites e deixou a monstruosa solidão de Júpiter e Saturno recair sobre ele.

Nada o ajudava – nada! Em toda aquela onipresença cheia de agonia e glória, havia algo diante de sua visão – um semblante: o severo semblante da Virgem, o doce semblante da Mãe.

Uma voz dizia: "Vede, estes são vossos irmãos!".

E a glória do céu não era nada, e o inebriamento do trabalho não era nada. E o estrondo do órgão que abafava o ruído do mar não conseguia sufocar a voz suave da jovem: "Vede, estes são vossos irmãos!".

Com um rompante dolorosamente violento, Freder se virou e deu um passo rumo à sua máquina. Algo como redenção passou por seu rosto enquanto olhava aquela criatura brilhante que o esperava, na qual não havia um membro de aço sequer, nem um rebite, nem uma mola que ele não tivesse calculado e criado.

A criatura não era grande e parecia ainda mais delicada naquela sala gigante e inundada pelo sol que a iluminava. Mas o suave brilho de seus metais e a nobre vibração que erguia, mesmo em repouso, a parte da frente do corpo, como se quisesse saltar dali, lhe davam algo da divindade alegre de um animal perfeitamente belo, que não tem nada a temer, por se reconhecer invencível.

Freder acariciou a criatura. Gentilmente recostou a cabeça na máquina. Com uma ternura indescritível, sentiu seus membros frios e flexíveis.

— Esta noite – disse ele – vou ficar com você. Vou ficar completamente entrelaçado em você. Vou derramar minha vida dentro de você e ver se posso fazer com que viva. Talvez eu vá sentir seu tremor e o começo da atividade em seu corpo controlado. Talvez sinta a embriaguez com a qual você se lançará em seu elemento ilimitado, carregando-me, a mim, o homem que a criou, através do vasto mar da meia-noite. As Plêiades estarão sobre nós, e a triste beleza da Lua. Subiremos e subiremos. O monte Gaurishankar, uma colina, ficará abaixo de nós. Você me carregará, e eu reconhecerei: você me carregará tão alto quanto eu quiser...

Ele hesitou, fechando os olhos. Um tremor o sacudiu, em sintonia com a vibração da máquina muda.

— Mas, talvez — continuou ele, quase inaudível —, talvez você também, minha cara criatura, sinta que não é mais a minha única amada. Nada no mundo é mais vingativo que o ciúme de uma máquina que se sente negligenciada. Sim, eu sei que... Vocês são senhoras muito imperiosas... "Não terá outros deuses além de mim", certo? Um pensamento que se desvia de vocês, logo o percebem e assumem uma atitude de desafio. Como poderia ocultar isso, se todos os meus pensamentos são seus? Não posso evitar, criatura. Fui enfeitiçado, máquina. Pressiono minha fronte em você, mas minha fronte anseia pelos joelhos daquela jovem, cujo nome nem sei...

Ele ficou em silêncio e prendeu a respiração. Levantou a cabeça e espreitou. Centenas, milhares de vezes ele ouvira o mesmo som na cidade. Mas centenas, milhares de vezes lhe pareceu que não havia compreendido aquele som.

Era um som glorioso, estendendo-se além de todas as medidas, profundo, estrepitoso e mais poderoso que em qualquer outro país do mundo. Mesmo a voz do oceano quando furioso, ou a de correntezas que despencam, a de tempestades muito próximas — todas teriam se afogado miseravelmente nesse som monstruoso. Ele penetrava, sem alarde, todas as paredes e todas as coisas que pareciam sacudir com ele, enquanto durasse. Era onipresente, vinha das alturas e das profundezas, era belo e terrível, um comando irresistível.

Ele se erguia sobre a cidade. Era a voz da cidade. Metrópolis erguia sua voz. As máquinas de Metrópolis rugiam; elas queriam ser alimentadas.

Freder abriu as portas de vidro: sentiu-as estremecer como as cordas de um violino sob o arco. Ele saiu para a varanda estreita que contornava o prédio, quase o mais alto de Metrópolis. O rugido do som o recebeu, inundando-o, infinito.

Tão grande Metrópolis era: nos quatro cantos da cidade, esse comando estrondoso era igualmente forte e poderosamente audível.

Freder olhou a cidade, encarando o edifício que no mundo era chamado de A Nova Torre de Babel.

No crânio dessa Torre de Babel vivia um homem que era o cérebro de Metrópolis.

Enquanto o homem lá em cima, que nada mais era que trabalho, desprezava o sono, comia e bebia mecanicamente, deixava pousar a ponta dos dedos sobre a placa de metal azul que nunca havia sido tocada por ninguém a não ser ele, a voz da cidade-máquina Metrópolis urrava por comida, por comida, por comida...

Ela queria se alimentar de pessoas vivas.

Então, a comida viva avançava em massas. Vinha das ruas, de suas ruas, que nunca se cruzavam com outras ruas humanas. Ela se estendia à larga, um fluxo sem fim. A corrente tinha doze membros de largura. Eles seguiam no mesmo passo. Homens, homens e homens – todos com o mesmo traje; do pescoço aos tornozelos cobertos de linho azul-escuro, os pés sem meias nos mesmos sapatos duros, os cabelos presos sob as mesmas boinas pretas.

E todos tinham o mesmo rosto. E todos pareciam ter a mesma idade. Erguidos eles avançavam, mas não empertigados. Não levantavam a cabeça: eles a projetavam adiante. Pisavam, não caminhavam. Os portões abertos da Nova Torre de Babel, o centro de máquinas de Metrópolis, engoliam as massas.

Diante deles, mas bem além, outra fileira se arrastava: o turno esgotado. Ele se estendia à larga, um fluxo sem fim. A corrente tinha doze membros de largura. Eles seguiam no mesmo passo. Homens, homens, homens – todos com o mesmo traje; do pescoço aos tornozelos cobertos de linho azul-escuro, os pés sem meias nos mesmos sapatos duros, os cabelos presos sob as mesmas boinas pretas.

E todos tinham o mesmo rosto. E todos pareciam ter dez mil anos de idade. Andavam com os punhos caídos, andavam com as cabeças pendidas. Não, eles pisavam, mas não caminhavam. Os portões abertos da Nova Torre de Babel, o centro de máquinas de Metrópolis, vomitavam as massas da mesma forma que as engoliam.

Quando a nova comida viva desapareceu por trás dos portões, finalmente a voz estridente silenciou. E o zumbido latejante e ininterrupto da grande Metrópolis voltou a se fazer ouvir, e agora parecia silêncio, como uma tranquilidade profunda. O homem que era o cérebro forte dentro do crânio da cidade-máquina já não pressionava os dedos na placa de metal azul.

Em dez horas ele faria o animal-máquina rugir novamente. E dez horas depois, mais uma vez. E assim por diante, e novamente, sem nunca afrouxar a tenaz de dez dentes.

Metrópolis não sabia o que era domingo. Metrópolis não conhecia feriados ou celebrações. Metrópolis tinha a catedral mais sagrada do mundo, ricamente adornada com ornamentação gótica. Em épocas conhecidas apenas pelas crônicas históricas, a Virgem coroada de estrelas sorria bem, bem para baixo de sua torre, que era como uma muralha feita de seu manto dourado, na direção dos telhados piedosos e vermelhos, e a única companhia à sua doçura eram as pombas, que se aninhavam nas bocarras das gárgulas de escoamento, e os sinos, batizados em homenagem aos quatro arcanjos, dos quais são Miguel era o mais glorioso.

Diziam que o mestre que os tinha forjado havia caído em desgraça por causa deles, pois fundira, como um corvo, prata consagrada com esse mesmo metal não consagrado, formando, então, o corpo metálico do sino. Como punição por seu feito, foi condenado a uma morte dura no monte Berlach, sob a Roda das Dores. No entanto, diziam que morreu extremamente feliz, pois o arcanjo Miguel o conduziu pelos caminhos da morte às badaladas, com uma intensidade tão impressionante que todos diziam: os santos provavelmente já perdoaram o pecador, pois se esforçaram ao repicar os sinos celestes a fim de recebê-lo.

Sem dúvida os arcanjos ainda cantavam com as antigas vozes de metal; mas quando Metrópolis rugia, até são Miguel ficava rouco. A Nova Torre de Babel e seus edifícios adjuntos ultrapassavam a altura sóbria da torre da catedral, tanto que as moças das salas de trabalho e das estações de rádio, nas janelas do trigésimo andar, precisavam olhar bem para baixo se quisessem ver a Virgem de coroa estrelada, como ela própria fazia nos primeiros tempos, vigiando os piedosos telhados vermelhos. No lugar dos pombos, no entanto, máquinas aladas revoavam sobre a catedral e a cidade e se aninhavam nos telhados, de onde, à noite, flechas e círculos reluzentes lhes apontavam a direção de voo e os pontos de pouso.

O Senhor de Metrópolis já havia considerado mais de uma vez a remoção da catedral, que além de ser inútil, ainda se colocava como obstáculo ao trânsito na cidade de cinquenta milhões de habitantes.

Mas a pequena e furiosa seita dos góticos, cujo líder era Desertus, meio monge, meio extático, solenemente jurara: se uma única mão da iníqua Metrópolis se atrevesse a tocar uma pedra sequer da catedral, eles não descansariam e não teriam paz até que a perversa cidade virasse uma montanha de escombros aos pés da catedral.

O Senhor de Metrópolis desprezava as ameaças, que compunham um sexto de sua correspondência diária. Mas não gostava de lutar com oponentes cuja destruição em nome da fé lhes serviria como grande favor. O grande cérebro, a quem o sacrifício da volúpia era estranho, preferia superestimar a subestimar a força incalculável que poderia transbordar de sacrificados e mártires a seus seguidores. Tampouco a questão da demolição da catedral era assim tão premente a ponto de ser objeto de uma estimativa de custo. Mas poderia chegar a hora em que o custo dessa demolição ultrapassaria o da cidade de Metrópolis inteira. Os góticos eram ascetas; o Senhor de Metrópolis sabia, por experiência própria, que era mais barato comprar um multimilionário do que um asceta.

Freder sopesou, não sem um sentimento estranho de amargura, quantas vezes o grande Senhor de Metrópolis ainda lhe permitiria presenciar o espetáculo que a catedral oferecia a cada dia sem chuva: quando o sol se afundava às costas de Metrópolis, as casas viravam montanhas, as ruas se tornavam vales, e as correntes de uma luz, que parecia estalar de frio, irrompiam de todas as janelas, das paredes de sua casa, dos telhados e do coração da cidade; quando o clamor silencioso das placas luminosas de propaganda se erguia, quando os faróis de todas as cores do arco-íris começavam a girar em torno da Nova Torre de Babel, os ônibus viravam correntes de monstros que escarravam luz, os pequenos carros, peixes reluzentes e fugidios de um mar profundo sem água; enquanto os portos invisíveis das ferrovias subterrâneas impunham um cintilar mágico, eternamente uniforme, que recobria as sombras apressadas; então, a cúpula se mantinha nesse oceano de luz sem molduras, que dissipava todas as formas pela fosforescência: era a única escuridão que insistia em seu negror, parecendo se soltar da terra em seu breu e se erguer alto e cada vez mais alto e, nesse redemoinho de luz tumultuada, era a única coisa que parecia tranquila, dominadora.

No entanto, a Virgem no alto da torre parecia ter a sua própria luz, a luz suave das estrelas, pairando sobre a catedral, apartada do negror da pedra, tocando o alto da forma de foice da Lua prateada.

Freder nunca tinha visto o semblante da Virgem e, ainda assim, sabia muito bem que poderia tê-lo desenhado: o severo semblante da Virgem, o doce semblante da Mãe...

Ele se inclinou para a frente, a palma das mãos envolvendo as barras do parapeito de ferro.

– Olha para mim, Virgem! – implorou. – Mãe, olha para mim!

A lança de luz de um holofote atingiu seus olhos, que ele cerrou furioso. Um foguete veloz sibilou pelo céu, deixando para trás no pálido crepúsculo do final da tarde a palavra gotejante: Yoshiwara...

Um fulgor estranhamente alvo e penetrante pairava sobre um prédio que não podia ser visto, com a palavra altiva: cinema.

Todas as sete cores do arco-íris resplandeciam, frias e fantasmagóricas, em círculos pulsantes e silenciosos. O monstruoso mostrador do relógio da Nova Torre de Babel estava banhado pelo fogo cruzado dos faróis. E uma e outra vez a palavra escorria do céu pálido e insubstancial: Yoshiwara...

Os olhos de Freder encaravam o relógio da Nova Torre de Babel, no qual os segundos cintilavam como clarões ofegantes e voltavam a apagar, incessáveis em seu ir e vir. Ele mediu o tempo que havia passado desde que a voz de Metrópolis rugira – por comida, por comida, por comida. Sabia que por trás dos clarões violentos da Nova Torre de Babel havia uma sala ampla e vazia com janelas estreitas e altas, painéis de controle por toda parte e, exatamente no meio da mesa, o instrumento mais engenhoso que o Senhor de Metrópolis havia criado, o qual ele tocava como único mestre.

Na sóbria cadeira à frente do instrumento, a personificação do grande cérebro: o Senhor de Metrópolis. Ao seu lado direito ficava a delicada placa de metal azul, à qual ele estendia a mão com a segurança infalível de uma máquina saudável, sempre que segundos suficientes houvessem avançado para a eternidade, a fim de fazer Metrópolis voltar a rugir – por comida, por comida, por comida...

Naquele momento, Freder teve a sensação de que enlouqueceria se tivesse que ouvir a voz de Metrópolis bradar mais uma vez por comida. Já convencido da inutilidade de seus planos, ele se afastou da vista da cidade de luz intensa e foi procurar o Senhor de Metrópolis, cujo nome era Joh Fredersen, seu pai.

★ Legenda da ilustração: "Epigrama: o mediador entre o cérebro e as mãos deve ser o coração." [N. do T.]

Sinnspruch:
"MITTLER ZWISCHEN HIRN UND HÄNDEN MUSS DAS HERZ SEIN!"

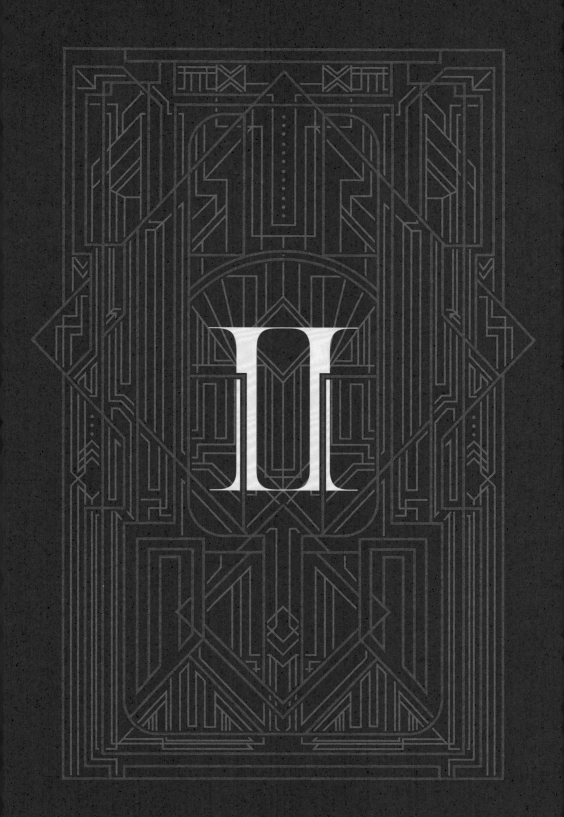

O CRÂNIO DA NOVA TORRE DE BABEL ERA povoado por números. Vindos de uma fonte invisível, enunciados por uma voz clara, baixa e monótona, os números gotejavam ritmicamente pelo ar resfriado da grande sala, reunindo-se como um reservatório sobre a mesa à qual o grande cérebro de Metrópolis trabalhava, afogando-se objetivamente sob as penas de chumbo de seus secretários. Oito jovens pareciam ser irmãos, mas não eram. Embora se sentassem como esculturas, das quais apenas os dedos da mão direita se moviam ao escrever, cada um parecia a personificação da própria falta de fôlego, com a testa coberta de suor e os lábios entreabertos.

Ninguém levantou a cabeça quando Freder entrou. Nem seu pai. A lâmpada embaixo do terceiro alto-falante brilhou em vermelho e branco.

Nova York falou.

Joh Fredersen comparou os números do turno da noite com as tabelas que estavam diante dele. Sua voz soou, sem emoção:

– Erro. Pesquisa.

O Primeiro Secretário teve um sobressalto, fez uma grande mesura, levantou-se e se afastou com passos inaudíveis. A sobrancelha esquerda de Joh Fredersen ergueu-se um pouco, enquanto observava o homem que se retirava – o quanto foi possível sem virar a cabeça.

Um pequeno risco a lápis cruzou um nome.

A luz vermelha e branca brilhava. A voz falava. Os números escorriam na grande sala. No crânio de Metrópolis.

Freder permaneceu imóvel ao lado da porta. Não tinha certeza se seu pai já o havia notado. Sempre que entrava naquela sala, voltava a ser um menino de dez anos, e a própria essência de sua natureza era a insegurança – frente àquela sensação de segurança imponente, fechada e onipotente que era Joh Fredersen, seu pai.

O Primeiro Secretário passou por Freder, mudo e cumprimentando-o de forma respeitosa. Assemelhava-se a um combatente que deixava o campo derrotado. O rosto pálido do jovem pairou por um momento diante dos olhos de Freder, e era como uma grande máscara de tinta branca. Então, ele desapareceu.

Números escorriam na sala. Uma cadeira estava vazia. Sete estavam sentados em outras sete cadeiras e seguiam freneticamente os números, que continuavam saltando do invisível, sem parar.

Uma lâmpada brilhou em vermelho e branco.

Nova York falou.

Uma lâmpada acendeu: branca e verde.

Londres começou a falar.

Freder olhou para o relógio que ficava diante da porta, dominando a parede inteira como uma roda gigante. Era o mesmo relógio que derramava as faíscas de segundos sobre a grande Metrópolis, do alto da Nova Torre de Babel banhada pelos faróis. A cabeça de Joh Fredersen projetava-se na sua direção. O relógio pendia como um símbolo glorioso, com brilho esmagador e ainda assim suportável sobre o cérebro de Metrópolis.

Passando pelas janelas estreitas do chão ao teto, os faróis irrompiam no delírio da batalha de cores. Cascatas de luz escorriam contra os vidros. Do lado de fora, atrás da Nova Torre de Babel, Metrópolis fervilhava. Mas não havia som na sala, a não ser o dos números que gotejavam sem parar.

A técnica de Rotwang construíra paredes e janelas à prova de som.

Naquela sala, que ao mesmo tempo era subjugada e coroada pelo violento medidor de tempo, aquele relógio que apontava as horas, não havia nada de importante além dos números. O filho do grande Senhor de Metrópolis compreendeu que, enquanto os números escorressem do invisível, uma palavra que não fosse número e viesse de boca visível não tinha o direito de ser ouvida.

Por isso, ele ficou parado e olhou sem cessar para o crânio escuro de seu pai, e viu como o monstruoso ponteiro do relógio, avançando inexoravelmente, como uma foice, uma segadeira cortante, passava pelo crânio do pai e ainda assim não o feria, levantava-se de novo no círculo recoberto de números, esgueirando-se então para cima, e mergulhava novamente para repetir a vã batida da foice. Finalmente, a luz vermelha e branca se apagou. Uma voz silenciou. Então, apagou-se o branco e verde.

Silêncio.

As mãos dos escriturários pararam e, por alguns instantes, eles ficaram sentados paralisados, descaídos e exaustos. Em seguida, a voz de Joh Fredersen anunciou, com uma gentileza seca:

– Obrigado. Até amanhã.

E, sem olhar para trás:

– O que você quer, meu rapaz?

Os sete estranhos deixaram a sala, que emudecera. Freder caminhou até ficar ao lado do pai; seu olhar varreu as tabelas com os números gotejados e recolhidos. Os olhos de Freder pousaram sobre a placa de metal azul ao lado da mão direita do pai.

– Como você sabia que eu estava aqui? – perguntou em voz baixa.

Joh Fredersen não olhou para ele. Embora seu rosto tivesse ganhado uma expressão de paciência e orgulho com a primeira pergunta que o filho lhe dirigiu, nada se furtava à sua vigilância. Olhou para o relógio. Seus dedos deslizaram sobre os transmissores da mesa. Em silêncio, ordens rumavam como dardos às pessoas que aguardavam por elas.

– A porta se abriu. Ninguém foi anunciado. Ninguém vem a mim sem ser anunciado. Apenas meu filho.

Uma luz sob o vidro: uma pergunta. Joh Fredersen deixou que a luz se apagasse. O Primeiro Secretário entrou e ficou ao lado do grande Senhor da grande Metrópolis.

– O senhor tinha razão. Foi um erro. Está corrigido – anunciou sem expressão.

– Obrigado. – Sem olhar. Sem um gesto. – O Banco-G está instruído a pagar seu salário. Boa noite.

O jovem ficou parado. Três, quatro, cinco, seis segundos irradiaram do gigantesco medidor de tempo. No rosto pálido do jovem cintilavam dois olhos vazios, que deixaram gravado o medo no olhar de Freder.

Um dos ombros de Joh Fredersen moveu-se, indolente.

— Boa noite — disse o jovem, sufocado.

Ele partiu.

— Por que o despediu, pai? — perguntou o filho.

— Ele não tinha mais utilidade para mim — disse Joh Fredersen, e ainda não havia olhado para o filho.

— Por que não, pai?

— Não posso usar pessoas que se encolhem quando são interpeladas — disse o Senhor de Metrópolis.

— Talvez ele estivesse se sentindo mal... Talvez estivesse preocupado com alguém que ama...

— Possivelmente. Talvez ainda estivesse atordoado com a noite longa demais em Yoshiwara... Cuidado, Freder, ao considerar as pessoas boas e inocentes apenas porque sofrem. Se sofrem é porque têm culpa; culpa para consigo, para com outros.

— Você não sofre, pai?

— Não.

— Você é totalmente isento de culpa?

— Para mim, o tempo da culpa e do sofrimento ficou para trás, Freder.

— E se agora aquele homem... Eu nunca o vi, mas acredito: da mesma forma que ele, outras pessoas, decididas a dar um fim na própria vida, saem de uma sala...

— Talvez.

— E se você souber amanhã de manhã que ele está morto? Isso não o tocaria?

— Não.

Freder calou-se.

A mão do pai deslizou por uma alavanca, puxando-a para baixo.

Em todas as salas que ficavam ao redor do crânio da Nova Torre de Babel, as lâmpadas brancas se apagaram. O Senhor de Metrópolis havia dito ao mundo a seu redor que não queria ser incomodado, a não ser que houvesse um motivo impreterível.

— Não posso tolerar — continuou ele — que uma pessoa que trabalha como o meu braço direito em Metrópolis abra mão da única vantagem de que dispõe frente à máquina.

— E qual é, pai?

— Fazer o trabalho com prazer — disse o Senhor de Metrópolis.

A mão de Freder correu pelos cabelos imaculadamente loiros e ali se manteve. Ele entreabriu os lábios como se quisesse dizer alguma coisa, mas permaneceu em silêncio.

— Você acha — disse Joh Fredersen — que eu preciso das penas de chumbo de meus secretários para controlar os anúncios das bolsas americanas? As tabelas de inscrição nos trompetes transoceânicos de Rotwang são cem vezes mais confiáveis e mais rápidas que o cérebro e as mãos dos escriturários. Mas eu consigo medir a precisão das pessoas pela precisão das máquinas; pelo fôlego da máquina, o pulmão das pessoas que concorrem com ela.

— E o homem que você acabou de dispensar, e que é um condenado (pois foi despedido por você, pai, ou seja, vai descer, descer!), ele perdeu o fôlego, certo?

— Isso.

— Porque era humano e não uma máquina...

— Porque ele negou sua humanidade diante da máquina.

Freder ergueu o rosto e os olhos agitados.

— Ora, eu não consigo mais entender você, pai — disse ele, atormentado.

No rosto de Joh Fredersen, a expressão de paciência se agravou.

— Aquele homem — disse ele, em voz baixa — era meu Primeiro Secretário. Recebia oito vezes o salário do último. Era o mesmo que ter a obrigação de desempenho multiplicada por oito. Para comigo. Não para com ele mesmo. Amanhã, o Quinto Secretário estará em seu lugar. Em uma semana, ele fará com que os outros quatro sejam supérfluos. Eu posso precisar desse homem.

— Porque poupa outros quatro.

— Não, Freder. Porque ele tem prazer no trabalho de outros quatro. Porque ele se agarra ao trabalho, agarra-se cheio de prazer, como se estivesse dentro de uma mulher.

Freder ficou em silêncio. Joh Fredersen olhou para o filho. Com atenção olhou para ele.

— Você vivenciou alguma coisa? — perguntou ele.

Os olhos do rapaz, bonitos e tristes, deslizaram por ele em direção ao vazio. Uma luz branca e selvagem atravessou as janelas e, ao se dissipar, deixou o céu sobre Metrópolis como um veludo preto.

— Não vivenciei nada além do que acredito ter sido, pela primeira vez na minha existência, a compreensão da natureza da máquina... — disse Freder, hesitante.

— Isso seria muito importante — respondeu o Senhor de Metrópolis. — Mas provavelmente você está enganado, Freder. Se tivesse realmente compreendido a natureza da máquina, não teria ficado tão perturbado.

Lentamente, o filho voltou para ele seu olhar e o desamparo de sua falta de compreensão.

— De que forma alguém pode não ficar perturbado quando, como eu, toma o caminho até você através das salas das máquinas, passando por salões gloriosos e suas máquinas gloriosas, e vê as criaturas acorrentadas a elas pelas leis da vigilância eterna? Vigilância, olhos sem pálpebras...

Ele vacilou, seus lábios estavam secos como poeira.

Joh Fredersen recostou-se. Não havia tirado os olhos do filho e ainda os mantinha firmes nele.

— Por que tomou o caminho das salas das máquinas para vir até mim? — perguntou o pai, tranquilo. — Não é nem o mais curto nem o mais confortável.

— Eu quis — disse o filho, buscando as palavras com cuidado — ver o rosto dos homens cujos filhos pequenos são meus irmãos, minhas irmãs.

Ele fez um movimento como se quisesse agarrar no ar e recolher as palavras que mal havia pronunciado. Joh Fredersen não se mexeu.

— Hum — fez ele, com a boca bem fechada. Contra a borda da mesa, bateu duas vezes uma pena de chumbo que segurava entre os dedos, com um ruído seco. Os olhos de Joh Fredersen vagaram do filho até os lampejos de segundos do relógio, depois se voltaram para ele.

— E o que achou? — perguntou ele.

Segundos de silêncio. Então, Freder falou tão suavemente, como se sufocasse cada palavra entre os lábios, como se o filho se lançasse, arrancando e rasgando todo o seu eu, em um gesto de total entrega sobre o pai, ainda parado, com a cabeça apenas um pouco pendida:

— Pai! Ajude as pessoas que vivem em suas máquinas.

— Eu não posso ajudá-las — disse o cérebro de Metrópolis. — Ninguém pode ajudá-las. Estão onde têm que estar. São o que têm que ser. São ineptas para ser qualquer outra coisa ou para ser mais.

— Não sei para que são aptas — disse Freder com frieza; sua cabeça pendeu na direção do peito, como se estivesse meio decepada. — Sei apenas o que vi, e foi horrível. Passei por salas de máquinas que eram como templos. Todos os grandes deuses viviam em templos brancos. Eu vi Baal e Moloch e Huitzilopochtli e Durga; alguns terrivelmente gregários, outros horrivelmente solitários. Vi os carros divinos de Jagannath e as Torres do Silêncio, a cimitarra de Maomé e as cruzes do Gólgota. E todas as máquinas, máquinas, máquinas que, enfeitiçadas em seus pedestais como divindades nos tronos de seus templos, dos covis onde jaziam, levavam sua existência comparada à divina: sem olhos, mas tudo vendo, sem ouvidos, mas tudo escutando, sem fala e boca que se autoproclamassem, nem homem, nem mulher, e ainda assim criando, gerando, dando à luz, sem vida e ainda sacudindo o ar de seu templo com o sopro de vivacidade que nunca morre. E, além dos deuses-máquina, os escravos dos deuses-máquina: as pessoas que ficavam espremidas entre o companheirismo da máquina e a solidão da máquina. Não tinham que arrastar as cargas: a máquina transportava as cargas. Não tinham de levantar nem alçar nada, a máquina levantava e alçava. Não têm nada para fazer além de uma e mesma coisa, cada um em seu lugar, cada um em sua máquina. Medido em segundos breves, sempre o mesmo aperto no mesmo segundo, no mesmo segundo. Eles têm olhos, mas são cegos, exceto para uma coisa: as escalas dos manômetros. Têm ouvidos, mas estão surdos, exceto para uma coisa: o som de sua máquina. Observam, observam e não pensam, tendo apenas uma única coisa em mente: quando sua vigilância diminui, a máquina desperta do falso sono e começa a se enfurecer e se enfurece paulatinamente. E a máquina, que não tem cabeça nem cérebro, suga e suga com a tensão da vigilância, da eterna vigilância, o cérebro do vigilante, retirando-o do crânio paralisado, e não larga e suga e não larga até restar apenas um ser de crânio exaurido; nem humano mais, e nem máquina, esgotado, esvaziado, gasto. E a máquina que sorveu e devorou a medula e o cérebro do homem, que limpou sua cavidade craniana com a língua comprida e macia em seu longo e suave sibilar, essa máquina reluz em seu brilho aveludado de prata, coberta com óleo de unção, bela e infalível; Baal e Moloch, Huitzilopochtli e Durga. E você, pai, pousa o dedo na pequena placa de metal azul ao lado de sua mão direita, e sua grande, gloriosa e pavorosa cidade de Metrópolis ruge e anuncia que está com fome de medula humana e cérebro humano, e a comida viva estende-se como uma corrente nas salas de máquinas que se assemelham a templos, e os consumidos são cuspidos...

A voz lhe falhou. Ele bateu com força os nós dos dedos uns contra os outros e olhou para o pai.

– E, ainda assim, são pessoas, pai!

– Infelizmente. São.

A voz do pai soou aos ouvidos do filho como se proferida por trás de sete portas fechadas.

– Que as pessoas se esgotem tão depressa diante das máquinas, Freder, não é prova da avidez das máquinas, mas da inadequação do material humano. As pessoas são produtos do acaso, Freder. Seres definitivos. Se elas têm um defeito de moldagem, não é possível enviá-las de volta ao forno de fundição. Assim, força-se a consumi-las como são. Embora tenha sido comprovado estatisticamente que a eficiência dos trabalhadores não intelectualizados está diminuindo mês a mês...

Freder riu. O riso veio tão seco, tão árido de sua boca, que Joh Fredersen levantou a cabeça e olhou para o filho com pálpebras estreitadas. Suas sobrancelhas ergueram-se devagar.

— Você não teme, pai... Considerando que as estatísticas estejam certas e o desgaste das pessoas avance cada vez mais rapidamente, não teme que um dia não haja mais comida para o deus-máquina devorador de homens, e que o Moloch de vidro, borracha e aço, que a Durga de alumínio com veias de platina morra de fome, à míngua?

— É de se pensar — disse o cérebro de Metrópolis.

— E então?

— Então — falou o cérebro de Metrópolis —, já terá sido criado um substituto para o homem.

— O ser humano melhorado, não é? Os homens-máquina?

— Talvez — respondeu o cérebro de Metrópolis.

Freder tirou o cabelo úmido da testa. Inclinou-se tanto para a frente que sua respiração alcançava seu pai.

— Então, me deixe dizer uma coisa, pai — sussurrou ele; as veias azuis pulsavam altas nas têmporas. — Garanta que os homens-máquina não recebam cabeça, ou pelo menos que não tenham rosto. Ou dê a eles um rosto que sempre sorri. Ou um rosto do palhaço Hans Wurst. Ou viseiras fechadas, para que as pessoas não se choquem quando olharem para eles! Porque, quando caminhei pelas salas das máquinas hoje, vi homens vigiando suas máquinas. E eles me conhecem, e eu os cumprimentei, um após o outro. Mas ninguém me cumprimentou. As máquinas estavam ansiosas demais para desenrolar seus fios nervosos. Quando olhei para eles, pai, muito de perto, mais perto do que olho para você agora, eu me vi naqueles rostos. Cada pessoa, pai, que está na frente de sua máquina, tem o meu rosto... Tem o rosto de seu filho...

– Então, tem o meu também, Freder. Porque nos parecemos – disse o Senhor da grande Metrópolis. Ele olhou para o relógio e estendeu a mão. Em todas as salas que rodeavam a Nova Torre de Babel, as lâmpadas brancas se acenderam.

– E você não fica apavorado – perguntou o filho – por saber que há tantas sombras, tantos espectros seus?

– O tempo do horror ficou para trás, Freder.

Assim, Freder se virou e partiu, como um cego tateando primeiro a porta e, finalmente, encontrando-a. Ela se abriu diante dele, e ele saiu. A porta se fechou atrás dele, e ele se viu em uma sala que parecia estranha e gelada.

Figuras ergueram-se das cadeiras nas quais esperavam sentadas, fazendo uma grande mesura diante do filho de Joh Fredersen, Senhor de Metrópolis.

Freder reconheceu apenas um; era o Homem Magro.

Ele agradeceu às pessoas que o saudaram e, ainda em pé não muito longe da porta, parecia não saber o caminho. Às suas costas, se esgueirou o Homem Magro, indo até Joh Fredersen, que mandara lhe chamar.

O Senhor de Metrópolis estava à janela, de costas para a porta.

– Espere! – ouviu-se da direção das costas escuras e largas.

O Homem Magro não se mexeu. Sua respiração era inaudível. Com as pálpebras baixas, parecia dormir em pé. Mas sua boca, com a incrível tensão dos músculos, fazia dele a personificação da escuta.

Joh Fredersen deixou os olhos varrerem a grande Metrópolis, um mar agitado e estrondoso, com um vagalhão de luz. Sob o brilho e o balanço, aquelas cataratas do Niágara de luz, sob o jogo de cores das torres que rodeavam e iluminavam o edifício com esplendor, a grande Metrópolis parecia ter ficado transparente. Divididas em feixes e cubos pelas foices dos faróis, os prédios cintilavam, pairavam imponentes e a luz fluía pelos flancos como chuva. As ruas lambiam a iluminação resplandecente e brilhavam, e o que deslizava sobre elas em fluxo constante lançava feixes de luz.

Apenas a catedral, com a Virgem coroada de estrelas em seu pináculo, estendia-se em sombras sobre a cidade, encarapitada como um gigante negro jazendo em sono mágico.

Joh Fredersen virou-se lentamente. Ele viu o Homem Magro, que o cumprimentou, parado na porta. Joh Fredersen aproximou-se dele, percorrendo toda a extensão da sala em silêncio; caminhou devagar até chegar ao homem. Em pé diante dele, encarou o Homem Magro como se o desmontasse com o olhar, de seu exterior até seu núcleo mais íntimo.

O Homem Magro sustentou aquele olhar que o descascava.

Joh Fredersen disse, muito baixo:

– A partir de agora, quero estar bem informado sobre os passos de meu filho.

O Homem Magro fez uma reverência, esperou, cumprimentou e saiu.

Mas não encontrou mais o filho de seu grande Senhor onde o havia deixado. E tampouco estava destinado a reencontrá-lo.

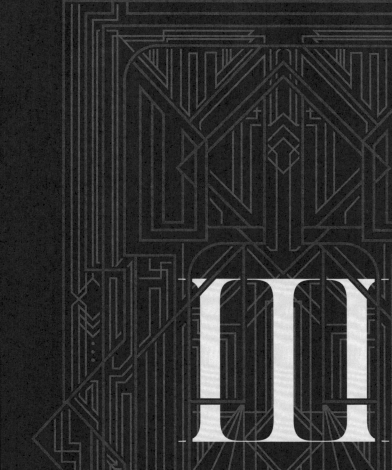

O HOMEM, QUE HAVIA SIDO O PRIMEIRO Secretário de Joh Fredersen, agora estava em um cubículo do Paternoster, que cortava a Nova Torre de Babel como um moinho d'água sempre em movimento. Estava recostado contra a parede de madeira, viajando através do prédio branco e fervilhante, indo do alto da cúpula até o fundo do porão e de novo até o alto da cúpula pela trigésima vez; no entanto, não se movia.

As pessoas, ávidas por ganhar alguns segundos, avançavam em sua direção e, nos andares acima, ou abaixo, voltavam a sair. Ninguém prestava atenção nele. Um ou outro o reconhecia, mas ninguém interpretava as gotas em suas têmporas como outra coisa a não ser a mesma ganância por ganhar alguns segundos. Bem, ele queria esperar até que soubessem, até que o agarrassem e o jogassem para fora do cubículo: você está tomando nosso lugar, desgraçado, pois tem tempo? Rasteje escada abaixo ou pelas saídas de incêndio...

Com a boca aberta, ele se recostou e esperou.

Novamente emergindo das profundezas, viu com olhos embotados a porta que guardava a sala de Joh Fredersen. Diante dela, o filho de Joh Fredersen estava em pé. Por uma fração de segundo, eles se encararam com rostos ofuscados, dos quais irromperam olhares como sinais de emergência, emergências muito diferentes, mas igualmente intensas. Então, a estação de bombeamento, indiferente ao que se passava ali, levou o homem no cubículo para cima, até a escuridão perfeita do teto da torre. Quando ele, mergulhando mais uma vez, apareceu novamente, o filho de Joh Fredersen parou na frente da abertura do cubículo e, dando um passo, parou ao lado do homem, cujas costas pareciam pregadas na parede de madeira.

– Qual é seu nome? – perguntou ele em voz baixa.

Uma hesitação na respiração, e a resposta soou como se estivesse à espreita:

– Josafá...

– O que vai fazer agora, Josafá?

Eles afundaram, afundaram. Ao passarem pelo grande salão, no qual as janelas gigantescas se mostravam largamente para a rua das pontes, Freder, voltando os olhos para a escuridão do céu, já meio apagado, viu a palavra gotejante: Yoshiwara.

Ele falou como se estendesse as mãos, e também como se fechasse os olhos enquanto falava:

– Quer vir comigo, Josafá? – A mão vacilou como um pássaro espantado.

– Eu? – gemeu o desconhecido.

– Sim, Josafá!

A jovem voz, que era tão cheia de bondade...

Eles afundaram, afundaram. Claridade – escuridão – claridade – escuridão de novo.

– Quer vir comigo, Josafá?

— Sim! – disse o desconhecido. Com um fervor inigualável:
— Sim!

A claridade apareceu. Freder agarrou o homem pelo braço, arrastou-o para fora da grande estação de bombeamento da Nova Torre de Babel. O homem cambaleou com o solavanco.

— Onde você mora, Josafá?

— Bloco noventa e nove, prédio sete, sétimo andar.

— Então, vá para casa, Josafá. Talvez eu mesmo vá até você, talvez mande um mensageiro buscá-lo. Não sei ainda o que vai acontecer nas próximas horas… Mas não quero que nenhum ser humano que conheço fique deitado a noite toda, encarando o teto até parecer que ele vai desabar, não se eu puder evitar.

— O que posso fazer por você? – perguntou o homem.

Freder sentiu a pressão forte de uma mão. Ele sorriu e fez que não com a cabeça.

— Nada. Vá para casa. Espere. Fique calmo. Amanhã é outro dia. E eu acho que será mais bonito.

O homem soltou a mão e saiu. Freder acompanhou-o com o olhar. O homem parou e olhou de volta para Freder. Sem se aproximar, baixou a cabeça com tal expressão de gravidade e incondicionalidade que o sorriso nos lábios de Freder desapareceu.

— Sim – disse ele. – Eu aceito o que você diz, ser humano!

O Paternoster zumbia a suas costas. Os cubículos – como os de um moinho d'água – recebiam as pessoas e voltavam a despejá-las. Mas o filho de Joh Fredersen não as via. Entre todos os caçadores que buscavam ganhar alguns segundos, ele era o único em silêncio e apenas ouvia como a Nova Torre de Babel rugia a cada volta. Para ele, o rugido parecia o soar de um sino da catedral; como a voz do arcanjo Miguel. Mas um canto pairava alto e doce sobre eles. Nesse canto, seu coração jovem se alegrava.

— Eu agi pela primeira vez em seu favor, grande mediadora da compaixão? — perguntava ele em meio ao estrondar da voz do sino.

Mas não obteve nenhuma resposta.

Então, ele tomou o rumo que desejava para encontrar uma.

Enquanto o Homem Magro entrava no apartamento de Freder para perguntar aos criados sobre seu senhor, o filho de Joh Fredersen descia os degraus que levavam à estrutura inferior da Nova Torre de Babel. Enquanto os servos faziam que não com a cabeça e diziam que o patrão ainda não havia voltado para casa, o filho de Joh Fredersen seguia as setas brilhantes que mostravam o caminho. Enquanto o Homem Magro, de olho no relógio, decidiu esperar, esperar um momento, já perturbado, já ponderando possibilidades e como encontrá-las, o filho de Joh Fredersen entrou na sala de onde a Torre Nova de Babel drenava as energias da própria necessidade.

Ele hesitou por um bom tempo antes de abrir a porta. Por trás daquela porta, uma vida misteriosa corria. Uivava. Ofegava. Assobiava. A construção toda gemia. Um tremor incessante escorria pelas paredes e pelo chão. E, em meio a tudo aquilo, não havia um som humano. Apenas as coisas rugiam, e o ar sem substância. Se seres humanos vivessem naquela sala além da porta, possuíam lábios impotentes e lacrados. Mas Freder tinha ido ali em busca desses seres humanos.

Ele empurrou a porta e recuou, sufocando. Um ar fervilhante atingiu-o, tateando seus olhos para que ele não enxergasse nada. Apenas aos poucos ele voltou a dominar sua visão.

A sala estava pouco iluminada, e o teto, que parecia carregar todo o peso do globo terrestre, parecia estar constantemente despencando naquela atmosfera em movimento.

Um uivo baixo deixou a respiração difícil de aguentar. Era como se a respiração sorvesse o uivo.

Das bocarras dos tubos jorrava o ar que já tinha sido usado pelos pulmões da grande Metrópolis e que agora era impelido para as profundezas. Lançado ao redor do salão, era sugado de volta pelas bocarras dos tubos que ficavam do outro lado.

No meio da sala ficava a máquina do Paternoster. Era como Ganesha, o deus com cabeça de elefante. Brilhava oleosa. Tinha membros reluzentes. Sob o corpo agachado, a cabeça afundada no peito, as pernas curvadas se apoiavam na plataforma, como um duende. Imóveis eram o tronco, as pernas. Mas os braços curtos empurravam, empurravam, empurravam alternadamente para a frente, para trás, para a frente, para trás. Uma luz fina e aguda faiscava nas articulações delicadas. O piso, que era de pedra, sem fissuras, tremia sob os solavancos da pequena máquina, que era menor que uma criança de cinco anos.

Brasas eram cuspidas das paredes nas quais os fornos cozinhavam. O cheiro do óleo, que espirrava por causa do calor, pairava em camadas como uma nuvem espessa. Mesmo o avanço selvagem das massas errantes de ar não rompia a névoa sufocante do óleo. Até mesmo a água que pulverizava a sala enfrentava uma batalha inútil contra a fúria das paredes que golfavam calor, condensadas, saturadas da fumaça que vinha do óleo, antes que se pudesse impedir que a pele das pessoas chamuscasse naquele inferno.

As pessoas passavam deslizando como sombras flutuantes. Seus movimentos, seu avanço inaudível, tudo nelas tinha o espectro pesado dos mergulhadores de águas profundas. Seus olhos estavam abertos, como se nunca fechassem.

Ao lado da pequena máquina no meio da sala havia um homem que usava o traje dos trabalhadores de toda Metrópolis: do pescoço aos tornozelos cobertos de linho azul-escuro, os pés sem meias nos mesmos sapatos duros, o cabelo preso sob as mesmas boinas pretas. A torrente de ar errante pairava ao redor de sua figura e fazia as dobras da lona tremularem. O homem mantinha a mão na alavanca e os olhos em um relógio, cujos mostradores tremiam como agulhas magnéticas.

Freder tateou o caminho até chegar ao homem. Ele o encarou. Não conseguia ver seu rosto. Quantos anos tinha? Mil anos? Ou sequer vinte? Falava consigo mesmo, balbuciando. O que estava falando? Aquele homem também tinha o rosto do filho de Joh Fredersen?

— Você, olhe para mim! — disse Freder, inclinando-se para a frente.

Mas o olhar do homem não saía do relógio. Sua mão tremia o tempo todo sobre a alavanca. Seus lábios tagarelavam com frenesi.

Freder ouviu. Flagrou as palavras. Farrapos de frases rasgados na corrente de ar.

— *Pater noster...* Quer dizer: Pai Nosso... Pai nosso, que estais no céu! Estamos no inferno, Pai Nosso... Santificado seja o Vosso nome! Qual é Vosso nome? Chamai *Pater noster*, Pai Nosso? Ou Joh Fredersen? Ou máquina? Santificados sejamos nós, máquina, *Pater noster!* Venha a nós o Vosso Reino... Venha a nós o Vosso Reino, máquina... Seja feita a Vossa vontade, assim na terra como no céu... Qual é a Vossa vontade para conosco, máquina, *Pater noster*? Estais também no céu, como estais na terra? Pai nosso, que estais no céu, quando nos chamardes ao céu, nós guardaremos lá as máquinas do Vosso mundo, as grandes rodas que rompem os membros de Vossas criaturas, os grandes volantes, nos quais Vossas lindas estrelas giram, o grande carrossel que se chama Terra? Seja feita Vossa vontade, *Pater noster*! O pão nosso de cada dia nos dai hoje... Refeição, máquina, farinha para nosso pão! Da farinha de nossos ossos o pão é assado... Perdoai as nossas ofensas... Que ofensa, *Pater noster*? A ofensa de ter um cérebro e um coração que não tendes, máquina? E não nos deixeis cair em tentação... Não nos deixeis cair na tentação de nos levantarmos contra vós, pois sois mais forte que nós, sois mil vezes mais forte, e estais sempre correta, estamos sempre errados, porque somos mais fracos do que sois, máquina... Mas livrai-nos do mal, máquina... Livrai-nos de vós, máquina... Pois vosso é o Reino e o poder e a glória na eternidade, amém... *Pater noster*, quer dizer: Pai Nosso... Pai nosso, que estais no céu...

Freder tocou o braço do homem. Ele teve um sobressalto e ficou em silêncio.

A mão dele soltou a alavanca e caiu pelo ar como um pássaro alvejado. A boca do homem parecia estar se apertando em um espasmo. Por um segundo, o branco dos olhos ficou assustadoramente visível no rosto rígido. Então, o homem desmoronou como um tecido atirado, e os braços de Freder o escoraram.

Freder segurou-o com força. Olhou em volta. Ninguém prestava atenção nele e nos outros. Nuvens de vapor e fumaça os rodeavam, como névoa. Havia uma porta próxima. Freder carregou o homem, abriu-a com um empurrão. Ela levava à câmara de ferramentas. Uma caixa serviu como assento, ainda que duro, e Freder deixou o homem cair sobre ela.

Olhos opacos miraram-no. O rosto a quem eles pertenciam era quase o de um menino.

– Qual é o seu nome? – perguntou Freder.

– 11811.

– Quero saber do que sua mãe lhe chamou.

– Georgi.

– Georgi, você me conhece?

A consciência voltou aos olhos opacos junto com o reconhecimento.

– Sim, conheço você. Você é o filho de Joh Fredersen... De Joh Fredersen, que é nosso pai...

– Sim. É por isso que sou seu irmão, Georgi, está ouvindo? Ouvi seu pai-nosso.

Com um solavanco, o corpo se ergueu de uma vez.

– A máquina! – Ele saltou de pé. – Minha máquina!

– Deixe-a, Georgi, e me escute.

– Precisa haver alguém na máquina!

– Vai haver alguém na máquina, mas não você.

– Quem, se não eu?

– Eu.

Em resposta, olhos arregalados.

– Eu – repetiu Freder. – Você tem condições de me ouvir e poderá se lembrar do que eu vou lhe dizer? É muito importante, Georgi!

– Sim – disse Georgi, paralisado.

– Vamos trocar de vida agora, Georgi. Você pega a minha, eu, a sua. Tomo seu lugar na máquina. Nas minhas roupas, você sai daqui tranquilamente. Não fui notado quando cheguei. Você não vai se fazer notar quando for embora. Só tem que atentar aos nervos e ficar calmo. E se mantenha onde o ar se condensa como um nevoeiro. Quando chegar à rua, tome um carro de aluguel. Vai encontrar dinheiro mais do que suficiente nos meus bolsos. Troque de carro três ruas depois. E, de novo, depois de três ruas. Então, siga ao nonagésimo nono bloco. Na esquina, você paga o carro e espera até que o motorista vá embora, até que ele não o veja mais. Então, procure o sétimo andar da sétima casa. Lá, mora um homem chamado Josafá. Vá até ele, diga a ele que eu o enviei. Esperem por mim ou por uma mensagem minha. Você me entendeu bem, Georgi?

– Sim.

Mas foi um sim vazio, que parecia responder a algo bem diferente da pergunta de Freder.

Algum tempo depois, o filho de Joh Fredersen, Senhor da grande Metrópolis, ficou diante da pequena máquina que se assemelhava a Ganesha, o deus com a cabeça de elefante.

Usava o traje dos operários de toda Metrópolis: do pescoço aos tornozelos coberto de linho azul-escuro, os pés sem meias nos mesmos sapatos duros, os cabelos presos sob a mesma boina preta. Ele colocou a mão na alavanca e voltou os olhos ao relógio, cujos ponteiros tremiam como agulhas magnéticas.

A corrente de ar errante banhou-o e fez as dobras da lona vibrarem.

No entanto, sentiu-se vagaroso, engasgando, pelo chão sempre trêmulo, pelas paredes em que os fogos assobiavam, pelo teto que parecia preso em uma queda eterna, pelos impulsos dos braços curtos da máquina, sim, pela resistência contínua do tronco brilhante, e o medo brotava dele até a certeza da morte.

Ele sentiu – e viu ao mesmo tempo – como, dos vapores que pairavam, a longa e branca tromba de elefante do deus Ganesha se soltou da cabeça voltada para o peito e, gentilmente, com um dedo calmo, nada incerto, tateou a testa de Freder. Ele sentiu o toque dessa ventosa quase fria e nada dolorosa, mas horrível. Bem no centro, acima do osso nasal, a tromba fantasmagórica sugava com força. Mal era uma dor e, no entanto, perfurava como uma broca fina e certeira na direção do centro do cérebro...

Como se ligado ao mecanismo de uma máquina infernal, seu coração começou a palpitar. *Pater noster... Pater noster... Pater noster...*

– Não quero – disse Freder, sacudindo a cabeça para romper o maldito contato. – Não quero... quero... não quero...

Ele apalpou, enquanto sentia o suor pingando das têmporas como gotas de sangue, todos os bolsos do traje alheio que usava, deu com um pano em um deles e o puxou. Secando a testa, sentiu o canto afiado de um papel rígido, que apanhou junto do pano.

Ele enfiou o pano no bolso e observou o papel.

Não era maior que a mão de um homem, não mostrava impressão ou escrita, estava todo coberto com o desenho de um símbolo estranho e um mapa meio arruinado.

Freder tentou descobrir o que era, mas não obteve sucesso. De todos os desenhos que o mapa mostrava, nenhum lhe era conhecido. Parecia haver traços que se assemelhavam a caminhos equivocados, mas todos levavam a um destino: um lugar cheio de cruzes.

Um símbolo da vida? Sentido no absurdo?

Como filho de Joh Fredersen, Freder estava acostumado a entender tudo o que podia se chamar de mapa de forma rápida e direta. Ele pôs o papel no bolso, mas a imagem permaneceu em seus olhos.

A tromba de elefante de Ganesha, da máquina, deslizou, bem atordoada, ao lado do cérebro atarefado e não subjugado que ponderava, dissecava e buscava. A cabeça domada recuou para o peito. A pequena máquina operava obediente e diligente, impulsionando o Paternoster da Nova Torre de Babel.

Uma luz pequena e brilhante brincava nas articulações delicadas, quase no alto da cabeça, e era como um olho estreito e traiçoeiro.

A pequena máquina tinha tempo. Demoraria muito mais horas até o Senhor da grande Metrópolis, até que Joh Fredersen arrancasse dos dentes de suas poderosas máquinas a forragem que estavam mastigando. Muito suavemente, quase sorrindo, o olho brilhante, o olho traiçoeiro da máquina delicada piscou para o filho de Joh Fredersen, que estava diante dela…

Mas Georgi deixava incólume a Nova Torre de Babel através de suas muitas portas, e a cidade, a grande Metrópolis, balançando sob a luz como uma dançarina, o recebeu.

Ele ficou na rua e sorveu o ar embriagado. Sentiu a seda branca no corpo. Sentiu sapatos suaves e macios. Respirou profundamente, e a plenitude de sua respiração o encheu de inebriamento.

Ele viu uma cidade que nunca tinha visto. Ele a viu como uma pessoa que nunca tinha sido. Não seguiu o fluxo dos outros: doze membros de largura era o fluxo… Ele não estava usando linho azul, nem sapatos duros, nem boina. Não estava indo ao trabalho: o trabalho tinha sido feito, outra pessoa fizera seu trabalho por ele.

Um homem veio e disse-lhe: *Vamos trocar de vida agora, Georgi, você fica com a minha, eu com a sua...*
Se chegar à rua, tome um carro de aluguel.
Vai encontrar dinheiro mais do que suficiente nos meus bolsos...
Georgi olhou para a cidade que nunca tinha visto antes.

Ah, o inebriamento da luz: êxtase da santidade! Ah, grande cidade de Metrópolis com seus mil membros, construída com blocos de luz! Torres de Feixe! Montanhas íngremes de esplendor! Do céu aveludado acima de você, a chuva de ouro mergulha inesgotável, como do colo aberto de Dânae.

Ah – Metrópolis! Metrópolis!

Inebriado, ele deu os primeiros passos, viu as chamas que sibilavam em direção ao céu. Um foguete escreveu no céu aveludado com gotas de luz a palavra: Yoshiwara...

Georgi atravessou a rua correndo, subiu três degraus por vez, deu três passos de cada vez e chegou à estrada pavimentada. Liso, como um animal preto e prestativo, um carro de aluguel chegou, parando diante de seus pés.

Georgi entrou no carro, caiu nos estofados e, silenciosamente, o motor do poderoso carro vibrou. Uma lembrança fazia o corpo do homem ter espasmos: não havia em algum lugar do mundo – e não parecia estar muito longe –, sob o sol da Torre de Babel, uma sala da qual vazava o tremor incessante? Não havia uma máquina pequena e delicada no meio daquela sala, brilhando oleosa, com membros fortes e reluzentes? Sob o corpo agachado, a cabeça afundada no peito, as pernas curvadas se apoiavam na plataforma, como um duende. Imóveis eram o tronco, as pernas. Mas os braços curtos empurravam, empurravam, empurravam, alternadamente para a frente, para trás, para a frente, para trás, e o piso, que era de pedra, sem fissuras, tremia sob os solavancos da pequena máquina, que era menor que uma criança de cinco anos.

A voz do motorista perguntou:

– Para onde, meu senhor?

Georgi apontou com a mão para a frente. Para qualquer lugar. O homem lhe dissera: "Troque de carro três ruas depois...".

Mas o ritmo do motorista era delicioso. Terceira rua... sexta... décima segunda rua... Até o nonagésimo nono bloco ainda estava muito longe. O bem-estar de ser conduzido o preencheu, a embriaguez da luz, o banho de prazer do movimento.

Quanto mais se afastava da Nova Torre de Babel com o deslizar silencioso das rodas, mais parecia se afastar da consciência de seu próprio eu.

Quem era ele? Não era ele que estivera ali, com as calças sujas de graxa e remendadas, naquele inferno fervilhante, com o cérebro esmagado pela vigilância perpétua, com ossos cujo tutano era sugado pelo mesmo ritmo eterno de alavancas eternamente iguais, com um rosto queimado pelo brilho insuportável, cujo suor salgado rachava os sulcos vorazes de sua pele?

Será que não vivia numa cidade ainda mais subterrânea do que as estações de metrô de Metrópolis, com seus milhares de túneis – numa cidade cujos prédios se enfileiravam tão altos, em torno de praças e ruas, quanto lá em cima, à luz dos imponentes edifícios de Metrópolis?

Teria ele alguma vez conhecido algo além da horripilante sobriedade desses prédios, onde não moravam pessoas, mas números identificados por enormes painéis próximos às portas de entrada?

Sua vida já tivera outro propósito além de ir ao trabalho, saindo dessas portas com suas placas numeradas, quando as sirenes de Metrópolis uivavam para ele – e, dez horas depois, destroçado e morto de cansaço, voltar cambaleando para casa, cuja porta indicava seu número?

Ele mesmo não era nada além de um número – número 11811 – impresso em suas roupas de baixo, suas vestimentas, seus sapatos, sua boina? Não tinha o número impresso na alma, no cérebro e no sangue, a ponto de ter que pensar duas vezes antes de lembrar o próprio nome?

E agora?

Seu corpo, reanimado pela água pura e fresca que havia lavado o suor de seu trabalho, sentiu com uma doçura inaudita o relaxamento indulgente de todos os músculos. Com um arrepio que enfraqueceu todas as articulações, sentiu o toque carinhoso da seda branca sobre a pele nua do corpo, e, quando se rendeu, sem resistência, ao ritmo suave e constante da viagem de automóvel, foi dominado pela consciência da absoluta redenção, pela primeira vez, de tudo o que antes era pressão torturante em sua vida. A sensação veio com uma força tão gigantesca que explodiu em gargalhadas, como um louco, entre lágrimas que escorriam sem freio.

Com violência, mas ainda assim com grande veemência, se apertava contra ele a grande cidade, que era como um mar bramindo sobre as montanhas.

O trabalhador número 11811, o homem que morava em uma casa parecida com uma cela de prisão sob os trilhos subterrâneos de Metrópolis, não conhecia nenhum caminho senão aquele que saía do buraco de dormir onde morava e ia até a máquina, para depois sair da máquina e voltar ao buraco de dormir. Ele olhava pela primeira vez na vida a maravilha do mundo de Metrópolis: a cidade noturna, brilhando em milhões e milhões de luzes.

Viu aquele oceano iluminado, que enchia as ruas infinitas com um brilho prateado e cintilante. Viu a luz bruxuleante das propagandas, que se derramavam em seu êxtase incandescente, sempre inesgotáveis. Viu torres imponentes que pareciam construídas de cubos de luz e se sentiu dominado, sobrepujado ao ponto da fraqueza por esse inebriamento luminoso. Sentiu como esse oceano faiscante, com centenas de milhares de ondas espalhafatosas que avançavam sobre ele, arrancava-lhe o fôlego, encharcava-o, sufocava-o...

E ele entendia que aquela cidade de máquinas, aquela cidade de sobriedade, aquela maníaca do trabalho noturno, buscava o poderoso contraponto à obsessão do trabalho diário – que essa cidade, em suas noites, perdia-se como uma louca, como alguém totalmente insano, na embriaguez de um prazer que levava às alturas e lançava a todas as profundezas, imensamente contente e imensamente devastadora.

Georgi tremia da cabeça aos pés. E, no entanto, não era realmente um tremor que dominava seu corpo. Era como se todos os membros estivessem ligados ao motor silencioso que os impulsionava adiante. Não, não naquele único motor, que era o coração do carro no qual estava sentado, mas sim todos aqueles outros motores, centenas e milhares deles, que perseguiam o fluxo duplo infinito de carros reluzentes, iluminados pela rua da notívaga cidade febril. E, ao mesmo tempo, seu corpo tremeluzia com os fogos de artifício das rodas cintilantes, os escritos em dez cores, as fontes brancas como a neve dos postes sobrecarregados, os foguetes que subiam sibilantes, as torres geladas e flamejantes.

Havia uma palavra que voltava sempre. De fontes invisíveis, um feixe de luz subia, jorrando de seu ponto mais alto e deixando pingar letras em todas as sete cores do arco-íris, em meio ao aveludado céu negro de Metrópolis.

As letras formavam aquela palavra: Yoshiwara...

O que isso significava: Yoshiwara?

Nas ferragens de um viaduto alto, um sujeito de pele amarelada com a cabeça baixa se balançava de joelhos e deixava cair uma nevasca de folhas brancas sobre a fila dupla de carros.

As folhas balançavam e caíam. O olhar de Georgi flagrou uma. Em uma caligrafia grande e distorcida, lia-se: Yoshiwara.

Em um cruzamento, o carro parou. Camaradas de pele amarelada em jaquetas de seda bordadas e coloridas se esgueiravam, lisos como enguias, pelas fileiras de doze carros que ali esperavam. Um deles se balançou no estribo do carro preto em que Georgi estava. Por um segundo, a careta amarelada sorriu para o rosto jovem, branco e indefeso.

Uma pilha de folhas foi arremessada pela janela, caindo sobre os joelhos de Georgi e a seus pés. Mecanicamente, ele se inclinou e pegou aquelas que os dedos conseguiram alcançar.

Nos pequenos papéis, dos quais emanava uma fragrância pungente, agridoce e tranquilizante, estavam em grandes letras, que agiam como se estivessem enfeitiçadas: Yoshiwara...

A garganta de Georgi estava seca como areia. Ele molhou os lábios rachados com a língua, que estava pesada e ressecada na boca. Uma voz lhe dissera: "Vai encontrar dinheiro mais do que suficiente nos meus bolsos".

Dinheiro suficiente... Para quê? Para arrebatar essa grande cidade de céu e inferno, envolvê-la com os dois braços, as duas coxas, na impotência de dominá-la, desesperar-se, lançar-se dentro dela – me tome! Para sentir a concha cheia nos lábios – sorver, sorver sem tomar fôlego, morder firme na borda da concha – eterna, eterna insaciabilidade, comparada ao eterno transbordamento, eterno derramamento da concha da embriaguez...

Ah, Metrópolis! Metrópolis!

Dinheiro mais do que suficiente...

Um som estranho veio da garganta de Georgi, e de dentro dela algo como o rouquejar de uma pessoa que sabia estar sonhando e que desejava acordar, e também o rascar dos predadores quando farejavam sangue. Sua mão lançou as folhas longe e as apanhou novamente. Ele as amassou entre dedos brilhantes e convulsos.

Virou a cabeça de um lado para o outro, como se estivesse procurando uma saída que, ainda assim, temesse encontrar.

Bem perto do carro, outro deslizou silenciosamente, uma grande sombra preta brilhante, o assento de uma mulher disposto sobre quatro rodas, adornado com flores e iluminado por lâmpadas fracas. Georgi viu a mulher com muita clareza. E a mulher olhou para ele. Mais encolhida que sentada no estofado do carro, ela se envolvia em um manto reluzente, do qual apontava um ombro nu, com o branco opaco das penas de um cisne.

Estava maquiada de maneira desconcertante, como se não quisesse ser humana, não quisesse ser mulher, mas um animal estranho, talvez disposto a jogar, talvez disposto a matar.

Sustentando o olhar do homem com calma, ela deixou a mão direita – que brilhava com pedraria – e o braço esguio – que estava completamente nu, alvo e opaco como o ombro – gentilmente escorregarem para fora da proteção do manto. Ela começou a balançar uma das folhas de maneira casual, e no papel havia a mesma palavra Yoshiwara.

– Não! – disse o homem. Ele engasgou e enxugou o suor da testa. A frieza brotou da matéria fina e estranha com a qual ele enxugou o suor da testa.

Olhos encararam-no. Olhos vagos. Um sorriso onisciente da boca maquiada.

Com um suspiro alto, Georgi quis abrir a porta de uma vez e pular para a rua. Mas o movimento do carro o jogou de volta ao estofado. Ele cerrou os punhos e os apertou diante dos olhos. Completamente enevoada, completamente difusa, uma imagem surgiu em sua cabeça: uma máquina pequena e forte, não maior que uma criança de cinco anos. Seus braços curtos empurravam e empurravam e empurravam alternadamente para a frente, para trás, para a frente... Sorrindo, a máquina ergueu a cabeça afundada ao peito...

– Não! – gritou o homem, batendo palmas e rindo. Ele se livrara da máquina. Ele trocara de vida.

Trocara... com quem?

Com alguém que havia falado: "Vai encontrar dinheiro mais do que suficiente nos meus bolsos".

O homem no carro inclinou a cabeça para trás e olhou para o teto que pendia sobre ele.

A palavra brilhava no teto: Yoshiwara...

A palavra Yoshiwara transformou-se em foguetes de luz que respingaram a seu redor, cobrindo suas roupas. Ele ficou sentado, imóvel, coberto de suor frio. Agarrou o couro do assento com a ponta dos dedos. Suas costas estavam rígidas, como se a coluna fosse feita de ferro frio. Seu queixo batia.

– Não! – disse Georgi, batendo os punhos no assento. Mas, diante dos olhos que encaravam o nada, a palavra ainda inflamava: Yoshiwara...

A música estava no ar, arremessada nas ruas noturnas por alto-falantes monstruosos. Impertinente era a música, do ritmo mais quente, de alegria berrante e fustigante.

– Não! – arfou o homem. Sangue escorria em gotas grandes dos lábios mordidos.

Um foguete subiu e escreveu no céu sobre Metrópolis: Yoshiwara...

Georgi abriu a janela. A gloriosa cidade de Metrópolis, que dançava em sua embriaguez luminosa, lançava-se contra ele, tempestuosa, como se ele fosse, sozinho, o único amado, o único esperado. Ele se inclinou para fora da janela e gritou:

– Yoshiwara!

Caiu de costas no estofado. O carro fez uma curva suave em uma nova direção.

Um foguete subiu e escreveu no céu sobre Metrópolis: Yoshiwara...

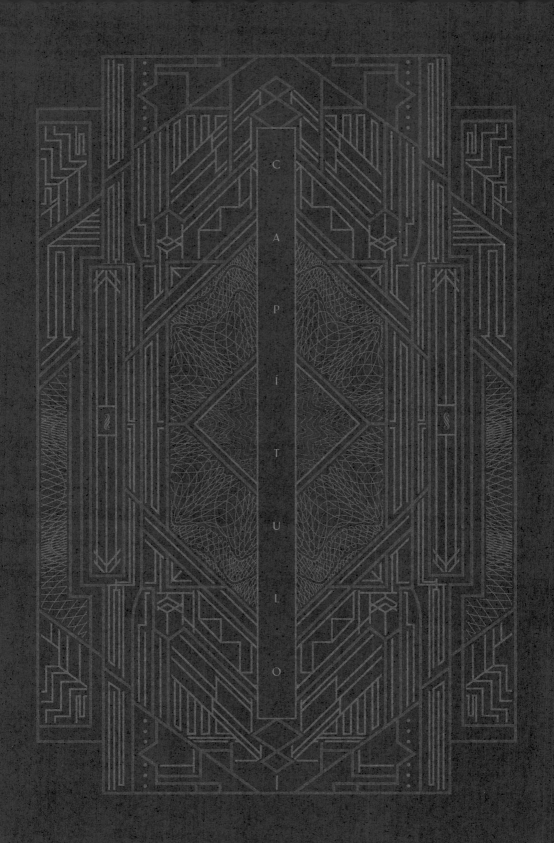

CAPITULO VI

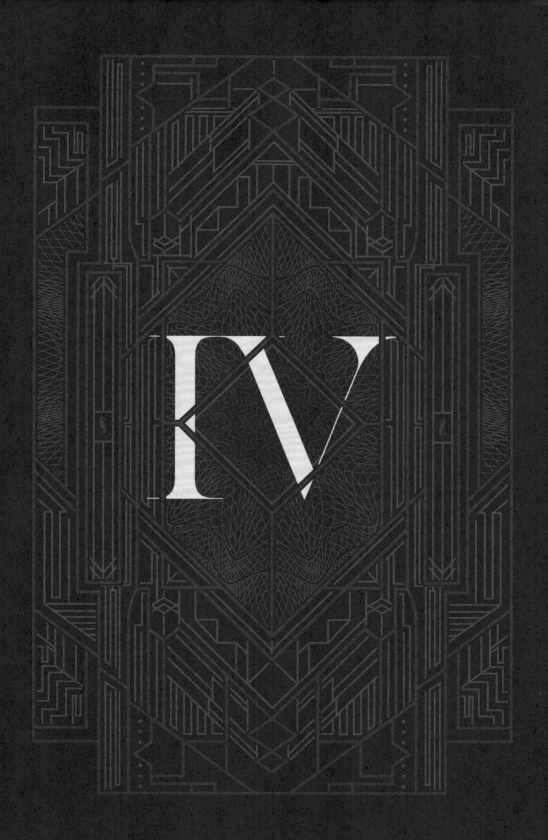

HAVIA UMA CASA NA GRANDE METRÓPOLIS, mais antiga que a própria cidade. Muitos diziam que era mais antiga até mesmo que a catedral: antes que o arcanjo Miguel erguesse sua voz, clamando pelo nome de Deus nas alturas, a casa já estava ali, em sua escuridão maligna, desafiando a catedral com olhos opacos.

Sobreviveu ao tempo da fumaça e da fuligem. Cada ano que passava pela cidade parecia rastejar moribundo para dentro dessa casa, de modo que ela finalmente se tornou o cemitério dos anos, um caixão cheio de décadas mortas.

Gravado na madeira preta da porta ficava o selo de Salomão, o pentagrama, de um vermelho acobreado e misterioso.

Corria o boato de que um mago viera do Oriente (na trilha de seus sapatos vermelhos vagueava a peste) e construíra a casa em sete noites. Mas os pedreiros e os carpinteiros da cidade não sabiam quem tinha cimentado as pedras ou erguido o telhado. Nenhum discurso do mestre de obras e nem mesmo um ramalhete com fitas haviam consagrado a cerimônia de inauguração, segundo se acreditava. Os anais da cidade não informavam quando o mago morreu, nem como. Um dia, os cidadãos estranharam que os sapatos vermelhos do mago já não percorriam havia um bom tempo o medonho pavimento da cidade. Invadiram a casa e nela não se encontrou vivalma. Porém, os quartos, que nem de dia nem à noite recebiam sequer um raio das grandes luzes do céu, pareciam estar à espera de seu mestre, afundados no sono. Pergaminhos e fólios estavam abertos, cobertos de poeira como se esta fosse um veludo cinza-prateado.

Gravado em todas as portas estava o selo de Salomão, o pentagrama, de um vermelho acobreado e misterioso.

Até que chegou um tempo que derrubou o antigo. Então, foi feita a declaração: a casa precisaria morrer. Mas a casa foi mais forte que a declaração, pois era mais forte que os séculos. Matou as pessoas que pousaram as mãos nas paredes, com pedras que caíram repentinamente. Abria o chão sob seus pés e as lançava em um poço do qual ninguém tinha conhecimento antes. Era como se a praga que uma vez seguira os sapatos vermelhos do mago continuasse à espreita nos cantos da casa estreita e saltasse por trás das pessoas, pegando-as pela nuca. Morriam, e nenhum médico reconhecia a doença. A casa defendeu-se tanto e com tamanha violência contra a sua destruição que a fama de sua maldade ultrapassou as fronteiras da cidade e, por fim, não havia homem honesto que ousasse lutar contra ela. Sim, até ladrões e bandidos, aos quais se prometia redução de pena se concordassem em derrubar a casa do mago, preferiam ir ao pelourinho ou até mesmo ao local de execução a enfrentar o poder dessas paredes ímpias e suas portas sem maçanetas, todas lacradas com o selo de Salomão.

A cidadela ao redor da catedral transformou-se em uma cidade grande e cresceu até se tornar Metrópolis e o centro do mundo.

Certo dia, um homem veio de longe até a cidade, e disse ao ver a casa: "Eu quero tê-la".

Contaram-lhe a história da casa. Ele não sorriu. Insistiu em seu propósito. Comprou a casa a um preço muito baixo, mudou-se imediatamente e a deixou inalterada.

O nome do homem era Rotwang. Poucos o conheciam. Apenas Joh Fredersen conhecia o homem, e muito bem. Seria mais fácil o Senhor de Metrópolis decidir lutar pela catedral com a seita dos góticos do que com Rotwang pela casa do mago.

Havia muitas pessoas em Metrópolis, nessa cidade de pressa significativa e regularizada, que preferiam fazer um longo desvio a passar pela casa de Rotwang. Mal chegava aos joelhos dos prédios gigantescos que se avizinhavam. Ficava inclinada na rua. Para a cidade pura que não conhecia mais fumaça ou fuligem, era uma nódoa e um incômodo. Mas persistia. Quando Rotwang saía de casa e atravessava a rua, o que raramente acontecia, muitos olhavam furtivamente para seus pés, para saberem se caminhava com sapatos vermelhos.

Diante da porta dessa casa, onde o selo de Salomão brilhava, estava agora Joh Fredersen, Senhor de Metrópolis.

Ele havia mandado o carro embora e bateu à porta.

Esperou e bateu novamente.

Uma voz perguntou, como se a casa falasse durante o sono:
– Quem está aí?
– Joh Fredersen – respondeu o homem.
A porta se abriu.

Ele entrou. A porta se fechou. Ele estava no escuro. Mas Joh Fredersen conhecia bem a casa. Caminhou adiante e, enquanto seguia, dois rastros de pés se iluminaram nos ladrilhos do corredor. A borda de um degrau da escada começou a brilhar. Como um cão apontando o caminho, o brilho subia as escadas diante dele e se apagava logo atrás.

Ele chegou ao final da escadaria e olhou ao redor. Sabia que muitas portas desembocavam ali. Mas, no lado oposto, o selo de cobre brilhava como um olho distorcido, encarando-o.

Foi até o selo. A porta se abriu diante dele.

Por mais que a casa de Rotwang tivesse muitas portas, essa era a única que se abria para Joh Fredersen, embora — e talvez justamente por isso — o dono da casa soubesse muito bem que, para Joh Fredersen, sempre significava uma superação imensa cruzar essa soleira.

Com um som agudo, a porta se fechou bruscamente atrás dele.

Ele inspirou o ar da sala, com hesitação e ainda assim profundamente, como se procurasse nela o sopro de outra respiração.

Sua mão lançou o chapéu sobre uma cadeira, indiferente. Devagar, com um cansaço súbito e triste, seus olhos vagaram pelo cômodo.

O lugar estava quase vazio. Uma cadeira grande enegrecida pelo tempo, dessas que são encontradas em igrejas antigas, ficava diante de uma cortina fechada que escondia um nicho tão largo quanto a parede.

Joh Fredersen ficou por um tempo perto da porta, sem se mexer. Manteve os olhos fechados. Com um tormento inigualável, com uma impotência sem precedentes, ele inalou a fragrância dos jacintos que parecia encher o ar parado daquela sala.

E, sem abrir os olhos, um pouco vacilante, mas ainda certeiro, foi até a pesada cortina preta e afastou-a.

Então, abriu os olhos e permaneceu totalmente parado.

A cabeça de pedra de uma mulher repousava sobre um pedestal da largura da parede. Não era obra de um artista, era obra de um homem que lutou com a pedra branca por dias e noites de imensuráveis tormentos, para os quais faltam palavras na linguagem humana, até parecer que a pedra branca finalmente tinha entendido e assumisse, por si própria, a forma da cabeça feminina. Era como se nenhuma ferramenta tivesse pousado ali – não como se uma pessoa tivesse, diante dessa pedra, sem parar e com toda a força, todo o desejo, todo o desespero do cérebro, do sangue e do coração, chamado pelo nome da mulher, até que a pedra disforme tivesse piedade dele e sozinha formasse a figura feminina que significara todo o céu e todo o inferno para duas pessoas.

O olhar de Joh Fredersen baixou até as palavras que estavam, como se cinzeladas entre imprecações, grosseiramente entalhadas no pedestal.

Hel.
Nascida
Para minha sorte, para a bênção de todos os homens.
Perdida
Para Joh Fredersen.
Morreu
Quando deu a vida a seu filho, Freder.

Sim, ela morreu naquele momento. Mas Joh Fredersen sabia muito bem que não havia morrido no nascimento do filho.

Morreu porque fez o que precisava fazer. Na verdade, morreu no dia em que foi de Rotwang a Joh Fredersen, imaginando que seus pés não deixariam rastros sangrentos pelo caminho. Morreu porque não resistiu ao grande amor de Joh Fredersen e porque foi forçada por ele a partir a vida de outro ao meio.

Nunca a expressão da redenção finita foi mais forte no rosto de um ser humano quanto no rosto de Hel quando soube que morreria.

No entanto, na mesma hora, o homem mais poderoso de Metrópolis tinha se deitado no chão e urrado como um animal selvagem cujos membros estavam sendo destroçados do corpo vivo.

E quando ele, muitas semanas depois, encontrou Rotwang, descobriu que o espesso cabelo desgrenhado sobre a incrível fronte do inventor era branco como a neve e que em seus olhos, sob aquela fronte, havia ódio ardente, intimamente relacionado à loucura.

Nesse grande amor, nesse grande ódio, a pobre e falecida Hel permaneceu viva para os dois homens.

— Você precisa esperar um pouco — disse a voz, soando como se a casa falasse durante o sono.

— Escute, Rotwang — disse Joh Fredersen —, sabe que tenho paciência com suas prestidigitações e que venho até você quando quero algo, e que você é a única pessoa que pode dizer isso de si mesma. Mas nunca vai me fazer embarcar quando estiver assim, bancando o tolo. Você também sabe que não tenho tempo a perder. Não nos faça bancar os ridículos e venha comigo!

— Eu disse que você deve esperar — disse a voz, e pareceu se afastar.

– Não vou esperar e vou embora.

– Faça isso, Joh Fredersen!

Ele queria fazer. Mas a porta pela qual entrou não tinha chave, nem maçaneta. O selo de Salomão, brilhante, de um vermelho acobreado, cintilou para ele.

Uma voz suave e distante riu.

Joh Fredersen estava parado, de costas para o cômodo. Um tremor passou por suas costas e percorreu os braços pendentes até seus punhos cerrados.

– Deviam esmagar seu crânio – sussurrou Joh Fredersen. – Deviam esmagar seu crânio, se ele não portasse um cérebro tão precioso.

– Não pode fazer comigo mais do que já fez – retrucou a voz distante.

Joh Fredersen calou-se.

– O que você acha mais doloroso – continuou a voz distante –: esmagar o crânio ou arrancar o coração?

Joh Fredersen calou-se.

– Sua sagacidade está congelada, já que você não responde, Joh Fredersen?

– Um cérebro como o seu, era preciso poder esquecer – disse o homem à porta, encarando o selo de Salomão.

A voz suave e distante riu.

– Esquecer? Esqueci duas vezes na minha vida. A primeira: o etro-óleo e o mercúrio têm uma particularidade quando combinados um com o outro, o que me custou um braço. Segundo: Hel era uma mulher e você um homem, o que me custou o coração. A terceira vez, receio, custaria a cabeça. Nunca esquecerei mais nada, Joh Fredersen.

Joh Fredersen calou-se.

A voz distante também se calou.

Joh Fredersen virou-se e foi até a mesa. Empilhou livros e pergaminhos, sentou-se e tirou um papel do bolso. Ele o estendeu e o observou.

Não era maior que a mão de um homem, não mostrava impressão ou escrita, estava todo coberto com o desenho de um símbolo estranho e um mapa meio arruinado. Caminhos pareciam indicados ali, e pareciam caminhos errados, mas todos levavam ao mesmo objetivo: um lugar cheio de cruzes.

De repente, Joh Fredersen sentiu um frio suave, mas determinado, se aproximar de suas costas. Involuntariamente, prendeu a respiração.

Uma mão graciosa e angulosa passou sobre sua cabeça. A pele transparente esticava-se sobre as articulações estreitas, que brilhavam sob ela como prata opaca. Dedos, brancos como a neve e descarnados, fecharam-se ao redor do mapa que estava sobre a mesa, ergueram-no e o levaram consigo.

Joh Fredersen virou-se. Encarou a criatura que estava em pé diante dele, com olhos vidrados.

O ser era uma mulher, sem dúvida. Na delicada roupa que usava, havia um corpo como o de uma jovem bétula, que cambaleava sobre os pés. Mas, embora fosse mulher, não era humana. O corpo parecia feito de cristal, e os ossos brilhavam prateados. O frio emanava da pele vítrea, que não continha uma gota de sangue. A criatura mantinha as belas mãos apertadas contra o peito, que não se movia, em um gesto de determinação, quase desafiador.

Mas a criatura não tinha rosto. A curva nobre do pescoço carregava uma massa casualmente formada. O crânio era liso, apenas laivos de nariz, lábios, têmporas. Com a expressão de uma loucura silenciosa, os olhos, como se pintados sobre pálpebras fechadas, encaravam sem ver o homem que não respirava.

— Seja educada, minha linda Paródia — disse a voz distante, soando como se a casa falasse durante o sono. — Cumprimente Joh Fredersen, Senhor da grande Metrópolis.

A criatura inclinou-se devagar diante do homem. Os olhos loucos aproximaram-se dele como dois jatos de chama. A cabeça grosseira começou a falar; falou com uma voz cheia de terrível ternura:

— Boa noite, Joh Fredersen...

E essas palavras eram muito mais tentadoras que uma boca entreaberta.

— Ótimo, minha pérola! Ótimo, minha joia da coroa! — disse a voz distante, cheia de louvor e orgulho.

Mas, no mesmo momento o ser perdeu o equilíbrio. Desabou, caindo para a frente contra Joh Fredersen. Ele estendeu as mãos para segurá-lo e, no momento do toque, sentiu como se elas queimassem por um frio insuportável, cuja brutalidade lhe trouxe um sentimento de fúria e aversão.

Ele empurrou a criatura para longe de si e de Rotwang, que agora estava a seu lado, como se tivesse caído do céu. Rotwang pegou a criatura pelos braços.

Ele fez que não com a cabeça.

— Veemente demais! — disse ele. — Veemente demais! Minha linda Paródia, temo que seu temperamento vá lhe pregar muitas peças.

— O que é isso? — perguntou Joh Fredersen, pousando a mão sobre o tampo da mesa que sentiu atrás de si.

Rotwang voltou o rosto para ele, seus olhos gloriosos brilhando, incandescentes como uma fogueira quando o vento a estala com chicotes frios.

— O quê, não, *quem* — retorquiu ele. — Futura, Paródia... Como quiser chamá-la. Também Decepção... Summa: é uma mulher. Todo homem criador primeiro cria uma mulher. Não acredito na besteira de que o primeiro ser tenha sido um homem. Se um Deus masculino criou o mundo (o que é de se esperar, Joh Fredersen), certamente criou, de um jeito terno e se deleitando com truques criativos, primeiro a mulher. Você pode verificar, Joh Fredersen: é imaculada. Um pouco fria, admito. É por conta da matéria, que é meu segredo. Mas ainda não está completamente terminada. Ainda não foi liberada da oficina de seu criador. Não consigo me decidir, entende? O término é, ao mesmo tempo, um desligamento. Não quero me desligar dela. Por isso ainda não lhe dei um rosto. Você deveria lhe dar um rosto, Joh Fredersen. Pois você encomendou o novo ser humano.

— Encomendei com você homens-máquina, Rotwang, que eu possa usar nas minhas máquinas. Não uma mulher que seja um joguete.

— Não é um jogo, Joh Fredersen, não... Você e eu, nós não estamos mais jogando. Por mais nada. Fizemos isso no passado. Uma vez e nunca mais. Não é jogo, Joh Fredersen. Mas uma ferramenta. Você sabe o que significa ter uma mulher como ferramenta? E uma mulher assim, imaculada e fria? E obediente, de obediência incondicional... Por que está brigando com os góticos e com o monge Desertus pela catedral? Mande para eles a mulher, Joh Fredersen! Mande para eles a mulher quando eles estiverem de joelhos, açoitando-se. Deixe essa mulher imaculada e fria caminhar com seus pés de prata, passando entre essas fileiras de homens. Fragrância dos Jardins da Vida nas dobras de suas vestes. (Quem no mundo sabe como cheiravam as flores da árvore onde a maçã do conhecimento amadureceu? A mulher é as duas coisas: cheiro da flor e da fruta...) Devo lhe explicar a última criação de Rotwang, o gênio, Joh Fredersen? Será um sacrilégio. Mas eu lhe devo isso. Pois você acendeu o pensamento criativo em mim, você, homem-máquina... Devo lhe mostrar como minha criatura é obediente? Me dê o que está em sua mão, Paródia!

— Espere um minuto — disse Joh Fredersen, um tanto rouco. Mas a obediência infalível do ser diante dos dois homens não tolerava qualquer hesitação. Abriu as mãos, nas quais os delicados ossos cintilavam prateados, e entregou a seu criador a folha de papel que fora tirada da mesa diante dos olhos de Joh Fredersen. — Isso é trapaça, Rotwang — disse Joh Fredersen.

O grande inventor olhou para ele. Riu. A risada silenciosa fez com que seus lábios fossem de orelha a orelha.

— Não é trapaça, Joh Fredersen, é genialidade! Futura pode dançar à sua frente? Minha linda Paródia pode bancar a carinhosa? Ou a amuada? Cleópatra ou Damayanti? Deve ter o gestual das Madonas góticas? Ou os gestos de amor das dançarinas asiáticas? Que cabelo devo plantar no crânio do seu instrumento? Deve ser casta ou atrevida? Perdoe-me por tantas palavras, homem de tão poucas! Estou inebriado, entendeu? Inebriado por ser um criador. Eu me embebedo, eu me inebrio no seu rosto surpreso! Superei suas expectativas, Joh Fredersen, não é mesmo? E você ainda não sabe de tudo: até cantar minha linda

Paródia sabe! Também sabe ler. O mecanismo do cérebro dela é mais infalível que o seu, Joh Fredersen!

— Se é assim — disse o Senhor da grande Metrópolis, com certa secura em sua voz, agora rouca —, ordene que ela decifre o mapa que você tem na mão, Rotwang...

Rotwang soltou uma risada, que era como a de um bêbado. Olhou para o papel que seus dedos mantinham esticado e estava prestes a estendê-lo ao ser que estava ao seu lado, já com ares de triunfo.

Mas parou no meio do movimento. Boquiaberto, ele olhou para o papel, que levava cada vez mais perto dos olhos.

Joh Fredersen, observando-o, inclinou-se para a frente. Queria dizer alguma coisa, fazer uma pergunta. Mas, antes que pudesse abrir a boca, Rotwang ergueu a cabeça e encarou o olhar de Joh Fredersen com uma incandescência tão verde nos olhos que o Senhor da grande Metrópolis permaneceu em silêncio.

Duas vezes, três vezes essa incandescência verde voou de lá para cá entre a folha de papel e o rosto de Joh Fredersen. E, durante todo esse tempo, não houve nenhum som perceptível na sala além da respiração que saía aos borbotões do peito de Rotwang, como se fosse de uma fonte envenenada em ebulição.

— Onde encontrou o mapa? — perguntou, por fim, o grande inventor. Mas era menos uma questão e mais a expressão de raiva intrigada.

— Isso pouco importa — retrucou Joh Fredersen. — Vim até você por causa dele. Não parece haver ninguém em Metrópolis que saiba o que fazer com isso.

A risada de Rotwang o interrompeu.

— Seus pobres estudiosos! — bradou o inventor, gargalhando. — Que missão você deu a eles, Joh Fredersen! Quantas centenas de quilos de papel impresso os forçou a carregar! Tenho certeza de que não há cidade neste planeta, desde a construção da Antiga Torre de Babel, que eles não farejaram de norte a sul! Ah, se você pudesse sorrir, Paródia! Se já tivesse olhos com os quais pudesse piscar para mim! Mas ao menos ria, Paródia! Abra seu sorriso prateado e revigorante em honra aos grandes estudiosos que são alheios à terra pela qual seus sapatos caminham!

A criatura obedeceu. Abriu um sorriso prateado e revigorante.

— Então, você conhece o mapa... Ou ao menos o que ele representa? — perguntou Joh Fredersen, rindo.

— Sim, pela minha pobre alma, eu o conheço — disse Rotwang. — Mas, pela minha pobre alma! Não vou lhe dizer o que é até eu saber onde você o conseguiu!

Joh Fredersen considerou. Rotwang não tirou os olhos dele.

— Não tente mentir para mim, Joh Fredersen — disse ele com suavidade e uma estranha melancolia.

— Encontraram o papel — começou Joh Fredersen.

— Quem... encontrou?

— Um dos meus capatazes.

— Grot?

— Sim. Grot.

— Onde ele encontrou o mapa?

— No bolso de um trabalhador que se acidentou na máquina de Geisyr.

— Grot trouxe o mapa para você?

— Isso.

— E o significado do mapa parecia desconhecido para ele?

Joh Fredersen hesitou por um momento com a resposta.

— O significado, sim. Mas não o mapa. Ele me disse que via esse papel com frequência nas mãos dos trabalhadores, que era mantido em absoluto segredo e que as pessoas tendiam a se reunir em torno daquele que o mantivesse.

— Então... O significado do mapa era um segredo para seu capataz?

— Parece que sim, pois ele não soube explicá-lo para mim.

— Hum.

Rotwang virou-se para a criatura em pé, na postura de alguém à espreita, não muito longe dele.

— O que você diz sobre isso, minha linda Paródia? — perguntou.

O ser ficou imóvel.

— Então? — disse Joh Fredersen, com uma expressão aguda de impaciência.

Rotwang olhou para ele, virando a grande cabeça em sua direção. Os olhos gloriosos rastejavam por trás das pálpebras, como se não quisessem ter nada em comum com os fortes dentes brancos e a mandíbula de predador. Mas, entre as pálpebras quase fechadas, eles se ergueram para Joh Fredersen, como se buscassem no rosto dele a porta para o grande cérebro.

— Então as pessoas devem a você, Joh Fredersen? — murmurou ele. — O que é uma palavra... ou um juramento para você, deus de leis próprias? Que promessas você manteria se rompê--las lhe parecesse adequado?

— Pare de tagarelice, Rotwang — disse Joh Fredersen. — Vou me calar porque ainda preciso de você. Sei muito bem que nossos únicos tiranos são justamente aqueles de quem precisamos. Então, se souber de alguma coisa, fale!

Rotwang ainda hesitou, mas aos poucos um sorriso tomou suas feições, um sorriso benevolente e misterioso de quem se divertia.

—Você está de pé na entrada — disse ele.

— O que isso quer dizer?

— Entenda literalmente, Joh Fredersen! Você está de pé na entrada!

— Que entrada, Rotwang? Você desperdiça tempo que não é seu...

O sorriso no rosto de Rotwang aprofundou-se ao ponto da gargalhada.

—Você lembra, Joh Fredersen, como teimosamente me recusei a deixar que os trilhos subterrâneos passassem por baixo da minha casa?

— Decerto. Também sei da quantia que me custou o desvio.

— O segredo custou caro, admito, mas vale o preço. Olhe para o mapa, Joh Fredersen, o que há aqui?

—Talvez uma escada...

— Certamente uma escada. Ela é feita de um jeito descuidado, tanto no desenho como na realidade.

— Então você a conhece?

—Tenho essa honra, Joh Fredersen, sim. Agora, dê dois passos para o lado. O que há?

Ele havia tomado Joh Fredersen pelo braço, que sentiu os dedos da mão artificial como a pegada de uma ave de rapina penetrando seus músculos. Com a mão direita, Rotwang apontou para o lugar onde Joh Fredersen estava em pé.

– O que há aqui? – perguntou, sacudindo o braço que o inventor tinha segurado.

Joh Fredersen inclinou-se. Ele se empertigou novamente.

– Uma porta?

– Correto, Joh Fredersen! Uma porta! Uma porta muito bem encaixada e bem fechada! O homem que construiu esta casa era uma pessoa decente e cuidadosa. Só uma vez ele se descuidou, e teve que pagar por isso. Ele desceu as escadas que ficavam embaixo desta porta e, seguindo os degraus gastos e os corredores que os sucederam, perdeu-se e não encontrou o caminho de volta. E não é fácil encontrá-lo, porque as pessoas que moravam lá não se importavam em deixar estranhos entrarem em suas construções... Encontrei meu curioso predecessor, Joh Fredersen, e no mesmo instante o reconheci: seus sapatos vermelhos pontudos se mantiveram maravilhosamente preservados. Parecia um cadáver pacífico e cristão, o que com certeza não fora em vida. Os companheiros de sua última hora provavelmente contribuíram bastante para a conversão do antigo discípulo do diabo...

Ele bateu a unha do indicador direito sobre um emaranhado de cruzes no centro do mapa.

– Aqui está ele. Exatamente neste local. Seu crânio deve ter encerrado um cérebro digno do seu, Joh Fredersen, e ainda assim teve que perecer de forma tão miserável, apenas por ter se perdido uma vez... Que pena dele.

– Aonde ia quando se perdeu? – perguntou Joh Fredersen.

Rotwang olhou para ele por um bom tempo antes de falar.

– Para a Cidade dos Túmulos, sobre a qual fica Metrópolis – disse finalmente. – Nas profundezas, nos caminhos de toupeira de seus trilhos subterrâneos, Joh Fredersen, fica a milenar Metrópolis dos mortos milenares...

Joh Fredersen calou-se. Lentamente, sua sobrancelha esquerda se ergueu quando ele estreitou as pálpebras. Voltou o olhar para Rotwang, que não havia tirado os olhos dele.

— O que tem a ver o mapa desta Cidade dos Túmulos com as mãos e os bolsos dos meus trabalhadores?

— Isso ainda precisa ser descoberto — respondeu Rotwang.

— Vai me ajudar?

— Vou.

— Esta noite ainda?

— Ótimo.

— Volto depois da troca de turno.

— Faça isso, Joh Fredersen. E se quiser aceitar um conselho...

— Diga?

— Venha com o traje de seus trabalhadores quando voltar!

Joh Fredersen levantou a cabeça, mas o grande inventor não deu tempo para as palavras. Ergueu a mão como quem ordena silêncio e admoesta.

— O crânio do homem com os sapatos vermelhos também envolvia um cérebro forte, Joh Fredersen, e mesmo assim não conseguiu encontrar o caminho de volta à casa, entre os que vivem lá embaixo.

Joh Fredersen considerou por um momento. Então, assentiu e virou-se para ir embora.

— Seja educada, minha linda Paródia — disse Rotwang. — Abra as portas para o Senhor da grande Metrópolis!

A criatura olhou para além de Joh Fredersen. Ele sentiu na respiração o frio que vinha dela. Viu a risada silenciosa nos lábios entreabertos de Rotwang, o grande inventor. Empalideceu de raiva, mas permaneceu calado.

A criatura estendeu a mão transparente, na qual os delicados ossos cintilavam prateados, e tocou com a ponta dos dedos o selo de Salomão, que brilhava acobreado.

A porta afastou-se. Joh Fredersen saiu, logo atrás da criatura, que desceu as escadas diante dele.

Não havia luz nas escadas nem no corredor estreito. No entanto havia um vislumbre da figura, não mais que uma vela verde queimando, mas forte o suficiente para iluminar os degraus e as paredes escuras.

A criatura parou na porta da frente e esperou Joh Fredersen, que a seguia com vagar. A porta se abriu diante dele, mas não o bastante para que pudesse sair pela fresta.

Ele parou.

Seus olhos encaravam o rosto grosseiro da criatura, os olhos como se pintados sobre pálpebras fechadas, com a expressão de uma loucura silenciosa.

— Seja educada, minha linda Paródia — disse uma voz suave e distante que soou como se a casa falasse durante o sono.

A criatura curvou-se. Estendeu a mão, uma mão angulosa e delicada. A pele transparente esticava-se sobre as articulações estreitas, que brilhavam sob ela como prata pálida. Dedos, brancos como a neve e descarnados, abriram-se como as flores de um lírio cristalino.

Joh Fredersen estendeu a mão adiante e sentiu-a queimar por um frio intenso, como no momento do toque. Ele quis empurrar a criatura para longe, mas os dedos de prata e cristal o seguraram.

— Adeus, Joh Fredersen — disse a cabeça grosseira com uma voz cheia de ternura terrível. — Dê-me logo um rosto, Joh Fredersen!

Uma voz suave e distante riu, como se a casa risse durante o sono.

A mão se soltou, a porta se abriu, Joh Fredersen cambaleou para a rua. Atrás dele, a porta se fechou. O vermelho acobreado brilhou na madeira sombria com o selo de Salomão, o pentagrama.

Quando Joh Fredersen quis entrar de volta no crânio da Nova Torre de Babel, o Homem Magro se postou diante dele. Parecia ainda mais magro do que o normal.

— O que foi? — perguntou Joh Fredersen.

O Homem Magro quis falar, mas a visão de seu senhor arrancou as palavras de seus lábios.

— Então? — disse Joh Fredersen entredentes.

O Homem Magro prendeu o fôlego.

— Eu quero lhe informar, sr. Fredersen — disse ele —, que seu filho desapareceu no momento em que saiu desta sala.

Joh Fredersen virou-se pesadamente.

— O que isso significa isso? Como assim, "desapareceu"?

— Não voltou para casa, e nenhum de nossos homens o viu.

Joh Fredersen fez uma careta.

— Encontrem-no! — disse com voz rouca. — O que estão fazendo aí? Procurem-no!

Ele entrou no crânio da Nova Torre de Babel. A primeira coisa que viu foi o relógio. Ele correu para a mesa e estendeu a mão para tocar a pequena placa de metal azul.

O HOMEM DIANTE DA MÁQUINA QUE SE assemelhava a Ganesha, o deus com a cabeça de elefante, não era mais um ser humano. Era apenas um pedaço de carne pingando exaustão, de cujos poros a última força de vontade escorria, formando grandes gotas de suor. Olhos cansados não enxergavam mais o manômetro. A mão não segurava a alavanca, agarrava-se a ela como se aquele fosse o último esteio, tudo o que impedia que a criatura-homem danificada caísse nos braços esmagadores da máquina.

O Paternoster da Nova Torre de Babel virava suas pás em um equilíbrio sossegado. Os olhos da maquininha sorriam de forma branda e traiçoeira para o homem diante dela, que agora não passava de um murmúrio.

– Pai! – murmurou o filho de Joh Fredersen. – Hoje, pela primeira vez desde que Metrópolis existe, você esqueceu de fazer sua cidade e suas grandes máquinas rugirem por mais alimento no tempo certo... Metrópolis ficou muda, pai? Olhe para nós! Olhe para suas máquinas! Suas máquinas-deusas estão enojadas diante dos pedaços mastigados em suas bocas, essa comida pisoteada que somos... Por que está sufocando suas vozes até a morte? Dez horas nunca... Elas nunca terão fim? Pai nosso que estais no céu...

Mas, naquele mesmo segundo, Joh Fredersen havia encostado o dedo na pequena placa de metal azul, e a voz da grande Metrópolis ergueu seu grito monstruoso que fazia as paredes tremerem. Até os fundamentos de sua estrutura, a Nova Torre de Babel estremeceu sob a voz da grande Metrópolis.

– Obrigado, pai! – disse o humano exausto diante da máquina que se assemelhava a Ganesha. Ele sorriu. Sentiu o gosto salgado em seus lábios e não sabia se era sangue, suor ou lágrima. Da neblina vermelha, dos vapores havia muito chamejados, novas pessoas seguiam aos encontrões para mais perto dele. Ele soltou a mão da alavanca e despencou. Braços o arrebataram e o levaram embora. Ele virou a cabeça para esconder o rosto.

O olho da maquininha, o olho brando e traiçoeiro, piscou para ele lá atrás.

– Até mais ver, amigo! – disse a maquininha.

A cabeça de Freder caiu sobre o peito. Ele podia sentir como era arrastado, ouviu a simetria embotada de pés avançando, sentiu-se um membro dos doze membros trotando. Sob seus pés o chão começou a girar, enrolando-o e puxando-o consigo para baixo.

Os portões estavam com as duas folhas abertas. Por elas passou a procissão de pessoas.

A grande Metrópolis ainda rugia.

De repente, ela ficou em silêncio, e, no silêncio, Freder sentiu a respiração de alguém em seu ouvido. A voz, apenas resfolegante, perguntou:

– Ela chamou... Você vem?

Ele não sabia o que a pergunta significava, mas assentiu com a cabeça. Queria conhecer os caminhos daqueles que, como ele próprio, andavam de linho azul, de boina preta, em sapatos duros.

Com as pálpebras bem apertadas, ele continuou cambaleando adiante, ombro a ombro com um desconhecido.

Ela chamou, ele pensou, meio adormecido. Quem é essa tal "ela"?

Ele caminhava, caminhava com uma fadiga que ardia devagar. O caminho não tinha fim. Ele não sabia para onde estava indo. Ouvia o trote daqueles que caminhavam com ele, como o som constante de uma queda d'água.

Ela chamou, ele pensou. Quem é ela? Ela, cuja voz é tão poderosa que essas pessoas, mesmo exauridas e mortas de fadiga, deixam voluntariamente o sono de lado, essa que é a maior das delícias para os cansados, para segui-la quando chama?

Não pode estar muito mais longe do centro da terra...

Ainda mais profundo? Mais profundo ainda, lá embaixo?

Não há mais luz ao redor, apenas lanternas piscando aqui e ali em mãos humanas. Finalmente, à distância, um brilho fraco.

Já fomos tão longe que encontraríamos o sol, pensou Freder, e o sol mora no umbigo do mundo?

A procissão foi parando. Freder também parou. Cambaleou contra rochas secas e frias.

Onde estamos, pensou ele. Em uma caverna? Se o sol mora aqui, não está em casa agora. Temo que percorremos esse caminho em vão. Vamos voltar, irmãos... Queremos dormir...

Ele escorregou pela parede, caiu de joelhos e recostou a cabeça nas pedras. Que macias elas eram...

Um murmúrio de vozes humanas surgiu ao redor dele, como o farfalhar de árvores se movendo ao vento.

Ele sorriu em paz. Como é bom estar cansado...

Então, uma voz começou a falar.

Ah, doce voz, pensou Freder, sonhador. Voz amada com ternura. Sua voz. Virgem Mãe! Eu adormeci. Sim, eu sonho! Sonho com sua voz, amada!

Mas uma dor aguda em sua têmpora fez com que ele pensasse: descansei a cabeça contra essa pedra! Consigo perceber o frio que emana da pedra. Sinto essas pedras frias sob meus joelhos. Então, não estou dormindo, apenas sonhando... Mas, e se isso não for um sonho? Se essa for a realidade?

Com uma força de vontade que o fez gemer, ele abriu os olhos e observou ao redor.

Uma abóbada, como a de um sepulcro. Cabeças humanas tão grudadas que pareciam torrões de um campo recém-arado. Todos os rostos se voltavam para um ponto: para a fonte de uma luz, benigna como Deus.

Velas queimavam, com suas chamas em forma de espada. Espadas de luz, estreitas e brilhantes, formavam um círculo em volta da cabeça de uma garota, cuja voz era como a respiração de Deus.

A voz falou, mas Freder não ouviu as palavras. Ele não ouvia nada além de um som cuja melodia abençoada estava saturada de doçura, como o ar de um jardim florido e perfumado. E, de repente, o rugido furioso de seus batimentos cardíacos se precipitou sobre aquele som harmonioso. O ar estrondava com sinos. As paredes tremiam sob as ondas de um órgão invisível. Fadiga, exaustão – extintas! Da cabeça aos pés, ele sentiu o corpo como um único instrumento de felicidade, todas as cordas estendidas a ponto de se romperem e, ainda assim, afinadas no acorde mais puro, mais quente e radiante, e nesse acorde todo o seu ser vibrava em um rugido.

Ele ansiava por acariciar as pedras nas quais estivera ajoelhado. Ansiava por beijar as pedras nas quais descansara a cabeça, em uma ternura sem limites. Deus... Deus! O coração batia no peito, e cada batida era um agradecimento e uma forma de adoração. Ele olhava para a garota e não a via. Tinha apenas um vislumbre; antes de qualquer coisa além disso, ele já estava de joelhos.

Minha querida, formava sua boca. Minha! Amada! Como o mundo pôde existir enquanto você ainda não estava aqui? Como deve ter sido o sorriso de Deus quando Ele a criou? Você está falando? O que está dizendo? Meu coração grita dentro de mim, não consigo apreender suas palavras... Tenha paciência comigo, piedade, amada!

Sem que ele soubesse, puxado por uma corda invisível que não podia se romper, de joelhos ele se aproximava cada vez mais daquele brilho que o rosto da garota era para ele. Por fim, chegou tão perto dela que, se estendesse a mão, poderia ter tocado a bainha de seu vestido.

– Olhe para mim, Virgem! – rogaram seus olhos. – Mãe, olhe para mim!

Mas os olhos gentis se dirigiam para um ponto além dele. Seus lábios diziam:

– Meus irmãos...

Com um gesto de dolorosa obediência, em uma submissão incondicional, Freder baixou a cabeça e colocou as mãos brilhantes diante do rosto também brilhante.

— Meus irmãos — disse a graciosa voz para além dele.

E emudeceu, como se assustada.

Freder ergueu a cabeça. Nada havia acontecido, nada que pudesse ter sido dito. Só que o ar que passava pelo espaço de repente se tornou audível, como um suspiro exalado, e estava frio, como se estivesse vindo de portas abertas.

Com um crepitar suave, as chamas-espadas das velas dobraram-se. Então, ficaram novamente em riste.

Fale, minha amada!, disse o coração de Freder.

Sim, então ela falou. E o que ela disse foi o seguinte:

— Vocês querem saber como a construção da Torre de Babel começou? E querem saber como terminou? Eu vejo um ser humano vindo do alvorecer do mundo. Ele é lindo como o mundo e tem um coração ardente. Ele adora caminhar pelas montanhas, oferecendo seu peito ao vento e conversando com as estrelas. É muito forte e domina todas as criaturas. Ele sonha com Deus e se sente ligado a ele. Suas noites são cheias de rostos.

"Uma hora sagrada explode seu coração. O céu estrelado está acima dele e de seus amigos. Ah, amigos! Amigos!, ele exclama e aponta para as estrelas. Grande é o mundo e seu Criador! Grande é o ser humano! Vamos lá, vamos construir uma torre cujo topo chegará ao céu! E, quando estivermos em seu topo, ouvindo as estrelas ressoando acima de nós, vamos querer escrever nosso credo em símbolos de ouro no pináculo da torre: grande é o mundo e seu Criador! E grande é o ser humano!

"E eles se levantaram, um punhado de homens que confiavam uns nos outros, e queimaram tijolos e cavaram a terra. Nunca as pessoas fizeram isso tão rápido, porque todas tinham um só pensamento, um só objetivo e um sonho apenas. Quando descansavam de seu trabalho à noite, todos sabiam o que os outros pensavam. Não precisavam da linguagem para se comunicar. Mas depois de pouco tempo já sabiam: a obra era maior que suas mãos criadoras. Então, fizeram novos amigos. E a obra cresceu. Cresceu de forma avassaladora. Os construtores enviaram seus mensageiros aos quatro cantos do mundo e recrutaram outras mãos, mãos criadoras para sua gigantesca obra.

"As mãos vieram. As mãos criavam por remuneração. As mãos nem sabiam o que estavam criando. Nenhum daqueles que construíam ao sul conhecia qualquer um daqueles que cavavam ao norte. O cérebro que sonhava com a construção da Torre de Babel era desconhecido para aqueles que a construíam. O cérebro e as mãos eram distantes, estranhos. Cérebro e mãos se tornaram hostis. O prazer de um se tornou o fardo do outro. O louvor de um se tornou a maldição do outro.

"'Babel!', gritava um, e ele queria dizer: divindade, coroação, triunfo eterno!

"'Babel!', gritava o outro, e ele queria dizer: inferno, servidão, danação eterna!

"A mesma palavra era oração e blasfêmia. Falando as mesmas palavras, as pessoas não se entendiam.

"As pessoas não se entendiam mais, cérebro e mãos não se entendiam mais, pois a Torre de Babel fora abandonada à destruição. Em seu pináculo, nunca foram gravadas em símbolos dourados as palavras daqueles que sonharam com a Torre: grande é o mundo e seu Criador! E grande é o ser humano!

"O fato de cérebro e mãos não se entenderem mais um dia destruirá a Nova Torre de Babel.

"O cérebro e as mãos precisam de um intermediário. E o intermediário entre o cérebro e as mãos deve ser o coração."

Ela ficou em silêncio. Uma respiração, que era como um suspiro, saiu dos lábios silenciosos dos ouvintes.

Então, um deles se levantou devagar, apoiou os punhos cerrados nos ombros daqueles que se agachavam diante dele e perguntou, erguendo o rosto magro com olhos de devoção para a garota:

— E onde está o nosso intermediário?

A garota olhou para ele, e sobre seu rosto doce veio a luz de uma confiança sem limites.

— Esperem por ele! — disse ela. — Certamente ele virá!

Um murmúrio correu pelas fileiras dos homens. Freder abaixou a cabeça até os pés da garota. Toda a sua alma disse: "Eu quero ser".

Mas ela não o viu e não o ouviu.

— Sejam pacientes, meus irmãos! — continuou ela. — O caminho que seu intermediário deve seguir é longo. Muitos entre vocês estão gritando: Luta! Destruição! Não lutem, meus irmãos, porque isso os tornaria culpados. Acreditem em mim, virá alguém que falará por vocês, que será um intermediário entre vocês, as mãos, e o homem cujo cérebro e cuja vontade estão acima de todos. Ele lhes dará algo mais precioso do que tudo que um ser humano poderia lhes dar: a capacidade de tornarem-se livres sem que se tornem culpados.

Ela se ergueu da pedra em que estava sentada. As cabeças voltadas para ela se movimentaram. Uma voz falou acima das outras. Ninguém viu quem era. Era como se todos ali estivessem falando:

—Vamos esperar. Mas não por muito tempo!

A garota ficou em silêncio. Com olhos tristes, parecia procurar quem se pronunciou na multidão.

Um homem em pé diante dela disse:

— E se lutarmos, onde você estará?

— A seu lado! – falou a garota, abrindo as mãos com o gesto de quem se sacrifica. – Alguma vez vocês já me consideraram infiel?

— Nunca! – responderam os homens. –Você é como ouro. Faremos o que esperar de nós.

— Obrigada – disse a garota, fechando os olhos. Ela ficou de cabeça baixa, ouvindo o trote de pés se distanciando, pés que caminhavam em sapatos duros.

Somente quando tudo estava em silêncio a seu redor e o eco do último passo morreu ela suspirou e abriu os olhos.

Então, viu um homem que usava o linho azul, a boina preta e os sapatos duros, de joelhos a seus pés.

Ela se inclinou para ele. Ele levantou a cabeça. Eles se olharam.

E, então, ela o reconheceu.

Atrás deles, em uma câmara mortuária que tinha a forma de uma diabólica orelha pontiaguda, a mão de um homem agarrou o braço de outro homem.

— Silêncio! Fique em silêncio! – sussurrou uma voz quase inaudível e que, ainda assim, parecia um riso, um riso de escárnio malicioso.

O rosto da garota era um cristal cheio de neve. Ela fez um movimento como se fosse escapar. Mas seus joelhos não lhe obedeciam. Junco na água em movimento não vacilaria tanto quanto seus ombros naquele momento.

— Se veio nos trair, filho de Fredersen, tirará pouca vantagem desse ato — ela disse suavemente, mas com a voz clara.

Ele se levantou e parou diante dela.

— Essa é toda sua fé em mim? — perguntou ele com seriedade.

Ela ficou em silêncio e o encarou. Seus olhos encheram-se de lágrimas.

— Você — continuou o homem. — Como devemos chamá-la? Não sei seu nome. Sempre a chamei apenas de "você". Em todos os dias ruins e nas piores noites, como eu não sabia se a encontraria de novo, eu sempre a chamava de "você". Você não vai me dizer finalmente seu nome?

— Maria — respondeu a garota.

— Maria... Tinha que ser esse nome. Você não facilitou minha busca pelo caminho até você, Maria.

— Por que procurava o caminho até mim? E por que está vestindo o uniforme azul? Aqueles que são condenados a trajá-lo por toda a vida vivem em uma cidade subterrânea, considerada em todos os cinco continentes da Terra como uma maravilha do mundo. É uma maravilha da arquitetura, isso é verdade! É limpa, brilhante e um exemplo de ordem. Nada lhe falta além do sol... e da chuva e da lua na noite, nada além do céu. Por isso as crianças que nascem ali têm rosto de duende. Você quer descer a esta cidade subterrânea a fim de arranjar mais um motivo para adorar sua morada, aquela tão acima da grande Metrópolis, sob a luz do céu? Está vestindo o traje que enverga agora por diversão?

— Não, Maria. Agora eu quero usá-lo para sempre.

— Como filho de Joh Fredersen?
— Ele não tem filho, a menos que você lhe devolva o filho.

Atrás deles, em uma câmara mortuária que tinha a forma de uma diabólica orelha pontiaguda, a mão de um homem cobriu a boca de outro homem.

— Está escrito — sussurrou uma risada —: Por esse motivo um homem deixará seu pai e sua mãe e se agarrará à mulher…

— Você não quer compreender? — perguntou Freder. — Por que me encara com olhos tão severos? Quer que eu seja intermediário entre Joh Fredersen e aqueles que você chama de irmãos. Não pode haver intermediário entre céu e inferno que não tenha estado no céu e no inferno. Eu não conhecia o inferno até ontem. E por isso ontem falhei tão miseravelmente, quando falei com meu pai em nome de seus irmãos. Até você surgir diante de mim pela primeira vez, Maria, eu levava a vida de um filho muito amado. Não sabia o que era isso: um desejo que não poderia realizar. Não conhecia nenhuma ânsia, pois tudo era meu. Eu, tão jovem, esgotei a luxúria da terra até as profundezas. Eu tinha um objetivo… Era um jogo com a morte: o voo até as estrelas… E então você veio e me mostrou meus irmãos. Procurei você a partir daquele dia. Ansiei tanto por você que teria morrido com prazer, sem hesitação, se alguém me dissesse que era esse o caminho que eu deveria percorrer até você. Mas tive que viver e buscar outra trajetória.

— Até mim… Ou até seus irmãos?

— Até você, Maria. Diante de você, não quero fingir ser melhor do que sou. Quero ir até você, Maria, e quero você. Não amo as pessoas por causa delas, mas por sua causa... Porque você as ama. Não quero ajudá-las por causa delas, mas por você... Porque você quer ajudá-las. Ontem fiz duas boas ações para uma pessoa: ajudei alguém que meu pai dispensou. E fiz o trabalho daquele cujo traje eu uso. Esse foi o caminho até você. Deus a abençoe...

A voz dele falhou. A garota se aproximou, segurando suas mãos. Ela gentilmente virou as palmas de Freder para cima e as observou. Olhou para elas com olhos de Maria e gentilmente fechou as mãos ao redor das dele, deixando-as com todo cuidado uma dentro da outra.

— Maria — ele disse apenas movendo a boca.

Ela soltou as mãos de Freder e ergueu as suas até a altura da cabeça dele. Pousou os dedos sobre as bochechas. Correu a ponta dos dedos pelas sobrancelhas, pelas têmporas, duas vezes, três vezes.

Então, ele a puxou para seu peito, e eles se beijaram.

Ele não sentia mais as pedras sob seus pés. Uma onda os carregou, ele e a garota que ele abraçava, como se ele quisesse morrer nela, e a onda veio do fundo do oceano e estrondou como se todo o mar fosse um órgão, e a onda era fogo e quebrava até o céu.

Então descer... descer... Um afundar sem fim rumo ao colo do mundo, à origem do início... Sede e o beber redentor... Fome e saciedade... Dor e libertação da dor... Morte e renascimento...

— Na verdade, é você — falou o homem para os lábios da garota —, você é a grande intermediária. Todas as coisas mais sagradas que há no mundo são você. Toda a bondade é você. Toda a graça é você... Perder a fé em você significa perder a fé em Deus... Maria... Você me chamou, aqui estou eu!

★ ★ ★

Atrás deles, em uma câmara mortuária que tinha a forma de uma diabólica orelha pontiaguda, um homem se inclinou para alcançar o ouvido de outro homem.

– Você queria que eu desse um rosto a Futura. Aqui está o modelo.

– Isso é uma missão?

– É.

– Agora você deve ir, Freder – disse a garota. Os olhos de Maria o encaravam.

– Ir... E deixar você aqui?

Ela ficou séria e balançou a cabeça.

– Comigo nada acontecerá – afirmou ela. – Entre aqueles que conhecem este lugar, não existe um ser humano sequer em quem eu não possa confiar, como se fosse meu irmão de sangue. Mas o que há entre nós dois não é da conta de ninguém; me chatearia ter que explicar... – Nesse momento ela sorriu de novo. – Explicar o que é inexplicável. Você entende?

– Entendo – respondeu ele. – Me perdoe.

As mãos de Maria seguraram as dele.

– Você não conhece o caminho. Quero mostrá-lo a você até que não possa mais errar. Venha.

Atrás deles, em uma câmara mortuária que tinha a forma de uma diabólica orelha pontiaguda, um homem se afastou da parede.

– Você sabe o que precisa fazer – ele disse à meia-voz.

– Sei – veio a voz do outro preguiçosamente, como se sonolenta, da escuridão. – Mas espere, amigo. Tenho que perguntar uma coisa...

— Diga?
—Você esqueceu sua crença?
— Qual crença?
Por um segundo, uma lamparina lampejou pelo aposento que se assemelhava a uma diabólica orelha pontiaguda e atravessou o rosto do homem, que já havia se virado para partir.
— De que a culpa e o sofrimento são gêmeos. Você vai ter culpa diante de duas pessoas, amigo.
— O que isso lhe importa?
— Nada. Ou pouco: Freder é filho de Hel.
— E meu.
— É.
— Não quero perdê-lo.
— Melhor ser culpado de novo?
— É.
— E...
— Sofrer. Sim.
— Bem, amigo. — E numa voz que era uma risada inaudível de zombaria: — Que assim seja, de acordo com sua crença!

A moça atravessava os corredores que lhe eram familiares. A luz da lamparina pequena e brilhante em sua mão roçava o teto de pedra e as paredes pedregosas, onde mortos milenares dormiam em seus nichos.
A moça nunca soube o que era sentir medo dos mortos: havia apenas reverência e gravidade diante da gravidade deles. Hoje, ela não viu a parede de pedra e os mortos. Caminhava, sorria, mesmo sem saber que estava caminhando e sorrindo. Sentiu vontade de cantar. Com uma expressão de felicidade, o

que era ainda mais difícil de acreditar e, ainda assim, parecia perfeito, ela falou o nome de seu amado para si.

— Freder...

E levantou a cabeça, ouvindo atentamente, interrompendo o passo.

Aquilo voltou num sussurro: um eco?

Não.

Parecia quase inaudível, o sussurro: "Maria?".

Ela se virou, assustada e exultante. Era possível que ele tivesse voltado?

— Freder! — chamou ela. Espreitou.

Sem resposta.

— Freder!

Nada.

Mas, de repente, uma lufada fria de ar, que fez o cabelo na nuca da garota eriçar, desceu por suas costas, uma mão de neve. Dolorosamente profundo, era um suspiro que nunca teve fim.

A garota ficou totalmente parada. A luz da pequena e brilhante lamparina que ela segurava brincava bruxuleando ao redor dos pés.

— Freder?

Agora sua voz também era apenas um sussurro.

Sem resposta. Mas, atrás dela, nas profundezas do corredor que tinha de atravessar, percebeu-se um raspar suave e deslizante: pés em sapatos macios sobre pedras ásperas...

Era... Sim, era estranho. Nunca alguém havia cruzado aquele caminho além dela. Não podia ser um humano. E, se fosse, ali, então não era amigo...

Certamente não era uma pessoa que ela gostaria de encontrar.

Deveria deixar passar? Sim.

À esquerda, um segundo corredor se abria. Ela não o conhecia de fato, mas não tinha a intenção de segui-lo. Só queria esperar ali até que o ser humano lá fora – o que estava atrás dela – tivesse passado.

Ela se apertou contra a parede da passagem estranha e permaneceu quieta, esperando no mais completo silêncio. Não respirava. Havia apagado a lamparina. Ficou na escuridão, imóvel.

Ela ouviu: os pés rastejantes se aproximaram. Andavam no escuro, como ela estava parada no escuro. Agora eles estavam ali. Agora deviam... deviam passar... Mas não partiram. Ficaram imóveis, justo na entrada da passagem em que ela se escondia. Os pés estavam parados e pareciam esperar.

Pelo que esperavam? Por ela?

Em completo silêncio, a garota de repente ouviu o próprio coração. Como uma estação de bombeamento, ouviu seu coração, cada vez mais rápido, mais e mais estrondoso. E o humano que agora estava na entrada do corredor provavelmente também poderia ouvir esse batimento cardíaco, que era um estrondo. E se ele não estivesse mais lá... Se já tivesse entrado... Ela não conseguiria ouvir seus passos, de tanto que seu coração retumbava.

Ela estendeu a mão, tateando ao longo da parede de pedra. Sem respirar, seguiu pé ante pé. Avançou para o fundo do corredor, para longe de onde o outro estaria.

Ela estava equivocada? Ou os passos vinham atrás dela? Sapatos suaves e rastejantes sobre as pedras ásperas? Agora: a respiração de uma agonia profunda, ainda mais pesada e mais próxima, a respiração fria em seu pescoço. Então – nada mais. Silêncio. E espera e alerta. Um estar à espreita...

Talvez fosse uma criatura, dessas que o mundo nunca tinha visto: sem tronco, nada além de braços, pernas, cabeça... e que cabeça! Deus do céu! Talvez já estivesse ali, agachada no chão diante dela, que mantinha agora os joelhos junto do queixo. Talvez pressionasse os braços úmidos nos quadris, apoiando-se na parede de pedra, de modo que permanecesse indefesa, presa? E ela não via, naquele momento, o corredor iluminado por um brilho pálido? O brilho não vinha justamente da cabeça de medusa daquele ser?

Freder, ela pensou. Prendeu o nome com força entre os dentes, e ainda assim ouviu o grito que vinha de seu coração.

Ela se jogou para a frente, sentiu que estava livre – ainda estava livre –, correu e tropeçou, levantou-se e cambaleou de parede de pedra em parede de pedra, lançando-se, sangrando, segurando de repente o vazio, caiu, bateu no chão, percebeu: havia algo ali... O quê? Não!

A lamparina tinha caído de suas mãos muito tempo antes. Ela se ergueu até ficar de joelhos e pressionou as mãos contra as orelhas, apenas para não ouvir os pés, os pés rastejantes se aproximando de novo. Viu-se aprisionada na escuridão, e ainda assim abriu os olhos, porque não suportava mais os círculos de fogo, as rodas flamejantes por trás das pálpebras fechadas.

E viu a própria sombra gigantesca lançada contra a parede de pedra à sua frente; havia luz atrás dela e, diante dela, havia um humano.

Um humano? Não era humano. Eram restos de um humano, com o dorso meio apoiado à parede, meio recostado, e nos pés esqueléticos, que quase tocavam os joelhos da garota, os sapatos estreitos eram pontiagudos e vermelhos.

Com um grito que rasgou sua garganta, a garota se jogou para trás com um salto – e então para a frente, para a frente, sem olhar para trás... Perseguida pela luz que açoitava a própria sombra em saltos selvagens a seus pés, perseguidos por pés longos, macios, flexíveis, andando em sapatos vermelhos, pela fumaça gélida que soprava em seu pescoço.

Ela corria, gritava e corria:

– Freder!

Ela estava ofegante. Caiu.

Havia uma escada, degraus desmoronando... Colocou as mãos sangrando à direita e à esquerda das paredes, nos degraus de pedra da escada. Ela se levantou bruscamente. Cambaleou, degrau por degrau... Era o fim.

As escadas terminavam em um alçapão de pedra.

A garota gemeu:

– Freder...

Ela estendeu as duas mãos sobre si. Apoiou a cabeça e os ombros no alçapão. A porta se levantou, caindo com estrépito para trás. Lá embaixo, bem ao fundo, risadas.

A garota subiu pela beirada do alçapão. Correu com as mãos estendidas, indo para lá e para cá. Corria ao longo das paredes e não encontrava porta alguma. Viu a luz que brotava das profundezas. Sob a luz, encontrou uma porta. Ela não tinha maçaneta. Não tinha trancas ou fechaduras.

Na madeira sombria, de vermelho acobreado, brilhava o selo de Salomão, o pentagrama.

A garota virou-se.

Avistou um homem sentado na beira do alçapão e viu seu sorriso. Então, foi como se a garota se extinguisse, e ela mergulhou no nada.

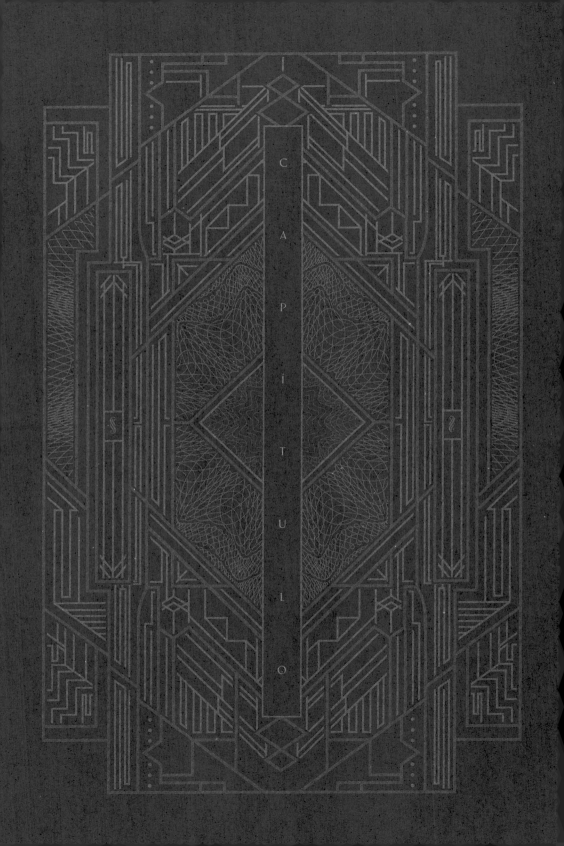

O PROPRIETÁRIO DE YOSHIWARA COSTUMAVA ganhar dinheiro de várias maneiras. Uma delas – e certamente a mais inofensiva – era apostar que homem algum, por mais cosmopolita que fosse, seria capaz de adivinhar a complicada mistura de raças que havia em seu rosto. Até então, havia ganhado todas essas apostas e apanhava o dinheiro que elas lhe traziam com mãos cuja beleza cruel não teria envergonhado nenhum antepassado dos Bórgia, mas cujas unhas exibiam um brilho azul indelével; por outro lado, a cortesia do sorriso que ele mostrava em tão lucrativas ocasiões vinha claramente daquele delicado mundo insular que, da borda oriental da Ásia, sorria gentil e vigilantemente em direção à poderosa América.

Combinava qualidades excepcionais que o faziam parecer um representante-geral da Grã-Bretanha e da Irlanda, pois era ruivo, zombeteiro e bebedor, como se seu nome fosse O'Byrn. Era mesquinho e supersticioso como um escocês e – em certas situações, quando se fazia necessário – de uma negligência altamente cultivada, resultado da força de vontade e uma pedra angular do império inglês. Falava praticamente todas as línguas vivas, como se sua mãe o tivesse ensinado a rezar e seu pai a praguejar em todas elas. Sua ganância parecia vir do oriental Levante, sua modéstia, da China. E, acima de tudo, dois olhos calmos e atentos observavam com a paciência e a perseverança alemãs.

Aliás, por razões desconhecidas, ele era chamado de Setembro.

Os visitantes de Yoshiwara já haviam encontrado Setembro nos mais diversos estados de humor — desde o dormitar despreocupado de um homem do campo satisfeito até o êxtase dançante de um ucraniano. Mas a surpresa em suas feições, com aquela expressão de total perturbação, acabou reservada ao Homem Magro, quando este, pela manhã, depois de ter perdido de vista seu jovem senhor, fez ressoar o gigantesco gongo de Yoshiwara, pedindo para entrar.

Era bastante incomum que a porta de Yoshiwara, que em geral era atendida com bastante rapidez, só tivesse sido aberta ao quarto soar do gongo e que isso acontecesse pelas mãos do próprio Setembro, que, além disso, o fez com aquela expressão que reforçava a sensação de catástrofes mal superadas. O Homem Magro cumprimentou-o. Setembro encarou-o. Uma máscara de latão parecia ter coberto seu rosto, mas um olhar casual na direção do motorista do carro de aluguel, com quem o Homem Magro havia chegado, a arrancou.

— Quisera Deus que sua lata velha tivesse voado pelos ares antes que você pudesse me trazer aquele maluco ontem à noite — disse Setembro. — Ele expulsou os clientes antes que pensassem em pagar. As garotas estão nos cantos, como montinhos de roupa molhada, quando não estão tendo crises de choro. Se eu não quiser chamar a polícia, é melhor fechar a casa, pois não parece que o indivíduo vá recuperar os cinco sentidos antes de hoje à noite.

— De quem você está falando, Setembro? — perguntou o Homem Magro.

Setembro encarou-o. O menor vilarejo da Sibéria se recusaria naquele momento a ser chamado de berço de um homem de aparência tão idiota.

— Se for quem estou procurando — continuou o Homem Magro —, vou livrá-lo dele de uma maneira mais agradável e mais rápida que a polícia.

— E quem é o homem que o senhor está procurando?

O Homem Magro hesitou... Ele pigarreou levemente.

— Você conhece a seda branca tecida para relativamente poucas pessoas em Metrópolis?

Na longa linha de ancestrais cujos múltiplos sedimentos se cristalizaram em Setembro, um comerciante de peles de Tarnopol se via representado e agora sorria pelos cantos maliciosos dos olhos de seu bisneto.

— Entre, meu senhor! — pediu o dono de Yoshiwara ao Homem Magro com uma gentileza verdadeiramente cingalesa.

O Homem Magro entrou. Setembro fechou a porta atrás dele.

Naquele momento, quando o rugido matinal da grande Metrópolis já não ressoava mais nas ruas, ouvia-se outro rugido dentro do prédio: o ruído de uma voz humana, rouca como um predador inebriado com seu triunfo.

— Quem é esse? — perguntou o Homem Magro, atenuando involuntariamente a própria voz.

— Ele! — respondeu Setembro, e permanecia um segredo seu a arte de encaixar naquela palavra tão pequena o puro espírito vingativo e objetivo de toda a Córsega.

O olhar do Homem Magro era incerto, mas ele não disse nada. Seguiu Setembro por sobre as macias e brilhantes esteiras de palha, ao longo de paredes feitas de papel oleado, com sua fina estrutura de bambu.

Atrás de uma daquelas paredes de papel ouvia-se o choro de uma mulher, monótono, desesperançado e de partir o coração, como uma longa sequência de dias chuvosos cobrindo o cume do monte Fuji.

— É Yuki — murmurou Setembro, com um olhar sombrio para a prisão de papel daquele pobre choro. — Desde a meia-noite ela uiva como se quisesse ser a fonte de um novo mar salgado. Esta noite vai ter uma batata inchada no rosto no lugar do nariz... Quem vai ficar com o prejuízo? Eu!

— Por que o Floquinho de Neve está chorando? — perguntou o Homem Magro, meio indiferente, pois o rugido da voz humana vindo das profundezas da casa ocupava o que ele tinha de ouvidos e atenção.

— Ah, ela não é a única — disse Setembro com o ar tolerante de um homem que possui um próspero bar no porto em Xangai. — Mas ao menos ela é tranquila. Flor de Ameixa está mordendo tudo e todos como um jovem puma, e a senhorita Arco-Íris jogou a taça de saquê no espelho e tentou cortar os pulsos com os estilhaços... E tudo por causa desse sujeito de seda branca.

A expressão perplexa na face do Homem Magro ficou mais forte. Ele balançou a cabeça.

— Como ele conseguiu fazer isso com elas... — disse, e não foi uma pergunta, de forma alguma.

Setembro deu de ombros.

— Maohee — cantarolou ele, como se estivesse começando um daqueles contos de fadas da Groenlândia, que têm mais valor quanto mais rápido se dorme com eles.

— O que é isso: Maohee? — perguntou o Homem Magro, irritado.

Setembro deu de ombros. As células de sangue irlandesas e britânicas em suas veias pareciam se desentender seriamente; mas o sorriso japonês impenetrável o cobria com seu manto antes que ele pudesse se tornar perigoso.

— O senhor não sabe o que é Maohee? Ninguém sabe disso na grande Metrópolis, ninguém. Mas aqui em Yoshiwara todos sabem...

— Eu também gostaria de saber, Setembro — disse o Homem Magro.

Gerações de lacaios romanos se curvaram em frente a Setembro quando ele disse "Certamente, senhor!", mas eles não venceram a piscadela de alguns avôs beberrões e mentirosos de Copenhague.

— Maohee, é... Não é estranho que todas as centenas de milhares de pessoas que já estiveram em Yoshiwara e aprenderam muito bem o significado de Maohee subitamente não sabem mais nada sobre isso? Não tão rápido, senhor! O camarada que ruge lá embaixo não vai fugir de nós, e se eu for lhe explicar o que é Maohee...

— É uma droga, Setembro, certo?

— Caro senhor, um leão também é um gato. Maohee é um narcótico; mas onde gatos ficam ao lado de leões? Maohee está além da terra. É o divino, o único, porque é o único que nos faz sentir a embriaguez dos outros.

– A embriaguez dos outros? – repetiu o Homem Magro, estacando.

Setembro sorriu como Hotei, o deus da fortuna que ama as criancinhas. Pousou a mão dos Bórgia com as unhas de um suspeito brilho azul no braço do Homem Magro.

– A embriaguez dos outros. Sabe, meu senhor, o que isso significa? Não de um outro, não, da massa que se aglomera em um bolo, a embriaguez maciça da multidão dá a Maohee seus amigos.

– Maohee tem muitos amigos, Setembro?

O dono de Yoshiwara sorriu de um jeito apocalíptico.

– Nesta casa, senhor, há um cômodo redondo. O senhor vai vê-lo. Não há um igual a ele. Ele é construído como uma concha tortuosa; como uma concha gigantesca, em cujas curvas as pessoas se encolhem tão próximas que seus rostos parecem um só. Ninguém se conhece, mas todo mundo é amigo. Todos fervilham. Todos ficam pálidos de ansiedade. Todos ficam de mãos dadas. Pelas curvas da concha gigantesca corre o tremor daqueles que se sentam na borda inferior da concha até aqueles lá em cima, que da ponta brilhante da espiral enviam aos outros seu tremor...

Setembro tomou fôlego. O suor escorria de sua testa como um fino cordão de pérolas. Um sorriso internacional de insanidade entreabriu sua boca tagarela.

– Continue, Setembro! – disse o Homem Magro.

– Continuar? De repente, a borda da concha começa a girar, suave... Ah, suave... Segue uma música que faria com que um homem que matou e roubou dez vezes soluçasse e que seus juízes o perdoassem do cadafalso, uma música que faria inimigos jurados se beijarem, com a qual mendigos acreditam ser reis, com a qual os famintos esquecem que estão com fome; seguindo essa música, a concha gira em torno de seu eixo, até que parece se soltar do chão e girar em torno de si mesma. As pessoas gritam – não alto, não, não –, gritam como pássaros que se banham no mar. As mãos retorcidas se fecham em punhos. Os corpos balançam em um ritmo. Então, vem a primeira gagueira: Maohee. O gaguejar aumenta, vira uma onda espalhada, vira uma inundação de primavera. A concha oscilante estronda: Maohee… Maohee… É como se houvesse pequenas chamas na cabeça das pessoas, como o fogo de santelmo. Maohee… Maohee… Eles clamam por seu Deus. Clamam por aquilo que o dedo de Deus toca hoje. Ninguém sabe de onde ele vem hoje. Ele está lá. Você sabe, está no meio deles. Precisa se destacar de suas fileiras. Ele precisa, pois eles o chamam: Maohee… Maohee! E, de repente…

A mão dos Bórgia ergueu-se e ficou suspensa no ar, como uma garra marrom.

– E, de repente, um homem está no meio da concha, no círculo brilhante, no disco branco como leite. Mas não é humano. É a incorporação da embriaguez de todas as pessoas… Ele não sabe nada de si mesmo… A espuma leve permanece sobre sua boca. Seus olhos estão fixos e abatidos e, no entanto, são como milhares de meteoros deixando traços de fogo na trilha do céu rumo à terra. Ele permanece em sua embriaguez e a vive. Ele é o que sua embriaguez é. Dos mil olhos que lançaram âncoras em sua alma, a força da embriaguez flui para dentro ele. Não há esplendor na criação de Deus que não tenha sido revelado por meio dessa embriaguez. O que ele fala se torna visível para todos; o que ele ouve se torna audível para todos. O que ele sente: poder, luxúria, frenesi, todos sentem. Na arena cintilante em torno da qual, seguindo a música indescritível, a concha suave e ensurdecedora balança, um homem em êxtase experimenta mil vezes o êxtase, que se incorpora nele por milhares de outros...

Setembro ficou em silêncio e sorriu para o Homem Magro.

– Isso, meu senhor, é Maohee.

– Deve ser um narcótico forte – disse o Homem Magro, com uma sensação de secura na garganta –, pois inspira o dono de Yoshiwara a criar um hino. Você acha que o homem que ruge lá embaixo concordaria com esses louvores?

– Pergunte a ele, senhor – disse Setembro.

Ele abriu uma porta e deixou o Homem Magro entrar. Logo atrás da soleira, o Homem Magro parou, pois a princípio não viu nada. Um crepúsculo, mais melancólico que a mais profunda escuridão, reinava no espaço cujo tamanho ele não conseguia divisar. O chão sob seus pés se inclinava levemente, em um ângulo quase imperceptível. Ali, onde ele parou, parecia ser de um vazio sepulcral. Paredes oblíquas se abriam para o lado, à esquerda e à direita, curvando-se para fora.

Isso foi tudo que o Homem Magro viu. Porém, da profundidade vazia diante dele veio um brilho branco, não mais forte do que se emanasse de um campo de neve. Nesse brilho, pairava uma voz como a de um assassino e a de uma vítima.

– Luz, Setembro! – ordenou o Homem Magro e engoliu em seco. Uma sensação insuportável de sede corroía sua garganta.

A sala iluminou-se lentamente, como se a luz não quisesse chegar. Ele viu que estava de pé em uma das curvas da sala redonda, que tinha a forma de uma concha. Estava entre a altura máxima e a base, separado do vazio por parapeitos baixos, dos quais vinha a luz da neve e a voz do assassino e a voz de sua vítima. Ele foi até o parapeito e se debruçou. Um disco branco leitoso reluzia de baixo para cima. Na borda do disco, como um padrão de gavinhas escuras na borda de um prato, mulheres estavam agachadas, ajoelhadas, como que afogadas em suas vestes magníficas. Algumas tinham as frontes voltadas para o chão e as mãos emaranhadas aos cabelos de ébano. Algumas estavam agachadas e amontoadas, cabeça pressionada contra cabeça, um símbolo de medo. Algumas se curvavam ritmicamente, como se estivessem clamando por deuses. Algumas choravam. Algumas estavam como mortas.

Mas todas pareciam servas do homem que estava no disco com brilho de neve.

O homem usava a seda branca tecida para relativamente poucas pessoas na grande Metrópolis. Ele usava os sapatos macios, com os quais os amados filhos de pais poderosos pareciam acariciar a terra a cada passo. Mas a seda pendia em farrapos ao redor de seu corpo, e os sapatos estavam como se seus pés sangrassem.

– É esse o homem que você procura, meu senhor? – perguntou um primo levantino de Setembro, curvando-se de forma confiante em direção ao ouvido do Homem Magro.

O Homem Magro não respondeu. Encarou o homem.

– Pelo menos – continuou Setembro – é esse o camarada que veio ontem até aqui, e no mesmo carro que o senhor chegou hoje. Que ele vá para o inferno por isso! Fez da minha concha balançante a corte do inferno! Tostou almas! Na embriaguez de Maohee, já vi homens que pensavam ser reis, deuses, incêndios e tempestades, e que forçaram os outros a se sentir reis, deuses, incêndios e tempestades. Já vi como os homens em êxtase forçavam as mulheres a saltar do ponto mais alto das paredes da concha, de modo que, saltando com as mãos estendidas, mergulharam como gaivotas brancas rumo a seus pés, sem danificar um membro, mesmo que outras ali despencassem para a morte. Esse homem, no entanto, não era Deus, nem tempestade nem fogo, e certamente não sente nenhum desejo na embriaguez. Ele vem do inferno, ao que me parece, e ruge na embriaguez da danação. Provavelmente não sabia que, para as pessoas que estão condenadas, o êxtase é danação também. O louco! A oração que ele faz não o salvará. Ele acha que é uma máquina e se adora. Ele forçou os outros a adorá-lo. Ele os esmagou. Esmagou a todos, até que virassem pó. Hoje há muitas pessoas se arrastando por Metrópolis, sem saber explicar como seus membros se quebraram.

– Fique quieto, Setembro! – disse o Homem Magro com a voz rouca. Levou a mão à garganta, que parecia uma cortiça incandescente, um carvão ardente.

Setembro ficou em silêncio, dando de ombros. Das profundezas, vieram palavras de lava fervilhantes:

– Eu sou três em um: Lúcifer, Belial, Satanás! Sou a morte eterna! Sou o eterno "não caminho"! Para mim, o que os infernos quiserem! Meu inferno tem muitas moradas! Quero instruí-los! Sou o grande rei de todos os condenados! Sou uma máquina! Sou uma torre sobre vocês! Sou um martelo, um volante, uma fornalha acesa! Sou um assassino e não preciso do que mato. Quero vítimas, e as vítimas não me satisfazem! Rezem para mim e saibam: eu não escuto vocês! Gritem para mim: *Pater noster*! Saibam: sou surdo!

O Homem Magro virou-se; viu o rosto de Setembro como uma massa calcária sobre os ombros. Pode ser que, entre os ancestrais de Setembro, um tenha vindo das ilhas dos mares do Sul, onde os deuses significam pouco, e os fantasmas, tudo.

— Esse aí não é mais humano — sussurrou ele com lábios de cinzas. — Um ser humano teria morrido disso há muito tempo... O senhor vê seus braços? Acredita que uma pessoa pode imitar o empurrar de uma máquina por horas e horas sem morrer? Ele está morto como uma pedra. Se o senhor chamar, ele cairá e se quebrará como uma estátua de barro.

As palavras de Setembro não pareciam ter penetrado na consciência do Homem Magro. Seu rosto tinha uma expressão de ódio e sofrimento quando falou como um homem atormentado pelas dores.

— Espero, Setembro, que essa não tenha sido sua última oportunidade de observar o efeito de Maohee em seus convidados.

Setembro abriu um sorriso do Japão. Não respondeu.

O Homem Magro aproximou-se do parapeito da concha onde estava. Inclinou-se na direção da casca leitosa. Gritou em tom alto e agudo, que parecia um assobio:

— 11811!

O homem sobre o disco cintilante vacilou, como se o tivessem empurrado pela lateral. O ritmo infernal dos braços parou, e eles começaram a vibrar. Como um tronco, o homem caiu no chão e não se moveu mais.

O Homem Magro desceu pelo corredor, chegou ao fim e afastou o círculo de mulheres que, paralisadas, pareciam ainda mais horrorizadas com o fim daquilo que antes as enchera de horror. Ele se ajoelhou ao lado do homem, olhou-o no rosto e afastou a seda desfiada sobre o coração. Não deu tempo à sua mão para testar a pulsação. Ergueu o homem e levou-o em seus braços. O suspiro das mulheres soprou atrás dele, como uma cortina espessa de neblina colorida.

Setembro parou diante dele. Recuou quando o Homem Magro o encarou. Correu ao lado dele como um cachorro agitado, respirando rapidamente; mas não disse nada.

O Homem Magro chegou à porta de Yoshiwara. Setembro abriu-a diante dele. O Homem Magro saiu pela rua. O motorista abriu a porta do carro; perturbado, ele olhou para o homem que, horrendo como um defunto, em farrapos de seda branca com os quais o vento brincava, pendia dos braços do Homem Magro.

O dono de Yoshiwara fez muitas reverências enquanto o Homem Magro entrava no carro. Mas o Homem Magro não olhou mais para ele. Seu rosto, cinza como metal frio, lembrava as lâminas daquelas antigas espadas forjadas de aço indiano em Shiraz ou Isfahan, sobre as quais havia, escondidos em ornamentos decorativos, ditados ao mesmo tempo zombeteiros e mortais.

O carro se afastou; Setembro observou enquanto ele partia. Abriu o sorriso pacífico do Leste da Ásia.

O carro parou diante do posto médico mais próximo. Os guardas vieram e carregaram o pacote humano, congelado nos farrapos de seda branca, até o médico de plantão. O Homem Magro olhou em volta. Ele acenou para o policial em pé ao lado da porta.

– Registro – disse o policial.

A língua do Homem Magro mal lhe obedecia, seca de sede.
O policial entrou no prédio atrás dele.

— Espere! — disse o Homem Magro, mais com um movimento de cabeça do que com palavras. Viu sobre a mesa um jarro de vidro cheio de água, e o frescor do líquido cobria o recipiente com mil pérolas.

O Homem Magro bebeu como um animal vindo do deserto. Pousou o jarro e ficou paralisado. Como um arrepio rápido, a refrescância passou por ele.

Ele se virou e viu o homem que trouxera até ali, agora deitado em uma cama sobre a qual um jovem médico se curvava.

Os lábios do paciente foram umedecidos com vinho. Seus olhos estavam abertos e encaravam o teto. Lágrimas escorriam por suas têmporas, vindas dos cantos dos olhos, suaves e contínuas. Era como se não tivessem nada a ver com aquele ser humano, como se estivessem pingando de um vaso quebrado e não pudessem parar de pingar até que o vaso estivesse completamente vazio.

O Homem Magro encarou o rosto do médico; ele deu de ombros. O Homem Magro inclinou-se sobre o homem deitado.

— Georgi — disse ele em voz baixa. — Você está me ouvindo?

O paciente assentiu, uma sombra de aceno com a cabeça.

— Você sabe quem eu sou?

Um segundo aceno com a cabeça.

— Você é capaz de me responder duas ou três perguntas?

Um novo aceno com a cabeça.

— Como você conseguiu o traje de seda branca?

Durante muito tempo ele não recebeu resposta, exceto a queda suave das lágrimas. Então veio a voz, mais suave que um suspiro:

— Ele trocou comigo...
— Quem?
— Freder... o filho de Joh Fredersen.
— E depois, Georgi?
— Ele me disse para esperar por ele.
— Esperar onde, Georgi?

Um longo silêncio. Então, quase inaudível:
— Bloco noventa e nove. Prédio sete. Sétimo andar.

O Homem Magro não perguntou mais. Sabia quem morava lá. Olhou para o médico, que mantinha uma expressão impenetrável.

O Homem Magro respirou como se suspirasse. Ele disse, mais pesaroso do que perguntando:
— Por que você não foi até lá, Georgi?

Ele se virou para ir embora e parou quando a voz de Georgi chegou, hesitante.
— A cidade... tanta luz... dinheiro, mais do que suficiente... está escrito: Perdoai as nossas ofensas e não nos deixeis cair em tentação...

Sua voz desapareceu. A cabeça caiu de lado. Ele respirava como se sua alma estivesse chorando, pois seus olhos não podiam mais.

O médico pigarreou com cuidado.

O Homem Magro levantou a cabeça como se tivesse sido chamado e abaixou-a novamente.

— Eu volto — ele disse muito suavemente. — Ele fica sob seus cuidados.

Georgi dormiu.

O Homem Magro saiu da sala, seguido pelo policial.

— O que o senhor quer? — perguntou o Homem Magro com um olhar distraído.

— O registro, senhor.

— Que registro?

— Eu preciso fazer um registro, senhor.

O Homem Magro olhou para o policial com muito cuidado, quase meditativo. Ele ergueu a mão e coçou a testa.

— Um engano – disse ele. – Foi um engano.

Um tanto espantado, porque conhecia o Homem Magro, o policial fez uma saudação e se afastou.

O Homem Magro ficou parado naquele lugar. Várias vezes, com o mesmo gesto de perplexidade, ele coçou a testa.

Pois ele não sabia (o que Setembro, sim, sabia e que lhe motivava seu sorriso tão pacífico) que, ao primeiro gole de vinho ou água, era extinta qualquer lembrança da droga Maohee que vivia no ar de Yoshiwara.

O Homem Magro balançou a cabeça, entrou no carro e disse:

— Nonagésimo nono bloco.

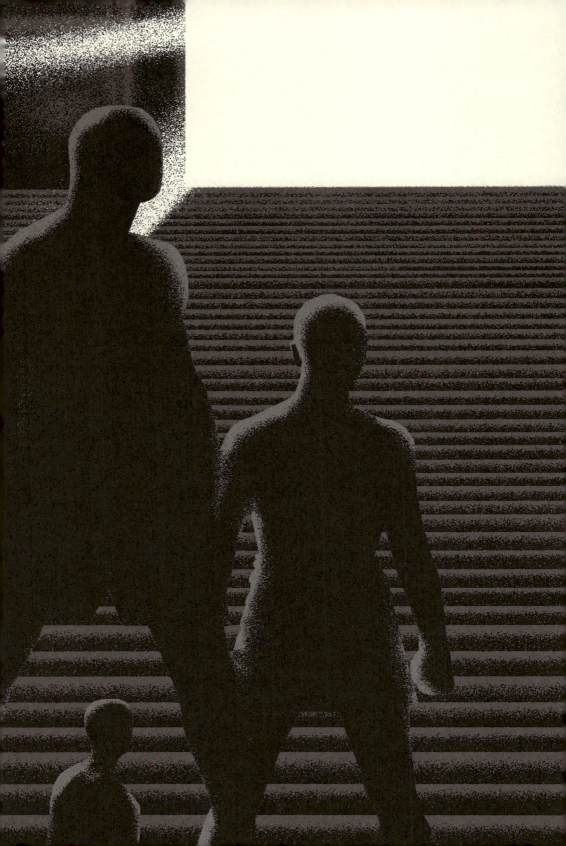

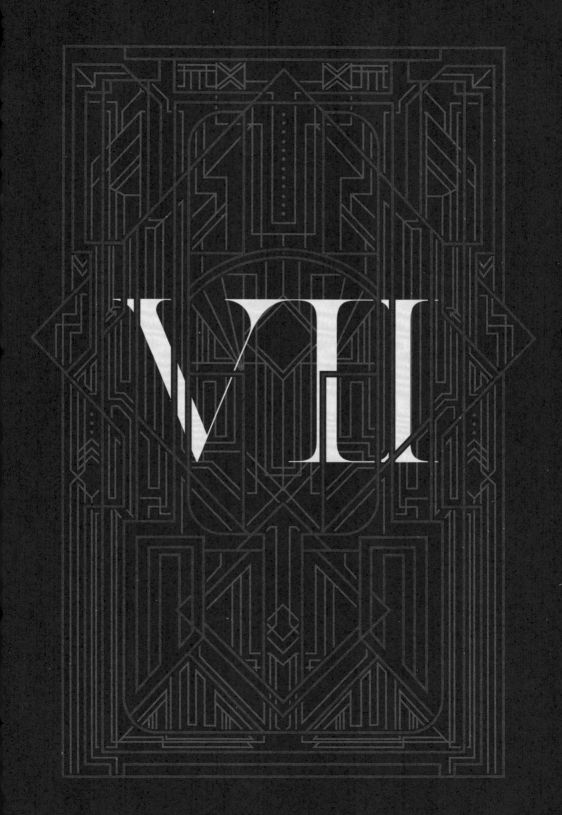

– ONDE ESTÁ GEORGI? – PERGUNTOU FREDER.

Ele passou os olhos pelos três aposentos de Josafá, que se estendiam lindamente diante dele, com uma desconcertante profusão de poltronas, divãs, almofadas de seda e cortinas que obnubilavam as luzes, deixando-as douradas.

– Quem? – perguntou Josafá, distraído. Havia ficado esperando e não dormiu. Seus olhos estavam arregalados no rosto magro e quase branco. Seu olhar, que não parava de acompanhar Freder, era como mãos que se erguiam em adoração.

– Georgi – repetiu Freder. Sorriu alegremente com a boca cansada.

– Quem é esse? – perguntou Josafá.

– Eu o enviei até você.

– Ninguém veio.

Freder olhou para ele sem responder.

– Fiquei sentado nesta cadeira a noite toda – continuou Josafá, interpretando erroneamente o silêncio de Freder. – Não dormi em nenhum momento. Esperei a cada segundo que você viesse ou que um mensageiro viesse de sua parte, ou que você me ligasse. Eu também notifiquei os guardas. Ninguém veio, sr. Freder.

Freder permaneceu em silêncio. Lentamente, quase tropeçando, ele cruzou a soleira da sala, passou a mão direita na cabeça, como se tirasse o chapéu, e notou que usava a boina, a boina preta que prendia bem o cabelo. Ele a puxou da cabeça; ela caiu no chão. Sua mão desceu da testa para os olhos e ficou lá por um tempo. Então, a outra se juntou à primeira, como se para consolar sua irmã. Sua figura era a de uma árvore jovem, empurrada para o lado por um vento forte.

Os olhos de Josafá estavam fixos no traje que Freder usava.

— Sr. Freder — começou ele cautelosamente —, por que o senhor está com essas roupas?

Freder permaneceu afastado dele. Tirou as mãos dos olhos e apertou-as contra a nuca, como se ali sentisse uma dor.

— Georgi a vestia — respondeu ele. — Eu dei a ele as minhas.

— Então, Georgi é um trabalhador?

— É. Eu o encontrei diante da máquina de Paternoster. Tomei o seu lugar e o enviei a você.

— Talvez ele ainda venha — respondeu Josafá.

Freder sacudiu a cabeça.

— Ele deveria estar aqui há muitas horas. Se tivesse sido descoberto ao deixar a Nova Torre de Babel, alguém teria vindo até mim enquanto eu ainda estava diante da máquina. É estranho, mas preciso lidar com esse fato: ele não veio.

— Havia muito dinheiro no traje que você trocou com Georgi? — perguntou Josafá com cuidado, tocando em um ponto sensível.

Freder assentiu com a cabeça.

— Então não é de surpreender que Georgi não tenha vindo — disse Josafá. Mas o olhar de vergonha e dor no rosto de Freder não permitiu que ele continuasse.

— O senhor não quer se sentar, sr. Freder? — perguntou ele. — Ou se deitar? Parece tão cansado que dói olhar para o senhor.

— Não tenho tempo para me deitar e não tenho tempo para me sentar — retrucou Freder. Ele atravessou a sala, sem rumo, sem sentido, parando onde uma cadeira, uma mesa, lhe ofereceu apoio. — A questão é esta, Josafá: eu disse a Georgi que ele deveria vir até aqui e esperar por mim ou por uma mensagem minha. Pode apostar mil contra um que o Homem Magro já está seguindo a pista de Georgi, a fim de me alcançar, e é possível apostar mil contra um que já tirou dele a informação a respeito do lugar para onde eu o enviei.

— E o senhor não quer que o Homem Magro o encontre?

— Ele não pode me encontrar, Josafá, por nada no mundo.

O outro ficou em silêncio, um pouco desamparado. Freder olhou para ele com um sorriso trêmulo:

— Como vamos conseguir dinheiro, Josafá?

— Isso não deve ser um problema para o filho de Joh Fredersen.

— É mais do que você pensa, Josafá, pois não sou mais o filho de Joh Fredersen.

Josafá levantou a cabeça.

— Não entendo — disse ele depois de uma pausa.

— Isso não deve ser mal interpretado, Josafá. Eu me libertei do meu pai e segui meu próprio caminho.

O homem, que havia sido Primeiro Secretário do Senhor da grande Metrópolis, inspirou fundo o ar para os pulmões e soltou-o de uma vez.

— Posso lhe dizer uma coisa, sr. Freder?

— Pois não?

— O senhor não pode se livrar de seu pai. É ele quem determina se alguém fica com ele ou se pode deixá-lo. Não há ninguém mais forte que Joh Fredersen. Ele é como a terra. Nós também não temos nenhuma vontade perante a terra. Suas leis nos mantêm eternamente perpendiculares ao umbigo da terra, mesmo se nos virarmos de cabeça para baixo. Se Joh Fredersen liberasse seu povo, seria o mesmo que a terra privar o homem de seu poder de atração. Significaria cair no nada. Joh Fredersen pode deixar ir quem ele quer; ele não libertará seu filho.

— Mas, então, o que acontece — respondeu Freder, falando de maneira febril — quando um homem supera as leis da terra?

— Utopia, sr. Freder.

— Não há utopia para a genialidade do homem; há apenas um "ainda não". Estou determinado a me aventurar no caminho. Tenho que ir, sim, eu tenho que ir! Não conheço o caminho ainda, mas vou encontrá-lo, porque eu *tenho* que encontrá-lo.

— Aonde quer que vá, sr. Freder, eu vou com o senhor.

— Obrigado — disse Freder, estendendo a mão. Ele sentiu como ela foi tomada e apertada com força.

— O senhor sabe disso, sr. Freder, não é? — perguntou a voz estrangulada de Josafá. — Que tudo pertence ao senhor, tudo o que sou e tenho. Não é muito, porque vivi como um louco. Mas hoje e amanhã e depois de amanhã...

Freder fez que não com a cabeça, sem soltar a mão de Josafá.

— Não, não! — disse ele, com o rosto tomado de vermelho. — Assim não se começam novos caminhos. Precisamos procurar outros meios. Não será fácil. O Homem Magro entende de seu riscado.

– Talvez o senhor possa convencer o Homem Magro – Josafá disse hesitante. – Por mais estranho que possa parecer: ele o ama.

– O Homem Magro ama todas as suas vítimas. O que não o impede, como o carrasco mais atencioso e terno, de prostrá-las aos pés do meu pai. Ele é um instrumento nato, mas é instrumento do mais forte. Nunca se tornaria instrumento do mais fraco, pois se humilharia dessa forma. E você acabou de me dizer, Josafá, o quanto meu pai é mais forte que eu.

– E se o senhor confiar em um de seus amigos?

– Eu não tenho amigos, Josafá.

Josafá queria contradizê-lo, mas se calou. Freder voltou os olhos para ele. Ele endireitou o corpo e sorriu, ainda segurando a mão do outro na sua.

– Não tenho amigos, Josafá, e o que pesa ainda mais, não tenho nenhum amigo. Tinha companheiros de jogo, companheiros de diversão... Mas amigos? Um amigo? Não, Josafá! É possível confiar em alguém, quando a única coisa que se conhece dele é o som de sua risada?

Freder viu os olhos do outro fixos nele e reconheceu o fervor e a dor e a verdade.

– Sim – disse Freder, com um sorriso apressado –, eu gostaria de confiar em você. Preciso confiar em você, Josafá. Preciso tratar você com informalidade e chamá-lo de "amigo" e "irmão", porque preciso de alguém que ande comigo com fé e confiança, até o fim do mundo. Você quer ser esse alguém?

– Quero.

– Quer? – Freder foi até o outro e pousou as mãos em seus ombros. Olhou-o bem no rosto. Ele o sacudiu. – Você diz que quer, mas sabe o que isso significa... para você e para mim? É a última queda, é jogar a âncora? Eu mal o conheço, queria ajudá-lo... Não posso mais ajudá-lo, porque estou mais pobre do que você agora... Mas talvez esteja tudo bem. Talvez o filho de Joh Fredersen possa ser traído, mas eu, Josafá? Uma pessoa que não tem nada além de vontade e um objetivo? Não pode valer a traição, não é, Josafá?

– Que Deus me mate como a um cão sarnento.

– Isso é bom, é bom... – O sorriso de Freder voltou, e ficou claro e bonito em seu rosto cansado. – Vou embora agora, Josafá. Quero visitar a mãe do meu pai para dar a ela algo que é muito sagrado para mim. Volto antes do anoitecer. Encontro você aqui, então?

– Sim, sr. Freder, com certeza!

Eles se cumprimentaram com um aperto de mãos. Aperto de mãos com firmeza. Eles se entreolharam. Olhares trocados com firmeza. Então, se separaram em silêncio, e Freder se foi.

Pouco depois – Josafá ainda estava em pé no mesmo lugar em que Freder o havia deixado – ouviu-se uma batida na porta.

Embora a batida fosse suave, tão modesta quanto a de um mendigo, havia algo nela que fizeram as costas de Josafá se arrepiarem. Ele ficou parado e olhou para a porta, incapaz de gritar "entre" ou mesmo de abri-la.

A batida repetiu-se e não ficou mais forte. Era a terceira vez, mas ainda suave. E isso, na verdade, reforçava a sensação de inevitabilidade da situação: seria inútil se fazer de surdo por muito tempo.

— Quem está aí? — perguntou Josafá com a voz rouca. Sabia exatamente quem estava lá fora. Só perguntou para ganhar tempo e para recuperar o fôlego, algo de que precisava muito. Não esperava uma resposta, e ela também não veio.

A porta se abriu.

Ali estava o Homem Magro.

Eles não se cumprimentaram; ninguém se cumprimentou. Josafá porque sua garganta estava seca demais; o Homem Magro porque seus olhos tenazes, no segundo em que ele pisou na soleira, percorreram a sala e encontraram uma coisa: uma boina preta que jazia no chão.

O olhar de Josafá seguiu o do Homem Magro. Ele não se mexeu. Silenciosamente, o Homem Magro aproximou-se da boina, inclinou-se e a apanhou. Ele a virou gentilmente para lá e para cá, girando-a.

No forro encharcado de suor estava o número: 11811.

O Homem Magro sopesou a boina em mãos quase delicadas. Fixou em Josafá os olhos baixos, como se cobertos de cansaço, e perguntou, falando em voz baixa:

— Onde está Freder, Josafá?

— Não sei.

O Homem Magro sorriu, indolente. Acariciou a boina preta. A voz rouca de Josafá continuou:

— Mas se soubesse, o senhor não tiraria essa informação de mim...

O Homem Magro olhou para Josafá, ainda sorrindo, ainda acariciando a boina preta.

– Você tem razão – ele disse educadamente. – Perdoe-me! Foi uma pergunta inútil. Claro que não vai me dizer onde está o sr. Freder. Isso também não é necessário. Trata-se de outra coisa, muito diferente.

Ele embolsou a boina, enrolando-a cuidadosamente, e olhou ao redor da sala. Foi até uma poltrona que ficava ao lado de uma mesa baixa, preta e branca.

– Posso? – pediu ele educadamente, já prestes a se sentar.

Josafá assentiu com a cabeça; mas o "por favor!" secou em sua garganta. Ele não se moveu.

– Você mora bem aqui – disse o Homem Magro, recostando-se e examinando os aposentos com outro movimento de cabeça. – Tudo combina com suavidade e penumbra. A atmosfera sobre essa almofada é de um cheiro tépido. Consigo entender o quanto será difícil para você abrir mão deste apartamento.

– Eu não tenho essa intenção – disse Josafá. Ele engoliu em seco.

O Homem Magro cerrou as pálpebras como se quisesse dormir.

– Não, ainda não. Mas logo.

– Eu nem penso nisso – retrucou Josafá. Seus olhos se avermelharam e ele encarou o Homem Magro com uma expressão de ódio crescente.

– Não, ainda não. Mas logo.

Josafá permanecia parado; porém, de repente, ele bateu com o punho no ar, como se atacasse uma porta invisível.

– O que o senhor quer? – perguntou ele, ofegante. – O que isso quer dizer?

A princípio, parecia que o Homem Magro não tinha ouvido as perguntas. Indolente, com as pálpebras fechadas, ele permaneceu sentado, e sua respiração era inaudível. Mas, enquanto o couro do espaldar de outra poltrona estalava sob o peso de Josafá, o Homem Magro disse muito devagar, mas com muita clareza:

– Quero que você saiba o preço de desistir deste apartamento, Josafá.

– Quando?

– Imediatamente.

– O que isso significa: imediatamente?

O Homem Magro abriu os olhos, frios e indiferentes como seixos em um riacho.

– Imediatamente significa: dentro de uma hora. Significa: muito antes de esta noite terminar.

Josafá sentiu um arrepio lhe subir pelas costas. Devagar, cerrou os punhos, com os braços ao lado do corpo.

– Vá embora, senhor... – disse ele muito baixo. – Faça o favor de sair! Neste instante! Imediatamente!

– O apartamento é bom – disse o Homem Magro. – Você não vai gostar de entregá-lo. Tem valor sentimental. Além disso, você não terá tempo suficiente para fazer grandes malas. Só poderá pegar o que precisa em vinte e quatro horas. A viagem, novas aquisições, estadia de um ano... Tudo incluído no preço: o que custa seu apartamento, Josafá?

– Vou jogar o senhor na rua – gaguejou a boca febril de Josafá. – Vou jogá-lo de sete andares até a rua, pela janela, senhor! Pela janela fechada, se não fizer isso neste instante!

– Você ama uma mulher. A mulher não te ama. Mulheres que não amam são caras. O senhor quer comprar essa mulher. Tudo bem. Isso triplica o preço do apartamento. A vida no Adriático, em Roma, em Tenerife, em um lindo navio ao redor do mundo... Com uma mulher que quer ser comprada de novo todos os dias... É compreensível, Josafá, que o apartamento seja caro. Mas, para dizer a verdade, eu preciso ficar com ele, então preciso pagar por ele.

Ele enfiou a mão no bolso e tirou um pacote de notas. Empurrou-o para Josafá sobre a mesa espelhada em preto e branco. Josafá apanhou de tal forma o pacote que suas unhas deixaram marcas na mesa, mas jogou as notas de volta no rosto do Homem Magro. Este as pegou, com um pequeno e instigante gesto, e colocou-as gentilmente de volta sobre a mesa. Pousou, então, um segundo pacote ao lado.

— É o suficiente? — perguntou ele, indolente.

— Não! — gritou Josafá.

— Razoável! — disse o Homem Magro. — Muito razoável! Por que você deveria esgotar sua vantagem! Uma oportunidade como esta, de escalar cem degraus em sua vida inteira, se tornar independente, feliz, livre, satisfazer todos os desejos, satisfazer todos os humores, o seu e o de uma mulher bonita, só é possível uma vez na vida e nunca mais. Aproveite, Josafá, se não for tolo! Aqui, entre nós: a mulher bonita de que falamos já foi informada e está esperando por você ao lado do avião, que está pronto... Três vezes o preço, Josafá, se não quiser deixar a mulher bonita esperando!

Ele pousou o terceiro pacote de notas sobre a mesa. Olhou para Josafá. Os olhos avermelhados de Josafá corroeram os dele. As mãos de Josafá, tateando às cegas, agarraram os três pacotes marrons. Seus dentes brilhavam brancos sob os lábios enquanto seus dedos rasgavam as notas como se as mordessem até a morte.

O Homem Magro balançou a cabeça.

— Não importa — disse ele pacificamente. — Tenho uma caderneta bancária aqui, em branco, com a assinatura de Joh Fredersen em várias páginas. Colocamos uma quantia nesta primeira folha, uma quantia que é o dobro da quantia anterior. Então, Josafá?

— Não quero! — falou o outro, abalado da cabeça aos pés.

O Homem Magro sorriu.

— Não — repetiu ele —, ainda não. Mas logo.

Josafá não respondeu. Encarou a folha de papel branca, impressa e assinada que estava diante dele, sobre a mesa preta e branca. Não viu o número que estava nela. Viu apenas o nome: Joh Fredersen. Como se escrito com o fio de um machado...

Josafá virou a cabeça para um lado e para o outro, como se sentisse esse fio em seu pescoço.

— Não — rouquejou ele. — Não!

— Não é suficiente? — perguntou o Homem Magro.

A cabeça de Josafá caiu para o lado. O suor escorria pelas têmporas.

— É! — disse ele em voz alta. — É! É o suficiente.

O Homem Magro levantou-se. Algo escorregou de seus joelhos, algo que ele tinha tirado do bolso com os pacotes de notas, sem perceber. Os olhos de Josafá caíram sobre o objeto.

Era uma boina preta usada pelos trabalhadores nas fábricas de Joh Fredersen.

Josafá berrou. Ele se jogou de joelhos no chão. Pegou a boina preta com as duas mãos. Rasgou-a com a boca. Olhou para o Homem Magro. Ele se ergueu de uma vez. Pulou como um cervo diante do bando para ganhar a porta.

Mas o Homem Magro chegou antes dele, de alguma forma. Voou sobre a mesa, sobre o divã, saltou contra a porta, ficando em pé diante de Josafá. Por uma fração de segundo, eles encararam o rosto um do outro. Então, as mãos de Josafá alcançaram a garganta do Homem Magro, que abaixou a cabeça. Ergueu os braços como os tentáculos de uma anêmona. Agarravam-se um ao outro e brigavam, incandescentes e gélidos, furiosos e superiores, rangendo dentes, mas silenciosos, peito contra peito.

Eles se soltaram e se atacaram. Caíram e lutaram, rolando pelo chão. Josafá prendeu o oponente embaixo de si. Pressionaram-se um contra o outro, digladiando-se. Tropeçaram e rolaram sobre poltronas e divãs. A sala bonita, transformada em desolação, parecia pequena demais para os dois corpos entrelaçados que disparavam como peixes, como touros pisoteando, enquanto os ursos lutadores se espancavam.

Porém, a insanidade inflamada do oponente não aguentou a frieza imperturbável e horripilante do Homem Magro. De repente, como se alguém tivesse atravessado as juntas de seus joelhos, Josafá despencou sob as mãos do Homem Magro, caindo no chão e lá ficando, de costas, com os olhos vidrados. O Homem Magro afrouxou as mãos. Ele olhou para o outro.

– Já chega? – perguntou e sorriu, indolente.

Josafá não deu resposta. Acenou com a mão direita. Em toda a fúria da luta, não soltara a boina preta que Freder usava quando veio até ele.

Com esforço, Josafá levou a boina até seu colo, como se pesasse cem quilos. Ele a virou entre os dedos e a acariciou.

– Venha, Josafá, levante-se – disse o Homem Magro. Falou muito sério, gentil e um pouco triste. – Posso ajudá-lo? Me dê sua mão! Não, não, não vou tirar a boina de você. Acho que precisei machucá-lo mais do que gostaria. Não era para ser desse jeito. Mas você me obrigou.

Ele soltou o homem, que agora estava de pé, e olhou ao redor com um sorriso triste.

– Bom que combinamos o preço antes – disse ele. – Agora o apartamento seria consideravelmente mais barato. – Ele suspirou um pouco e encarou Josafá. – Quando você estará pronto para ir?

– Agora – respondeu Josafá.

– Não leva nada com você?

– Não.

– Quer ir embora assim, como está, com todas as marcas da luta, esfarrapado e rasgado?

– Quero.

– Será educado da sua parte perante a mulher que o espera?

Aquela expressão voltou aos olhos de Josafá. Ele encarou o Homem Magro com olhos vermelhos.

– Se não quiser que eu mate a mulher do jeito que não consegui matar você, mande-a embora antes que eu chegue – disse Josafá em voz baixa.

O Homem Magro ficou em silêncio. Virou-se para ir embora. Pegou a nota, dobrou e colocou no bolso de Josafá.

Josafá não mostrou resistência.

Ele caminhou até a porta diante do Homem Magro. Ali parou de novo e olhou em volta.

Acenou com a boina que Freder estava usando para se despedir da sala e começou a rir como se nunca mais fosse parar. Bateu o ombro contra o batente da porta...

Então saiu. O Homem Magro o seguiu.

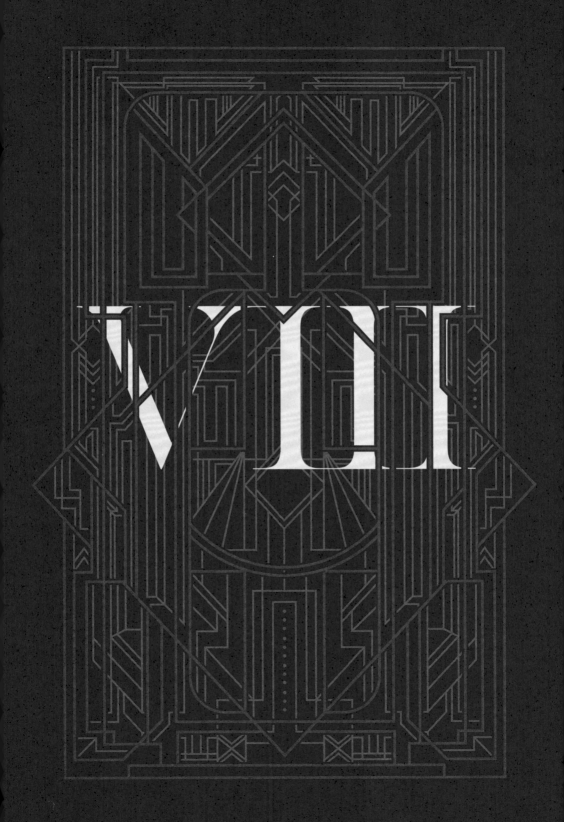

FREDER SUBIU OS DEGRAUS DA CATEDRAL, hesitante; percorria aquele caminho pela primeira vez. Hel, sua mãe, tinha ido muitas vezes à catedral. Mas seu filho, nunca. Agora ele ansiava por ver o edifício com os olhos de sua mãe e, com os ouvidos de Hel, sua mãe, ouvir a oração de pedra daqueles pilares, cada um com sua voz própria e especial.

Ele entrou na catedral como uma criança, não devoto, mas não sem reverência; pronto para a adoração, mas destemido. Ouviu como Hel, sua mãe, o *Kyrie eleison* das pedras e o *Te Deum laudamus*, o *De profundis* e o *Jubilate*. E ouviu, como sua mãe, o poderoso coral de pedra, cingido pelo amém da abóbada cruzada...

Estava procurando Maria, que o estaria esperando na torre do sino; mas não a encontrou. Vagou pela catedral, que parecia deserta. Quando parou, ali enfrentou a morte.

Em um nicho lateral estava o menestrel fantasmagórico, entalhado em madeira, com capuz e capa, a foice no ombro, a ampulheta pendurada no cinto, e ele tocava um osso como flauta. Os sete pecados capitais eram seu séquito.

Freder encarou o rosto da morte. Então, ele disse:

— Se tivesse vindo antes, não teria me assustado. Agora, eu lhe peço: fique longe de mim e de minha amada!

Mas a tocadora de flauta medonha parecia não ouvir nada além da música que ela mesma tocava.

Freder foi em frente. Chegou à nave central. Ele viu, estendida diante do altar-mor sobre o qual o homem-Deus crucificado pairava, uma figura escura, deitada sobre os tijolos. A figura estava jogada ao chão, as mãos ao longo do corpo, o rosto pressionado contra o frio da pedra, como se as pedras pudessem explodir com a pressão de sua fronte. Usava um manto de monge, e a cabeça raspada. Dos ombros aos calcanhares, um tremor implacável lhe sacudia o corpo magro, que parecia paralisado por uma convulsão.

Mas, de repente, o corpo se levantou. Uma chama branca subiu: um rosto; chamas pretas: dois olhos flamejantes. Uma das mãos se alçou, arranhando o ar contra o crucifixo que pairava sobre o altar.

E uma voz falou como fogo:

— Não vou deixá-lo passar, Deus, Deus... Assim sou abençoado!

O eco das colunas ressoou as palavras.

O filho de Joh Fredersen nunca tinha visto o homem. Mas ele soube, assim que a face de chama branca revelou as chamas pretas dos olhos diante dele: era Desertus, o monge inimigo de seu pai...

Talvez a respiração de Freder tivesse ficado alta demais. As chamas pretas o atingiram de repente. O monge levantou-se devagar. Não disse uma palavra sequer. Estendeu a mão. A mão apontava para a porta.

– Por que está me mandando embora, Desertus? – perguntou Freder. – A casa do seu Deus não é aberta a todos?

– Veio aqui para buscar Deus? – perguntou a voz áspera e quente do monge.

Freder hesitou. Ele abaixou a cabeça.

– Não – disse ele. Mas seu coração bem sabia.

– Se não busca Deus, não tem nada a fazer aqui – disse o monge.

Então, o filho de Joh Fredersen se foi.

Saiu da catedral como um sonâmbulo. A luz do dia atingiu seus olhos impetuosamente. Torturado pela fadiga, exausto pela tristeza, desceu os degraus e seguiu em frente, sem rumo.

O rugido da rua envolveu seus ouvidos como um capacete de mergulho. Ele ficou atordoado, como se estivesse entre paredes grossas e vítreas. Não tinha outro pensamento senão o nome de sua amada, nenhuma consciência exceto seu anseio por ela. Tremendo pela fadiga, pensou nos olhos e nos lábios da garota, e o sentimento era muito parecido com saudades de casa.

Ah, testa a testa com ela – então boca a boca – olhos fechados – respiração.

Paz...

Vamos, disse seu coração. Por que me deixa sozinho?

Ele acompanhou um fluxo de pessoas e lutou contra a loucura de parar no meio da torrente e perguntar a cada fragmento de onda, que era um ser humano, se sabia onde Maria estava e por que ela o deixara esperando em vão.

Ele chegou à casa do mago. Parou ali.

Olhou por uma janela.

Estava louco?

Ali estava Maria, atrás das vidraças turvas. Aquele era o seu rosto, sua boca que se abria. Aquelas eram suas mãos abençoadas, estendidas para ele, um grito silencioso: Me ajude!

Então, tudo foi sugado, tragado pela escuridão do cômodo atrás dela, que desapareceu sem deixar vestígios, como se nunca tivesse existido. Muda, morta e maligna, a casa do mago permaneceu ali.

Freder ficou parado. Respirou fundo, profundamente. Então, deu um pulo. Estava à porta da casa.

Em vermelho acobreado brilhava, na madeira preta da porta, o selo de Salomão, o pentagrama.

Freder bateu.

Nada se moveu na casa.

Ele bateu uma segunda vez.

A casa permaneceu muda e teimosa.

Ele recuou e levantou os olhos para as janelas.

Elas olharam para ele com uma tristeza maligna.

Ele voltou para a porta. Bateu com os punhos. Ouviu o eco de seus golpes estrondosos, como uma risada abafada que sacudia a casa.

Mas, da porta inabalável, o selo cobre de Salomão sorriu para ele.

Ele ficou parado por alguns segundos. Suas têmporas latejavam. Numa sensação de extremo desamparo, estava tão perto de chorar quanto de praguejar.

Então, ouviu uma voz, a voz de sua amada: "Freder!". E novamente: "Freder!".

Ele viu sangue diante dos olhos. Quis se jogar contra a porta com toda a força de seus ombros...

Mas, no mesmo momento, a porta se abriu, sem ruído. Ela recuou em um silêncio fantasmagórico, abrindo totalmente o caminho para dentro da casa.

Foi tão inesperado e tão perturbador que, no meio do impulso que havia tomado para se jogar contra a porta, Freder apoiou e apertou as mãos nos batentes. Ele enterrou os dentes nos lábios. Preto como a meia-noite era o coração da casa...

Mas a voz de Maria chamou-o do coração da casa: "Freder!".

Ele correu para dentro como se tivesse ficado cego. A porta fechou-se atrás dele. Freder ficou na escuridão. Ele gritou. Não obteve resposta. Não via nada. Tateou. Sentiu paredes, paredes infinitas. Passos pelas escadas. Ele subiu os degraus...

Um vermelho pálido pairou ao redor dele, como o reflexo de um fogo distante e sombrio.

De repente – ele estacou e agarrou a parede atrás de si – um som veio do nada: o choro de uma mulher morta de tristeza.

Não soava alto, a fonte de toda a lamentação parecia fluir dele. Era como se a casa estivesse chorando, como se cada pedra na parede fosse uma boca que soluçava, redimida da mudez eterna, para mais uma vez lamentar o tormento eterno.

Freder gritou, e ele sabia que estava gritando apenas para não ouvir mais o choro:

– Maria... Maria!

Sua voz era clara e selvagem como uma promessa: Estou indo!

Ele subiu os degraus. Chegou ao final da escada. Um corredor mal iluminado. Havia doze portas ali.

Na madeira de todas as portas brilhava em vermelho acobreado o selo de Salomão, o pentagrama.

Ele saltou sobre a primeira. Mesmo antes de tocá-la, ela se escancarou silenciosamente diante dele. Atrás dela nada havia. Um quarto vazio. A segunda porta. A mesma coisa.

A terceira. A quarta. Todas se abriram diante dele, como se sua respiração as tivesse soprado a ponto de virar as dobradiças.

Freder ficou parado. Encolheu a cabeça entre os ombros. Ergueu o braço e o apertou contra a testa. Olhou ao redor. As portas abertas ficaram escancaradas. O triste grito emudeceu. Tudo ficou silencioso.

Mas do silêncio veio uma voz suave, doce e terna como um beijo:

—Vamos lá! Venha! Eu estou aqui, meu amor...

Freder não se mexeu. Ele conhecia exatamente aquela voz. Era a voz de Maria, a quem ele amava. E, ainda assim, era uma voz estranha.

Nada no mundo poderia ser mais doce que o tom daquela última tentação, e nada no mundo parecia mais cheio, a ponto de transbordar, de tamanha maldade escura e mortal.

Freder sentiu gotas de suor na testa.

— Quem é você? – perguntou ele com voz apática.

—Você não me conhece?

—Você não é Maria...

— Freder! – lamentou a voz, a voz de Maria.

—Você quer que eu perca a razão? – perguntou Freder entredentes. – Por que não vem até mim?

— Não posso ir, meu amor...

— Onde você está?

— Me encontre! — disse a voz docemente atraente e fatalmente perversa, rindo baixinho.

Mas no meio do riso, outra voz soou e essa era também a voz de Maria, doente de medo e horror:

— Freder! Me ajude, Freder! Não sei o que está acontecendo comigo... Mas o que acontece é pior do que assassinato. Meus olhos estão em...

De repente, como se cortada, a voz sufocou. Mas a outra, que também era a voz de Maria, continuou com uma risada doce e atraente:

— Me encontre, meu amor!

Freder começou a correr. Sem sentido e sem compreensão, começou a correr. Nas paredes, nas portas abertas pelas quais passava, subindo e descendo escadas, em crepúsculos da escuridão, atraído por círculos de luz em chamas, ofuscado e então novamente mergulhado na escuridão infernal. Corria como um animal cego, gemendo, fora de si. Ele percebeu que corria em círculos, sempre na própria trilha, mas não conseguia fugir, não saía do maldito círculo. Correu dentro da névoa púrpura do próprio sangue, que lhe enchia olhos e ouvidos, e escutou o vagalhão de sangue brilhando contra seu cérebro. Ouvia ainda além dele, como um pássaro cantando, a risada doce e fatalmente perversa de Maria:

— Me encontre, meu amor! Estou aqui! Estou aqui...

Finalmente, ele caiu. Seus joelhos trombaram na escuridão contra algo que, em sua cegueira, ficou no caminho; ele tropeçou e caiu. Sentiu as pedras sob as mãos, pedras frias e duras, uniformemente quadradas. Todo seu corpo descansou, abatido, torturado, naquele corredor frio de blocos de pedra.

Ele rolou para ficar de barriga para cima. Tentou erguer-se, desmoronou de novo e deitou-se no chão. Uma cobertura sufocante desceu. Sua consciência cedeu, como se ele estivesse se afogando...

Rotwang tinha visto quando ele caiu. Esperou, sóbrio e vigilante, para ver se aquele jovem selvagem, filho de Joh Fredersen e Hel, finalmente desistiria ou se voltaria a resistir, lutando contra o nada.

Contudo, parecia que tinha desistido. Estava extremamente quieto. Nem sequer respirava. Estava ali como um morto.

O grande inventor deixou seu esconderijo. Com seus sapatos silenciosos, atravessou a casa escura. Abriu a porta e entrou no quarto. Fechou a porta, ainda parado na soleira. Com uma expectativa que sabia ser inútil, olhou para a garota que estava ali.

Ele a encontrou do jeito que sempre a encontrava. No canto mais distante da sala, na cadeira alta e estreita, com as mãos apoiadas nos braços à direita e à esquerda, com o corpo ereto, os olhos pareciam não ter pálpebras. Não havia nada de vivo nela, exceto aqueles olhos. A boca pálida, ainda esplendorosa em sua palidez, parecia encerrar em si o indizível. Ela não olhava para o homem, olhava além dele.

Rotwang inclinou-se para a frente. Não se aproximou dela. Apenas as mãos, suas mãos solitárias, tatearam o ar, como se quisessem envolver o rosto de Maria. Seus olhos, seus olhos solitários, cobriram o rosto de Maria.

— Você não quer nem sorrir? – perguntou ele. – Você não quer nem chorar? Preciso dos dois, de seu sorriso e de seu choro. Do jeito que você está agora, Maria, sua imagem ficará marcada em minha retina, não se perderá. Eu poderia defender uma tese apenas sobre esse seu desgosto e essa sua rigidez. O amargo traço de desprezo ao redor de sua boca é tão familiar para mim quanto a arrogância de suas sobrancelhas e têmporas. Mas preciso de seu sorriso e de seu choro, Maria. Ou vai estragar todo o meu trabalho.

Ele parecia falar ao ar surdo. Muda, a garota permanecia sentada, olhando para além dele.

Rotwang pegou uma cadeira; ele sentou na cadeira, mantendo o espaldar à frente, e então cruzou os braços sobre o encosto e olhou para a garota. Sorriu com tristeza.

– Vocês dois, pobres crianças! – disse. – Que se atreveram a travar uma luta contra Joh Fredersen! Você não pode ser repreendida por isso; você não o conhece e não sabe o que está fazendo. Mas o filho deveria conhecer seu pai. Não acredito que exista uma só pessoa que possa se gabar de já ter derrotado Joh Fredersen. Seria mais fácil vocês dobrarem o Deus insondável, que dizem governar o mundo segundo sua vontade, do que dobrar Joh Fredersen.

A garota permaneceu sentada como uma estátua, imóvel.

– O que fará, Maria, quando Joh Fredersen finalmente levar você e seu amor a sério, a ponto de vir até você e dizer: "Me devolva o filho"?

A garota permaneceu sentada como uma estátua, imóvel.

– Ele lhe perguntará: "Qual é o valor do meu filho para você?". E, se for esperta, responderá: "Não menos do que ele vale para você". Ele pagará o preço, e será alto, porque Joh Fredersen tem apenas um filho.

A garota permaneceu sentada como uma estátua, imóvel.

– O que você sabe sobre o coração de Freder? – o homem continuou. – Ele é jovem como a manhã ao nascer do sol. Esse coração de alvorada é seu. Quando chegará o meio-dia? E quando chegará a noite? Muito longe de você, Maria, longe, muito longe. O mundo é muito grande e a terra muito bonita. O pai dele vai mandá-lo em uma viagem ao redor do mundo. Nesse percurso pela linda terra, ele vai esquecê-la, antes mesmo que o relógio do coração chegue ao meio-dia.

A garota permaneceu sentada como uma estátua, imóvel. Mas, em torno de sua boca pálida, que lembrava um botão de rosa branca, um sorriso começou a florescer. Era um sorriso de tamanha doçura, de tamanha profundidade, que o ar ao redor da garota pareceu prestes a brilhar.

O homem olhou para ela. Seus olhos solitários estavam famintos e ressecados como o deserto que não conhece o orvalho. Com a voz rouca ele continuou:

– De onde você tira sua sagrada confiança? Acha que é a primeira pessoa que Freder ama? Esqueceu o Clube dos Filhos, Maria? Lá há cem mulheres... E todas são dele. Essas mulheres pequenas e afetuosas, cada uma delas poderia lhe contar sobre o amor de Freder, porque todas sabem mais sobre isso que você. Você tem apenas uma vantagem sobre elas: pode chorar quando for abandonada, já que o choro foi proibido para elas. Se o filho de Joh Fredersen se casar, será como se Metrópolis estivesse se casando. Quando? Quem dirá isso será Joh Fredersen. Com quem? Quem dirá isso será Joh Fredersen. Mas você não é a noiva, Maria! No dia de seu casamento, o filho de Joh Fredersen já terá se esquecido de você.

— Nunca! — disse a garota.

E lágrimas indolores de uma ternura grande e fiel caíram na beleza de seu sorriso.

O homem levantou-se. Parou diante da garota. Olhou para ela por um longo tempo e virou as costas. Ao cruzar a soleira para a sala ao lado, seu ombro se chocou contra o batente da porta.

Ele bateu a porta bruscamente. Olhou adiante. Viu a criatura — sua criatura de vidro e metal — que, quase terminada, levava agora a cabeça de Maria.

As mãos aproximaram-se de sua cabeça e, quanto mais perto chegavam, mais parecia que aquelas mãos, aquelas mãos solitárias, não queriam criar, mas destruir.

— Somos incompetentes, Futura! — disse ele. — Incompetentes! Incompetentes! Posso lhe dar o sorriso que faz os anjos mergulharem no inferno com a luxúria? Posso lhe dar as lágrimas que redimiriam e abençoariam o supremo Satanás? Paródia é seu nome, e eu sou um incompetente!

Brilhando em esplendor e frieza, a criatura se levantou e fitou seu criador com olhos enigmáticos. E, quando ele pousou as mãos em seu ombro, sua fina estrutura tilintou em risadas misteriosas.

Quando Freder chegou, havia uma luz fraca a seu redor, vinda de uma janela que emoldurava um céu pálido e cinzento. A janela era pequena e dava a impressão de não ter sido aberta durante séculos.

Freder deixou os olhos vagarem pela sala. Não entendia nada do que via. Não se lembrava de nada. Estava deitado de costas em pedras frias e lisas. Todos os seus membros e as articulações eram atormentados por uma dor indistinta.

Virou a cabeça para um lado. Olhou para as mãos, a seu lado, como se não lhe pertencessem, jogadas, exangues.

Mãos feridas, pele erguida, crostas amarronzadas... Aquelas eram suas mãos?

Ele encarou o teto. Era preto, como se tivesse sido queimado. Encarou as paredes; paredes de uma frieza cinzenta...

Onde ele estava? Atormentavam-no a sede e uma fome violenta. Mas pior que a fome e a sede era o cansaço, que ansiava pelo sono e não o encontrava.

Maria lhe veio à mente.

Maria?

Ele saltou e ficou de pé, com as pernas bambas. Os olhos buscaram portas. Havia uma, e Freder cambaleou na direção dela. A porta estava trancada, não tinha maçaneta, não abriria.

Seu cérebro ordenou: não se surpreenda com nada. Não se assuste. Pense...

Havia uma janela sem moldura. Era um disco engastado diretamente na pedra. Diante dele estava a rua, uma das grandes ruas da grande Metrópolis, com seu fervilhar de gente.

O vidro da janela devia ser muito forte. Nem o menor som da rua tão próxima penetrava na sala onde Freder estava preso.

As mãos de Freder tocaram o vidro. Um frio difuso fluiu dali, e a suavidade do vidro lembrava o fio sedento de uma lâmina de aço. As pontas dos dedos de Freder passaram pelas juntas nas quais o disco repousava.

E ficaram ali, como se enfeitiçadas, pairando no ar. Ele viu: lá embaixo, Maria passava pela rua.

Saindo da casa que o mantinha prisioneiro, ela deu as costas para ele e caminhou com passos leves e apressados em direção ao turbilhão da rua.

Os punhos de Freder bateram contra o vidro. Ele gritou o nome da garota. Ele gritou: "Maria!". Ela precisava ouvi-lo. Era impossível que não o ouvisse. Ignorando os ossos doloridos das mãos, seus punhos bateram enfurecidos contra o vidro.

Mas Maria não o ouviu. Ela não se voltou para trás. Com passos suaves, mas urgentes, mergulhou nos vagalhões de pessoas, como se estivesse muito confortável ali.

Freder correu para a porta. Com o corpo inteiro, ombros e joelhos, lançou-se contra ela. Não gritava mais. Sua boca estava escancarada. Sua respiração queimava os lábios cinzentos. Correu de volta para a janela. Lá fora, a menos de dez passos, havia um policial, com o rosto virado para a casa de Rotwang. O rosto do homem era completamente indiferente. Nada parecia estar mais longe dele do que a casa do mago. Mas até mesmo seu olhar mais distraído não seria capaz de ignorar o homem que, nessa casa, tentava estilhaçar uma vidraça, já com os punhos sangrando.

Freder fez uma pausa. Olhou para o rosto do policial com um ódio incompreensível, cuja fonte era o medo de perder tempo quando não havia tempo a perder. Virou-se e puxou o tamborete robusto que havia ao lado da mesa. Bateu o móvel com toda a força contra o vidro. O choque o lançou para trás. O disco estava ileso.

Uma fúria soluçante brotou na garganta de Freder. Ele balançou o tamborete e jogou-o contra a porta. O tamborete despencou no chão. Freder pulou até ele, ergueu-o de novo e jogou, jogou várias vezes contra a porta, em um desejo vermelho e cego de destruição.

Madeira lascada branca. A porta guinchou como uma criatura viva, e Freder não desistiu. No ritmo do próprio sangue fervendo, ele se lançou contra a porta, até que ela cedeu, tremendo.

Freder passou pela brecha. Correu pela casa. Seus olhos ferozes procuraram em todos os cantos por um inimigo e novos obstáculos. Mas não encontrou nem um nem outro. Sem ser impedido, alcançou a porta de entrada, encontrando-a aberta. Então, correu para a rua.

Correu na direção de Maria. Mas o vagalhão humano a tinha levado embora. Ela havia desaparecido.

Por cinco minutos, Freder ficou paralisado entre os humanos apressados. Uma esperança sem sentido obscureceu seu cérebro: talvez, talvez ela voltasse. Se ele tivesse paciência e esperasse o suficiente...

Porém, lhe veio à mente a catedral: espera inútil – a voz dela na casa do mago – palavras de medo – sua risada doce e perversa...

Não, esperar não, esperar não. Ele queria saber.

Ele correu com os dentes cerrados.

Havia uma casa na cidade em que Maria morava. A uma eternidade de distância. O que ele perguntaria? Com a cabeça descoberta, as mãos feridas, os olhos que pareciam loucos de cansaço, correu para o seu destino: a casa de Maria.

Não sabia quantas horas preciosas o Homem Magro chegaria antes dele.

Estava diante das pessoas com as quais Maria talvez morasse: um homem, uma mulher – rostos de cães espancados. A mulher deu a resposta. Seus olhos se contraíram. Ela manteve as mãos apertadas embaixo do avental.

Não, ali não havia nenhuma garota chamada Maria, ela nunca morara ali...

Freder olhou para a mulher. Não acreditou nela. Ela precisava conhecer a garota. A garota tinha que morar ali.

Meio entorpecido pelo medo de que essa última esperança de encontrar Maria também pudesse morrer, ele a descreveu como se fosse ajudar a memória desses pobres tolos.

Tinha cabelos loiros. Tinha olhos gentis. Tinha a voz de uma mãe carinhosa. Usava um vestido recatado, mas lindo...

O homem deixou seu posto ao lado da mulher e se curvou para o lado, dando de ombros, como se não aguentasse ouvir o jovem estranho à porta falar daquela garota. Balançando a cabeça, com a absoluta impaciência de quem gostaria de dar fim à conversa, a mulher repetiu as mesmas palavras secas: A garota não morava ali, de uma vez por todas... Já bastava de tantas perguntas, não?

Freder foi embora. Saiu sem dizer uma palavra. Ouviu uma porta batendo. Vozes briguentas se afastaram. Escadas sem fim o levaram de volta à rua.

E agora?

Ele ficou parado, perplexo. Não sabia para onde ir.

Morto de exaustão, bêbado de cansaço, ouviu com estremecimento repentino o ar a seu redor se encher de um som avassalador.

Era um som extremamente esplendoroso e impressionante, profundo, vibrante e mais poderoso que qualquer outro no mundo. A voz do oceano quando raivoso, a voz de torrentes caindo, a de tempestades muito próximas, todas as vozes teriam se afogado de modo deplorável diante daquele som monstruoso. Ele penetrava, sem ser agudo, em todas as paredes e em todas as coisas, que pareciam vibrar dentro dele. Era onipresente, vinha das alturas e das profundezas, era belo e terrível, um comando irresistível.

Estava bem acima da cidade. Era a voz da cidade. Metrópolis ergueu a voz. As máquinas de Metrópolis berravam: queriam ser alimentadas.

Meu pai, pensou Freder meio inconsciente. Meu pai pressionou os dedos na placa de metal azul. O cérebro da grande Metrópolis governa a vida da cidade. Nada acontece na grande Metrópolis sem que meu pai não saiba. Vou até meu pai e perguntarei se o inventor Rotwang estava brincando com Maria e comigo sob as ordens de Joh Fredersen...

Ele se virou para tomar o caminho da Nova Torre de Babel. Avançou com a obstinação de um possesso, com lábios apertados, rugas fundas entre as sobrancelhas, punhos cerrados e braços que pendiam ao longo do corpo, amolecidos. Avançava como se quisesse esmagar o chão de pedra embaixo dele. Parecia que cada gota de sangue de seu rosto se juntara nos olhos. Avançava e tinha um sentimento a cada passo de seu caminho sem fim: não sou eu quem está andando. Avanço como um fantasma ao lado de mim mesmo. Eu, o fantasma, forço meu corpo a andar, embora esteja morto de esgotamento...

De fato, as pessoas que o encaravam quando ele chegou à Nova Torre de Babel pareciam ver apenas um fantasma, e não ele.

Ele quis entrar no Paternoster, que bombeava através da Nova Torre de Babel como uma roda de humanos. Mas um tremor repentino afastou-o. Não estava agachada no sopé da Nova Torre de Babel, lá embaixo, nas profundezas, uma pequena máquina reluzente que se assemelhava a Ganesha, o deus com a cabeça de elefante? Sob o corpo agachado, a cabeça afundada no peito, as pernas curvadas se apoiavam na plataforma, como um duende. Imóveis eram o tronco, as pernas. Mas os braços curtos empurravam, empurravam alternadamente para a frente, para trás, para a frente, para trás.

Quem agora estava diante da máquina e amaldiçoava o Pai Nosso, o Pai Nosso da máquina de Paternoster?

Ele subiu as escadas, congelado de horror.

Escadas e mais escadas o tempo todo... Não tinha fim... A fronte da Nova Torre de Babel elevava-se muito perto do céu. A Torre rugia como um mar. Uivava como a tempestade. Estrondava em suas veias o baque de uma queda d'água.

— Onde está meu pai? — perguntou Freder aos serviçais.

Eles apontaram uma porta. Queriam anunciá-lo. Ele fez que não com a cabeça. Pensou: por que essas pessoas estavam olhando para ele de um jeito tão estranho?

Ele abriu a porta. A sala estava vazia. Mais além uma segunda porta, apenas entreaberta. Atrás dela, vozes. A voz do pai dele e outra...

Freder estacou. Seus pés pareciam pregados no chão. Seu torso inclinou-se para a frente, rígido. Os punhos pendiam de braços amolecidos: ele parecia não ter mais a capacidade de liberar os punhos cerrados. Escutou com olhos injetados no rosto branco e os lábios abertos, como se estivessem formando um grito.

Então, tirou os pés entorpecidos do chão, cambaleou em direção à porta, abriu-a violentamente...

No meio da sala, cheia de brilho cortante, estava Joh Fredersen, segurando uma mulher nos braços. E a mulher era Maria. Ela não resistia. Bem curvada nos braços do homem, ela oferecia a boca, a boca sedutora, aquela risada mortal...

—Você! – gritou Freder.

Ele saltou sobre a garota. Não olhou para o pai. Via apenas a garota, não, nem mesmo a garota, apenas sua boca... Apenas sua boca e a risada doce e perversa.

Joh Fredersen virou-se bruscamente de um jeito ameaçador, soltando a garota. Cobriu-a com a força de seus ombros, com o poderoso crânio que, resplandecente de sangue, mostrava dentes fortes e olhos invencíveis.

Mas Freder não via seu pai. Via apenas um obstáculo entre ele e a garota.

Correu na direção do obstáculo, que o empurrou de volta. O ódio escarlate pelo obstáculo o fez ofegar. Seus olhos revoaram ao redor. Estavam procurando uma ferramenta, uma ferramenta que pudesse ser usada como um aríete. Não encontrou. Lançou-se ele, então, como um aríete. Seus dedos agarraram o tecido. Ele mordeu o tecido. Ouviu a própria respiração como um apito, muito alto, muito abafado.

E, no entanto, havia apenas um som nele, apenas um chamado: "Maria!". Gemendo, implorando: "Maria!".

Nenhuma pessoa em sonhos infernais berraria de um jeito mais torturado que o dele.

E, ainda: entre ele e a garota, o homem, o rochedo, o obstáculo, a parede viva...

Ele lançou as mãos adiante. Ah... Havia uma garganta! Ele agarrou a garganta. Como uma armadilha de ferro, seus dedos estalaram.

— Por que você não se defende? — gritou, encarando o homem. — Quero matá-lo! Quero acabar com sua vida! Quero assassiná-lo!

Mas o homem à sua frente resistia ao estrangulamento. Dilacerado pelo frenesi de Freder, seu corpo logo se inclinou para a direita, depois, para a esquerda. E, sempre que esse movimento acontecia, Freder enxergava, através de uma fina névoa, o semblante sorridente de Maria, que, recostada à mesa, observava a luta entre pai e filho com os olhos da cor da água do mar.

A voz do pai disse:

— Freder...

Ele finalmente encarou o homem. Viu seu pai. Viu as mãos agarradas ao pescoço do pai. Eram suas, eram as mãos do filho.

Suas mãos afastaram-se, como se tivessem sido cortadas. E ele olhou para as mãos e gaguejou algo que soou meio como uma maldição e meio como o choro de uma criança que acredita estar sozinha no mundo.

A voz do pai disse:

— Freder...

Ele caiu de joelhos. Estendeu os braços. A cabeça pendeu na direção das mãos do pai. Ele irrompeu em lágrimas, em soluços desesperados.

Uma porta fechou-se, deslizando.

Freder virou a cabeça de um lado ao outro. Ficou em pé de uma vez. Percorreu a sala com os olhos...

— Onde ela está? — perguntou ele.

– Quem?

– Ela que estava aqui...

– Ninguém estava aqui, Freder.

Os olhos do jovem ficaram vidrados.

– O que você está dizendo? – gaguejou ele.

– Não havia nenhum ser humano aqui, Freder, exceto você e eu.

Freder virou a cabeça. Puxou a gola da camisa para longe do pescoço. Encarou os olhos do pai como se fossem poços de água.

– Você diz que nenhum ser humano estava aqui? Eu não vi você segurando Maria em seus braços? Eu sonhei? Estou louco, não é verdade?

– Dou a minha palavra – disse Joh Fredersen –, aqui, quando você veio até mim, não havia nem mulher nem qualquer outra pessoa.

Freder permaneceu mudo. Os olhos completamente perturbados ainda buscavam algo em todas as paredes.

– Você está doente, Freder – disse a voz de seu pai.

Freder sorriu. Então, começou a rir. Ele se jogou em uma cadeira e riu, riu. Ele se contorcia, os cotovelos apoiados nos joelhos e a cabeça enterrada entre as mãos e os braços. Ele se inclinava para a frente e para trás, rindo aos gritos.

Os olhos de Joh Fredersen estavam sobre ele.

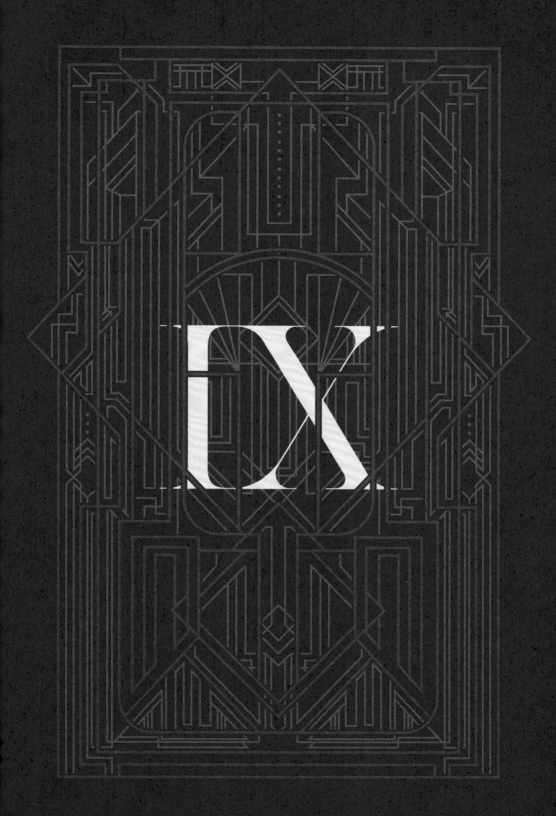

O AVIÃO QUE LEVOU JOSAFÁ PARA LONGE DE Metrópolis pairou no ar dourado do sol poente. Seguia a velocidade de cruzeiro, como se estivesse preso com cabos metálicos à bola que descia na direção do oeste.

Josafá estava sentado atrás do piloto. Desde que o aeroporto tinha sumido embaixo deles e o grande mosaico de pedra da grande Metrópolis havia desvanecido em profundidades insondáveis, Josafá não dera o menor sinal de que era humano, nem sequer de que tivesse a capacidade de respirar e de se mover. O piloto parecia levar como carga uma pedra cinza pálida, que até tinha a forma de um ser humano. Contudo, quando se virava, encarava em cheio os olhos arregalados desse homem petrificado, sem encontrar um olhar de retribuição ou o menor sinal de consciência.

No entanto, o cérebro de Josafá captou o movimento da cabeça do piloto. Não imediatamente. Não logo. Mas a imagem desse movimento cauteloso, ainda que determinado e vigilante, permaneceu em sua mente, até que ele finalmente o compreendeu.

Então, a figura petrificada novamente pareceu tornar-se um ser humano. Seu peito subiu em uma respiração há muito perdida, com os olhos voltados para cima, encarando o céu vazio azul-esverdeado, e depois mais uma vez para baixo, para uma terra que não passava de um tapete redondo pairando profundamente no infinito e para um sol que rolava rumo ao oeste, como uma bola incandescente.

Por último, porém, voltou-se para a cabeça do piloto que estava sentado à sua frente, para o quepe do homem, que se encaixava sobre ombros sem pescoço, fortes como os de um búfalo e com uma calma vigorosa.

O poderoso motor da aeronave funcionava no mais completo silêncio. Mas o ar através do qual ele impulsionava o avião, esse sim se enchia de uma trovoada misteriosa, como se a cúpula do céu apanhasse o estrondo do globo terrestre e o jogasse para trás, com raiva.

Sobre uma terra estranha, o avião pairava desabrigado, como um pássaro que não encontra seu ninho.

De repente, em meio à trovoada do ar, o piloto ouviu em sua orelha esquerda uma voz que disse quase baixinho:

– Dê meia-volta.

A cabeça no quepe quis se voltar para trás. Mas, na primeira tentativa, encontrou um ponto de pressão, exatamente no alto do crânio. Este ponto de pressão era pequeno, aparentemente anguloso e excepcionalmente duro.

– Não se mova! – disse a voz em seu ouvido esquerdo, que era tão baixa e ainda assim se fazia entender em meio à trovoada do ar. – Não olhe ao redor também! Não tenho arma de fogo comigo.

Se tivesse uma, eu provavelmente não estaria aqui. O que tenho na mão é uma ferramenta, cujo nome e serventia me são estranhos. Mas é feita de aço sólido o bastante para bater em seu crânio, se o senhor não me obedecer imediatamente. Dê meia-volta!

Os ombros de touro, embaixo do quepe de piloto, ergueram-se em um empurrão breve e impaciente. A bola incandescente do sol tocou o horizonte em um pairar inefavelmente leve. Por segundos, parecia que o astro dançava em ritmos suaves e cintilantes. A proa do avião estava voltada para ele e não mudou nem um palmo sua direção.

— O senhor não parece ter me entendido — disse a voz atrás do piloto. — Dê meia-volta! Quero voltar para Metrópolis, ouviu? Tenho que estar lá antes que escureça. E então?

— Cale a boca — disse o piloto.

— Pela última vez, vai obedecer ou não?

— Sente-se e se acalme aí atrás. Que desgraça, o que isso significa isso?

— O senhor não vai obedecer?

Gritaria...

Uma jovem camponesa, que estava cortando feno à última luz do sol poente em um prado amplo e suave, avistou o pássaro zumbindo acima dela no céu noturno e o observou com olhos ardendo pelo trabalho e cansados pelo verão.

Como o avião subia e descia de um jeito estranho! Pinoteava como um cavalo tentando derrubar o cavaleiro. Logo avançou na direção do sol, depois virou as costas para ela. Nunca a jovem camponesa tinha visto uma criatura tão selvagem e indisciplinada no ar.

Agora balançava na direção oeste e avançava apressado ao longo do céu, em movimentos longos e entrecortados. Algo se soltou dele: um largo pano prateado que se inflou...

Soprado pelo vento de um lado para o outro, o pano cinza-prateado tremulava e descia na direção da terra. Das teias de sua cúpula de seda, parecia pender uma gigantesca aranha escura.

A jovem camponesa começou a correr, gritando. Em cordas finas, a grande aranha preta descia mais e mais. Agora já se assemelhava a um ser humano. Um rosto branco como o da morte se curvou para baixo. A terra gentilmente se arqueava em direção à criatura que despencava. O homem puxou as cordas e saltou. E despencou. Subiu novamente. E despencou de novo.

Como uma nuvem de neve, suave e cintilante, o pano cinza-prateado desceu sobre ele e o cobriu por completo.

A jovem camponesa chegou correndo.

Ainda estava gritando, sem palavras, sem fôlego, como se esse grito selvagem fosse sua língua. Ela juntou o grande lenço prateado de seda com os dois braços diante do peito, trazendo à luz o homem que estava enterrado embaixo dele.

Sim, lá estava ele, esparramado de barriga para cima. Com seus dedos tinha rasgado a seda, ainda que esta tivesse sido forte o suficiente para carregá-lo até ali. E, quando seus dedos se afastaram da seda a fim de procurar algo novo para rasgar, marcas vermelhas e úmidas permaneceram no tecido amassado, como as deixadas por um animal depois de mergulhar as patas no sangue do inimigo.

Ao ver esses rastros, a jovem camponesa emudeceu.

Uma expressão de horror surgiu em seu rosto. Mas era, ao mesmo tempo, a expressão das mães de animais quando farejam o inimigo e não querem revelar a si mesmas nem a sua cria, por nada e por preço nenhum.

Ela cerrou tanto os dentes que sua boca jovem ficou pálida e fina. A mulher se ajoelhou ao lado do homem e trouxe a cabeça dele para o seu colo.

Olhos abriram-se no rosto branco que ela segurava. Encararam o olhar que se inclinava sobre eles. Voltaram-se para o lado e examinaram o céu.

Um ponto preto seguia veloz no céu ocidental escarlate, onde o sol havia afundado…

O avião.

Seguia de acordo com a sua vontade original, voando na direção do sol, para oeste. No manche estava sentado o homem que não queria dar meia-volta, e agora estava tão morto quanto possível. O quepe pendia rasgado do crânio aberto sobre os ombros de búfalo. Mas os punhos ainda não tinham soltado o manche. Ainda o seguravam nesse momento.

Voe bem, piloto…

O rosto que estava no colo da jovem camponesa começou a sorrir, começou a perguntar. Onde ficava a cidade mais próxima?

Não havia cidade alguma nas redondezas.

Onde ficava a estação de trem mais próxima?

Não havia estação alguma nas redondezas.

Josafá endireitou-se. Olhou em volta.

Campos e prados a perder de vista, ladeados por florestas que permaneciam silenciosas à noite. O escarlate do céu extinguiu-se. Os grilos cantavam. A névoa branca e leitosa formava-

-se ao redor dos pastos solitários e distantes. Da pureza sagrada do grande céu surgiu a primeira estrela, com seu calmo cintilar.

— Tenho que ir — disse o homem com o rosto branco como o da morte.

— Primeiro você precisa descansar — disse a jovem camponesa.

Os olhos do homem a encararam surpresos. Seu rosto claro, a testa curta e simplória e a boca bonita e tola se destacavam no céu que se arqueava sobre a camponesa, como sob uma cúpula de safira.

—Você não tem medo de mim? — perguntou o homem.

— Não — respondeu a jovem camponesa.

A cabeça do homem caiu no colo dela. Ela se inclinou para a frente e cobriu o corpo trêmulo com a seda prateada.

— Descansar... — disse o homem com um suspiro.

Ela não respondeu. Ficou sentada, imóvel.

—Vai me acordar — o homem perguntou, e sua voz vacilava de fadiga — assim que o sol chegar?

—Vou — disse a jovem camponesa. — Fique tranquilo.

Ele suspirou profundamente. Então, ficou imóvel.

Estava cada vez mais escuro.

Ao longe, ressoou uma voz que gritava repetidamente um nome, várias e várias vezes...

As estrelas espalharam-se gloriosamente sobre o mundo. A voz distante emudeceu. A jovem camponesa olhou o homem cuja cabeça estava em seu colo. Nos olhos dela, o estado de alerta que nunca dormia, o mesmo que existe nos olhos dos animais e das mães.

SEMPRE QUE JOSAFÁ TENTAVA, NOS DIAS que se seguiram, romper o muro construído em torno de Freder, ali estava um estranho, sempre diferente, dizendo com feições inexpressivas:

– O sr. Freder não pode receber ninguém. O sr. Freder está doente.

Mas Freder não estava doente, pelo menos não como a doença costuma se manifestar nas pessoas. De manhã até a noite, de noite até a manhã, Josafá vigiava o edifício em cuja coroa ficava a residência de Freder. Nunca viu Freder sair de casa. Mas, com o passar das horas, viu uma sombra vagando para cima e para baixo, atrás das janelas largas como paredes, cobertas de branco. Ele viu, por volta do anoitecer, quando os telhados de Metrópolis ainda estavam banhados pela luz do sol e nas gargantas de suas ruas a escuridão era lavada por torrentes de luz fria, a mesma sombra, uma figura imóvel, de pé no terraço estreito que corria em torno desse edifício, que era praticamente o mais alto de Metrópolis.

Mas o que havia no vagar para lá e para cá da sombra, na imobilidade daquela figura, não era doença. Era um extremo desamparo. Deitado no telhado do prédio em frente ao apartamento de Freder, Josafá observava o homem que o escolhera como amigo e irmão, a quem ele havia traído e para quem ele havia voltado. Não conseguia ver seu rosto, mas lia, a partir da mancha pálida que era esse mesmo rosto ao sol poente e ao derramamento dos holofotes, que o homem ali, cujos olhos encaravam Metrópolis, não via Metrópolis.

Às vezes, pessoas surgiam ao lado dele, conversavam com ele, esperavam uma resposta. Mas a resposta nunca vinha. Então, as pessoas partiam, frustradas.

Certa vez, Joh Fredersen foi até lá – foi até o filho, que estava na sacada estreita e não pareceu notar a proximidade do pai. Joh Fredersen falou com ele por muito tempo. Colocou a mão na mão do filho, que descansava no parapeito. A boca não obteve resposta. A mão não obteve resposta. Só uma vez Freder virou a cabeça, desajeitado, como se o pescoço estivesse enferrujado. Ele encarou Joh Fredersen.

Joh Fredersen foi embora.

E, quando seu pai partiu, Freder virou a cabeça para trás lentamente e encarou mais uma vez a grande Metrópolis, que dançava no tumulto de luzes. Ele a encarava com olhos ofuscados.

O parapeito do estreito terraço em que ele estava parecia uma parede insuperável de solidão, de um abandono interno e profundo. Nenhum chamado, nenhum aceno, nenhum som mais alto penetraria essa parede, banhada pelo forte e brilhante vagalhão da grande Metrópolis.

Porém, Josafá não quis ousar o salto do céu para a terra, enviar um homem que cumpria seu dever como um cadáver na direção do infinito para parar, sem forças, diante do muro dessa solidão.

Houve uma noite que estava incandescente e enevoada sobre Metrópolis. Uma tempestade ainda distante lançava seus sinais de alerta brilhantes, em nuvens baixas. Todas as luzes da grande Metrópolis pareciam mais brutais, como se dispersassem cada vez mais rápidas na escuridão.

Freder parou ao lado do parapeito do terraço estreito, as mãos quentes apoiadas sobre ele. Uma rajada de vento abafada e nervosa atingiu-o e fez tremular a seda branca que cobria seu corpo macilento.

Ao redor do topo do prédio, exatamente à sua frente, uma palavra iluminada passou em uma moldura iluminada. Uma atrás da outra, em um ciclo eterno: Phantasus... Phantasus... Phantasus...

Freder não viu essa dança da palavra. Sua retina a apreendeu, não o cérebro.

De repente, porém, a imagem-palavra se extinguiu e, em seu lugar, os números brotaram da escuridão, desapareceram de novo, reapareceram.

E esse vir e desaparecer, voltar e ir, e de novo vir parecia, em sua determinação, um chamado penetrante, persistente.

99 ...... 7...... 7......

99 ...... 7...... 7......

Os olhos de Freder captaram os números.

99 ...... 7...... 7......

Eles se afastaram, voltaram de novo.

99 ...... 7...... 7......

Os pensamentos tropeçaram em seu cérebro.

99   ?   e   7   ?

Duas vezes 7   ?

O que isso significava? Como esses números eram invasivos.

99 ...... 7 ...... 7 ......
99 ...... 7 ...... 7 ......
99 ...... 7 ...... 7 ......

Freder cerrou os olhos. Mas agora os números estavam nele. Ele os viu brilharem, irradiarem, extinguirem-se... Brilharem, irradiarem, extinguirem-se.

Foi isso... Não! Ou sim?

Será que os números já tiveram algum significado para ele antes de um tempo que já não parece mais mensurável?

99 – 99 –

De repente, uma voz em sua cabeça disse: "Bloco nonagésimo nono... Bloco nonagésimo nono... Prédio sete... Sétimo andar...".

Freder abriu os olhos. Lá, sobre a casa, bem diante dele, os números se contraíram, perguntando e gritando:

99 ...... 7 ...... 7 ......

Ele se inclinou sobre a balaustrada, como se devesse se lançar às profundezas. Os números o cegavam. Fez um movimento com o braço, como se quisesse cobri-los ou extingui-los.

Eles se extinguiram. O quadro brilhante extinguiu-se. O prédio ficou sombrio, banhado até a metade apenas pelo brilho da rua branca. Num repente, o céu tempestuoso ficou visível acima do telhado, e os relâmpagos pareciam crepitar.

À luz pálida lá adiante havia um homem.

Freder recuou do parapeito. Cobriu a boca com as duas mãos. Olhou para a direita, para a esquerda, ergueu os dois braços. Então, se virou, como se levado pela força da natureza do local onde estava, correu para dentro do prédio, atravessou a sala, parou novamente...

Cuidado! Cuidado agora...

Ele pensou. Pressionou o crânio entre os punhos. Será que entre seus servos havia alguém, uma única pessoa em quem ele pudesse confiar e que não o entregaria ao Homem Magro?

Quanta miséria, ah, quanta miséria!

Mas o que havia lhe restado além do salto no abismo, que por fim resumia aquele teste de confiança?

Ele gostaria de apagar as lâmpadas de seu quarto, mas não se atreveu, pois até aquele dia não havia suportado a escuridão a seu redor. Andou para lá e para cá. Sentiu o suor na testa e o tremor das articulações. Não podia mais medir o tempo que passava. Nos ouvidos, o sangue estrondava como quedas d'água.

O primeiro relâmpago caiu sobre Metrópolis, e o ronco tardio do trovão se misturava ao chiar da chuva infinita. Ele engoliu o som da porta se abrindo. Quando Freder se virou, Josafá estava ali, no meio do aposento.

Eles se aproximaram como se fossem movidos por uma violência externa. Mas, no meio do caminho, os dois pararam, se entreolharam e tinham, um para o outro, a mesma pergunta horrorizada no rosto: onde você esteve esse tempo todo? A qual inferno você desceu?

Havia a urgência febril de Freder em sua voz muda, na qual havia a secura doentia das coisas queimadas. Ele se sentou ao lado do outro, sem tirar a mão de seu braço.

— Você ficou esperando por mim, sempre em vão... Eu não pude lhe mandar uma mensagem. Me perdoe!

— Não tenho nada que perdoar, sr. Freder — disse Josafá, muito baixo. — Eu não esperei pelo senhor. Na noite em que deveria estar esperando, eu estava longe, muito longe de Metrópolis e do senhor.

Os olhos de expectativa de Freder encararam-no.

– Eu o traí, sr. Freder – disse Josafá.

Freder sorriu; mas os olhos de Josafá extinguiram seu sorriso.

– Eu o traí, sr. Freder – repetiu o homem. – O Homem Magro veio até mim. Me ofereceu muito dinheiro. Mas então eu ri. Joguei na cara dele o dinheiro. Mas ele colocou um cheque na mesa com a assinatura de seu pai. O senhor precisa acreditar em mim, sr. Freder: com dinheiro ele não teria me pegado. Não há quantia pela qual eu entregaria o senhor. Mas quando vi a assinatura de seu pai... Eu ainda lutei. Gostaria de tê-lo estrangulado. Mas não tinha forças. Joh Fredersen estava no cheque... Eu não tive mais forças.

– Eu entendo – murmurou o filho de Joh Fredersen.

– Obrigado. Eu precisava fugir de Metrópolis, para muito longe... Eu voei... Não conhecia o piloto do avião. Voamos o tempo todo na direção do sol. O sol estava para se pôr. Então, me ocorreu, dentro de meu cérebro vazio, que tinha chegado a hora em que deveria esperar pelo senhor. E eu não estaria lá quando o senhor chegasse. Eu quis dar meia-volta. Pedi ao piloto. Ele não quis obedecer. Queria me forçar a me afastar cada vez mais de Metrópolis. Era tão teimoso quanto se pode ser quando se conhece a vontade de Joh Fredersen. Pedi e ameacei. Mas de nada adiantava. Foi quando eu o acertei no crânio com sua ferramenta.

Os dedos de Freder, ainda pousados no braço de Josafá, contraíram-se um pouco; mas imediatamente ficaram relaxados de novo.

— Então, pulei, e estava tão longe de Metrópolis que uma jovem camponesa, que me tirou do campo, nem sabia o caminho para a grande cidade... Vim até aqui e não encontrei nenhuma notícia sua. Tudo que eu descobri era que o senhor estava doente...

Ele hesitou e não disse mais nada, encarando Freder.

— Não estou doente — disse Freder, olhando adiante. Ele soltou os dedos do braço de Josafá, inclinou-se para a frente e pousou as mãos sobre a própria cabeça. Falou para o vazio: — Você acredita, Josafá, que estou maluco?

— Não.

— Mas devo estar — disse Freder, e se encolheu tanto que parecia que um garotinho havia tomado seu lugar, cheio de medo. Sua voz de repente soava alta e fina, e algo nela fez Josafá verter lágrimas.

Josafá estendeu a mão, tateou e encontrou o ombro de Freder. A mão deslizou ao redor de seu pescoço, puxando-o gentilmente, mantendo-o parado e firme.

— Apenas fale, sr. Freder — pediu ele. — Não acho que há muitas coisas que me pareçam insuperáveis, pelo menos não desde que pulei do avião pilotado por um defunto, desde que pulei do céu para a terra. Além disso — continuou em voz baixa —, descobri, em uma única noite, que é possível suportar muitas coisas quando se tem alguém a seu lado, a vigiar. Alguém que não pergunta, simplesmente fica a seu lado.

— Estou maluco, Josafá — disse Freder. — Mas... Não sei se isso serve de consolo: não estou sozinho.

Josafá emudeceu. Sua mão paciente estava imóvel sobre o ombro de Freder.

E, de repente, como se sua alma fosse um jarro cheio que, ao perder o equilíbrio, virasse e se derramasse em uma torrente, Freder começou a falar. Contou ao amigo a história de Maria, desde seu primeiro encontro no Clube dos Filhos até seu reencontro nas profundezas da Cidade dos Mortos, sua espera na catedral, sua experiência na casa de Rotwang, sua busca inútil, o "não" no apartamento de Maria – até o momento em que ele quis matar seu próprio pai por causa dela – não, não por causa dela: por um ser que não estava lá, que ele acreditava ter visto...

Isso não era estar louco?

– Alucinação, sr. Freder.

– Alucinação? Quero lhe contar mais sobre alucinações, Josafá, e não pense que estou falando sob efeito de uma febre qualquer, ou que meus pensamentos não estão fortes nesse momento. Quis matar meu pai. Não foi minha culpa que o parricídio tenha falhado. Mas, desde então, Josafá, não sou mais humano. Sou uma criatura que não tem pés, nem mãos, e quase não tem cabeça. E essa cabeça está aqui apenas para pensar eternamente no seguinte: eu quis matar meu pai. Acha que vou me livrar desse inferno? Nunca, Josafá. Nunca, para toda a eternidade, nunca. Eu me deitava à noite ouvindo meu pai andar de um lado para o outro no quarto vizinho ao meu. Me deitava nas profundezas de um poço negro, mas meus pensamentos corriam como se acorrentados nos tornozelos de meu pai, atrás de seus passos. Que horror veio ao mundo para que algo assim pudesse acontecer? Há agora um cometa no céu que deixa a humanidade maluca? Uma nova praga, ou o anticristo? O fim do mundo? Uma mulher, que nem sequer está ali, é jogada de pai para filho, provocando o filho para que este assassine o pai. Pode ser que minha cabeça estivesse fervilhando naquelas horas. Então, meu pai veio me ver...

Ele fez uma pausa, as mãos emaciadas correndo juntas sobre o cabelo úmido.

—Você conhece meu pai. Há muitos na grande Metrópolis que acreditam que Joh Fredersen não é humano, porque não parece precisar de comida e bebida e porque dorme quando quer. De fato, na maioria das vezes, não quer. Eles o chamam de cérebro de Metrópolis e, se for verdade que o medo é a origem de toda religião, o cérebro da grande Metrópolis não está longe de se tornar uma divindade. Esse homem, que é meu pai, veio até meu leito. Veio na ponta dos pés, Josafá. Inclinou-se sobre mim e prendeu a respiração... Eu fechei os olhos. Fiquei muito quieto e senti como se meu pai quisesse ouvir dentro de mim o choro de minha alma. Nessa hora, eu o amei mais do que qualquer coisa no mundo. Mas, mesmo se minha vida dependesse disso, eu não teria sido capaz de abrir os olhos. Senti a mão de meu pai acariciar meu travesseiro. Então, do mesmo jeito que veio, ele se foi, na ponta dos pés, e fechou a porta silenciosamente assim que saiu. Você entende, Josafá, o que aconteceu?

— Não.

— Não? Também, como entenderia? Eu mesmo não me dei conta de nada até muitas horas depois: pela primeira vez desde que a grande cidade está em pé, Joh Fredersen não conseguiu fazer a voz monstruosa de Metrópolis rugir sob a pressão da pequena placa de metal azul... porque ele não quis perturbar o sono de seu filho.

Josafá baixou a cabeça e não disse nada. Freder soltou as mãos entrelaçadas.

— Então, eu entendi — continuou ele — que meu pai me perdoou por completo. E, quando entendi isso, eu realmente adormeci.

Ele se levantou, parou por um tempo e pareceu ouvir o som da chuva. Raios ainda caíam sobre Metrópolis, e o trovão furioso saltava logo atrás deles. Mas o som da chuva o abafava.

— Eu dormi — continuou Freder, tão suavemente que o outro mal o entendia — e comecei a sonhar. Vi esta cidade à luz de uma irrealidade fantasmagórica. Uma lua intrincada estava no céu; como se estivesse sobre uma rua larga, essa luz fantasmagórica e irreal fluía sobre a cidade, completamente deserta. Todas as casas pareciam distorcidas e tinham rostos. Eles se voltaram contra mim de um jeito perverso e traiçoeiro, pois eu avançava entre eles, afundando-me em uma rua bruxuleante.

"A rua era muito estreita, como se esmagada entre as casas; era como um vidro esverdeado, como um rio congelado e vítreo. Deslizei sobre ela e olhei além dela, para o efervescer frio do fogo subterrâneo.

"Eu não sabia meu destino, mas sabia que tinha um, e segui bem veloz, a fim de chegar lá o mais rápido possível. Amorteci meus passos o melhor que pude, mas o som era excessivamente alto e despertava um chiado farfalhante na massa de casas retorcidas, como se elas estivessem resmungando atrás de mim. Andei cada vez mais rápido... E, por último, corri, e quanto mais eu corria, mais rouco ecoava o som dos passos, como se um exército estivesse nos meus calcanhares. Eu pingava de suor...

"A cidade estava viva. As casas estavam vivas. Suas bocas abertas tentavam me pegar. Os buracos das janelas, os olhos arredondados, davam piscadelas maliciosas, cegas e horripilantes.

"Arquejando, cheguei à praça em frente à catedral...

"A catedral estava iluminada. As portas estavam abertas, não, elas cambaleavam para a frente e para trás, como se nelas passasse um fluxo invisível de visitantes. O órgão retumbava, mas não com música. Guinchos e balbucios, gritos e choramingos brotavam do órgão e, entre eles, danças atrevidas, lamuriosas canções de meretrizes...

"As portas que iam e vinham, a luz, o sabá das bruxas, tudo parecia misteriosamente animado, apressado, como se não houvesse tempo a perder e tudo aquilo estivesse cheio de profunda satisfação maligna.

"Andei em direção à catedral e subi as escadas. Uma porta me agarrou como um braço e me levou para dentro.

"Mas aquela não era a catedral, tanto quanto aquela cidade não era Metrópolis. Uma horda de insanos parecia ter tomado posse dela, e sequer eram seres humanos: eram criaturas pequenas, meio-macacos, meio-demônios, que a enchiam. No lugar dos santos, imagens de cabras, petrificadas nos saltos mais ridículos, entronadas nos nichos dos pilares. E, ao redor de cada pilar, dançavam em roda ao som do órgão.

"Vazio, secularizado, fragmentado, o crucifixo pairava sobre o altar-mor, de onde os objetos sacros haviam desaparecido.

"Um camarada vestido de preto, uma caricatura do monge, estava no púlpito e uivava, no tom de pregação: 'Fazei penitência porque está próximo o Reino dos céus'.

"Um relincho ainda mais alto respondia.

"O organista – eu o vi, parecia um demônio – estava com os pés e as mãos nas teclas, e a cabeça batia no ritmo da dança circular dos fantasmas.

"O sujeito no púlpito pegou um livro enorme e preto, com sete fechaduras. Quando suas mãos tocavam cada uma delas, ela explodia, em meio a uma chama alta, e se abria subitamente.

"Murmurando evocações, ele abriu a capa e se inclinou sobre o livro. Um círculo de chamas de repente surgiu em torno de sua cabeça.

"Da altura da torre do sino, bateu a meia-noite. Mas era como se o relógio não tivesse tempo suficiente para anunciar a hora dos demônios apenas uma vez. Várias e várias vezes, em uma pressa miseravelmente agitada, ele soou as doze badaladas.

"A luz da catedral mudou de cor. Se fosse possível falar de luz negra, seria essa a expressão a usar. Somente um lugar brilhava branco, cintilante, cortante, como uma espada afiada: ali, onde a morte é retratada como um menestrel.

"E, de repente, o órgão silenciou a dança. A voz do pregador no púlpito se calou. E, através do silêncio, que não ousava respirar, ecoou o som de uma flauta. Quem tocava era a morte. Em sua flauta, o menestrel tocou a canção que ninguém acompanhava; ela era feita de um osso humano.

"Com a música vinha o menestrel fantasmagórico, talhado em madeira, com capuz e capa, a foice no ombro, a ampulheta pendurada no cinto. Tocando a flauta, ele saiu de seu nicho e avançou pela catedral. E atrás dele foram os sete pecados capitais, o séquito da morte.

"A morte circulou cada pilar. A música de sua flauta soava cada vez mais alta. Os sete pecados capitais seguravam as mãos uns dos outros. Como uma longa corrente encurvada, caminhavam atrás da morte; e, aos poucos, seus passos se tornaram uma dança.

"Os sete pecados capitais dançavam atrás da morte, que tocava sua flauta.

"Então, a catedral se encheu de uma luz que parecia ter vindo de pétalas de rosa. Um aroma indescritivelmente doce e entorpecente pairava como incenso entre as colunas. A luz se intensificou e pareceu ressoar. Relâmpagos vermelhos pálidos brilhavam nas alturas e se reuniam na nave central da sala, no irradiar incrível de uma coroa.

"A coroa assentou-se na cabeça de uma mulher. E a mulher estava sentada em um animal róseo, que tinha sete cabeças e dez chifres. E a mulher estava vestida de escarlate e cor-de-rosa, banhada em ouro, pedras preciosas e pérolas. Carregava uma taça de ouro na mão. Em sua testa coroada, misteriosamente estava escrito: Babilônia.

"Como uma divindade, ela cresceu e irradiou sua luz. A morte e os sete pecados capitais curvaram-se diante dela.

"E a mulher que carregava o nome Babilônia tinha as feições da Maria que eu amo...

"A mulher ergueu-se. Tocou com a coroa na abóbada da alta catedral. Agarrou a bainha de seu manto e o abriu. Estendeu o casaco com as duas mãos. Ali se via: o manto de ouro havia sido bordado com imagens de vários demônios. Criaturas com corpos femininos e cabeças de serpente – meio touros, meio anjos – demônios adornados com coroas – leões com face humana.

"A canção da flauta da morte emudeceu. Mas o camarada no púlpito ergueu a voz estridente: 'Fazei penitência porque está próximo o Reino dos céus'.

"O relógio da igreja ainda martelava as selvagens doze badaladas da meia-noite.

"A mulher encarou o rosto da morte. Abriu a boca. Disse à morte: 'Vá!'.

"Então, a morte pendurou a flauta no cinto ao lado da ampulheta, tirou a foice do ombro e se foi. Caminhou pela catedral e saiu dela. E do manto da grande Babilônia os demônios tomaram vida e voaram atrás dela.

"A morte desceu os degraus da catedral para a cidade, cercada por pássaros pretos com rostos humanos. Ergueu a foice como se estivesse mostrando o caminho. Ali eles se separaram e revoaram. Suas asas largas escureceram a Lua.

"A morte jogou o manto para trás. Espreguiçou-se e cresceu. Cresceu muito além dos prédios de Metrópolis. O mais alto mal chegava a seus joelhos.

"A morte sacudiu a foice e assobiou. A terra e todas as estrelas tremeram. Mas a foice não parecia afiada o bastante. A morte olhou em volta, como se estivesse procurando um lugar para se sentar. A Nova Torre de Babel pareceu apetecer à morte. Ela se sentou sobre a Nova Torre de Babel, ergueu a foice, pegou a pedra de amolar do cinto, escarrou e começou a amolar a ferramenta. Faíscas azuis saltavam do aço. Em seguida, a morte se levantou e deu uma segunda sacudida. Uma chuva de estrelas se precipitou do céu.

"Satisfeita, a morte assentiu e se virou para começar sua jornada pela grande Metrópolis."

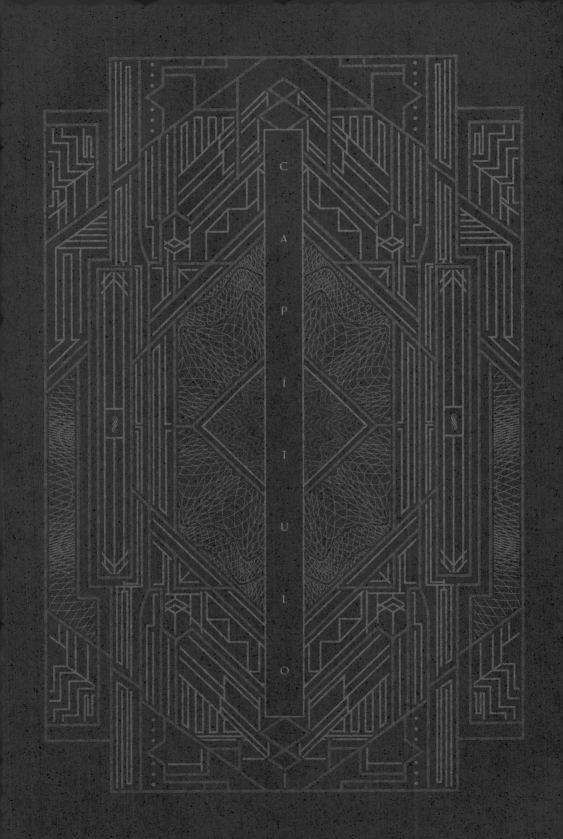

— ORA — DISSE JOSAFÁ COM A VOZ ROUCA —, foi apenas um sonho...

— Sem dúvida, foi um sonho. E os sonhos, como dizem, são espuma, certo? Mas continue ouvindo, Josafá... Despertei desse sonho com uma tristeza que me cortava de cima a baixo, como uma faca. Vi o rosto de Maria, aquele templo branco de bondade e inocência, vilipendiado pelo nome da grande prostituta Babilônia. Eu a vi enviando a morte para a cidade. Vi cada abominação que se desprendeu dela e saiu batendo asas, a pestilência, os mensageiros da desgraça, todos eles enxameando a cidade, abrindo caminho para a morte. Fiquei do lado de fora e encarei a catedral, que me pareceu profana e imunda. Suas portas estavam abertas. Fileiras escuras de pessoas rastejavam ali, apinhando-se nas escadas. Pensei que, entre essas pessoas piedosas, talvez estivesse minha Maria. Disse a meu pai: quero ir à catedral. Ele me deixou ir. Eu não era um prisioneiro. Quando cheguei, o órgão explodiu como a trombeta do Juízo Final. O cantar de mil gargantas. *Dies irae...* O incenso pairava sobre as cabeças da multidão, que estava de joelhos diante do eterno

Deus. O crucifixo pairava sobre o altar-mor, e, sob a luz de velas inquietas, as gotas de sangue na testa coroada de espinhos do Filho de Maria pareciam ganhar vida, escorrer. Os santos nos pilares pareciam sombrios, como se soubessem dos meus sonhos malignos.

"Eu buscava Maria. Ah, sabia exatamente que nem mesmo milhares poderiam escondê-la de mim. Se ela estivesse aqui, eu a encontraria como o pássaro encontra o caminho para o ninho. Mas era como se meu coração estivesse morto em meu peito. Ainda assim, não podia parar, precisava procurá-la. Perambulei pelo local onde antes estive esperando por ela... Sim, um pássaro pode errar o local onde estava seu ninho quando um raio ou a tempestade o destruiu.

"E, quando cheguei ao nicho lateral, onde a morte se apresentava como um menestrel, tocando um osso humano, o nicho estava vazio. A morte havia desaparecido.

"Era como se a morte do meu sonho não tivesse voltado a seu séquito.

"Não diga nada, Josafá! É irrelevante. Uma coincidência... A imagem talvez tenha sido danificada... Não sei! Acredite em mim: é irrelevante.

"Porém, uma voz ressoou nesse momento.

"'Fazei penitência porque está próximo o Reino dos céus.'

"Era a voz de Desertus, o monge. Sua voz era como uma faca. A voz deixou exposta minha espinha dorsal. Houve um silêncio mortal na igreja. Nenhuma das mil pessoas ao redor parecia respirar. Estavam de joelhos, seus rostos pálidos estampados de terror, voltados para o pregador selvagem.

"A voz dele alçou voo como uma lança pelo ar.

"Diante de mim, ao lado de um pilar, estava um jovem, no passado meu companheiro de diversão no Clube dos Filhos. Se eu não soubesse o quanto os rostos humanos podem mudar em tão pouco tempo, não o teria reconhecido.

"Era mais velho que eu e não o mais feliz de nós, mas o mais engraçado. E as mulheres também o amavam e temiam, porque não havia forma de prendê-lo, fosse por lágrimas ou por risos. Agora, ele tinha a face milenar daqueles que estão mortos em vida. Era como se o pior carrasco lhe tivesse arrancado as pálpebras, como se ele estivesse condenado a nunca dormir e, assim, a morrer de cansaço.

"Mais que isso, fiquei surpreso ao encontrá-lo na catedral, pois aquele lugar havia sido motivo de grande escárnio para ele durante toda a vida. Pousei a mão em seu ombro. Ele não se virou, apenas moveu os olhos, aqueles olhos ressequidos. Quis perguntar para ele: O que está buscando, Jan? Mas a voz do monge, aquela voz de lança arremessada, mostrou seu fio entre nós dois... O monge Desertus começou a pregar..."

Freder virou-se e encarou Josafá com uma urgência tão intensa que era como se um medo súbito o tivesse atacado. Sentou-se ao lado do amigo e falou com muita pressa, e suas palavras se atropelavam em torrentes.

No início, ele mal ouvira o monge. Tinha olhado para o amigo e para a multidão, que estava de joelhos e apinhada. E, quando ele olhou para ela, pareceu-lhe que o monge estava arpoando a massa com suas palavras, como se estivesse jogando lanças e farpas mortais na alma secreta dos ouvintes, como se estivesse arrastando suas almas, aos gemidos, para fora de seus corpos trêmulos de medo.

— Quem é aquela cuja mão pôs fogo nesta cidade? É uma chama, uma chama impura. Vocês receberam um incêndio de violência. É uma labareda impetuosa sobre os homens. Ela é Lilith, Astarte, Rosa Infernal. Ela é Gomorra, Babilônia... Metrópolis! Sua cidade, esta cidade terrivelmente escandalosa, deu à luz esta mulher, saída do colo de sua abundância. Olhai para ela! Eu vos digo: olhai para ela! Ela é a mulher que deve aparecer diante do tribunal do mundo!

"Quem tiver ouvidos para ouvir, que ouça:

"Sete anjos estarão diante de Deus e receberão sete trombetas. E os sete anjos com as sete trombetas prepararam-se para tocá-las. Uma estrela cairá do céu para a terra e será dada a chave para o poço do abismo. E se abrirá o poço do abismo, e de lá sairá fumaça, como a de uma grande fornalha, e o sol e o ar serão escurecidos por ela. Um anjo voará pelo meio dos céus e dirá com grande voz:'Ai, ai, ai dos que ainda vivem na terra!'. E outro anjo o seguirá, dizendo:'Caiu, caiu, Babilônia, a grande cidade!'.

"Sete anjos saem do céu carregando nas mãos as conchas da ira divina. E Babilônia, a grande, será lembrada diante de Deus, oferecendo-lhe o cálice de vinho que verte de sua ira feroz, sobre uma fera rósea, cheia de nomes de blasfêmia, tendo sete cabeças e dez chifres. E a mulher está vestida de escarlate e cor-de-rosa e coberta de ouro e pedras preciosas e pérolas. E tem uma taça de ouro na mão, e a taça está cheia de abominação e sujeira. Escrito na testa dela está: Mistério... A grande Babilônia... A mãe da prostituição e de todas as abominações na terra.

"Quem tem ouvidos para ouvir, que ouça! Porque a mulher que vedes é a grande cidade que tem poder sobre os reis da Terra. Saí dela, meu povo, para que não participeis de seus pecados! Pois os pecados dela chegam ao céu, e Deus se lembra de suas iniquidades!

"Ai, ai, tu, grande cidade Babilônia, tu, cidade forte! Tua corte chegou faz uma hora. Em uma hora ficarás arrasada. Alegrai-vos por ela, por seus céus e seus santos apóstolos e profetas; Deus fará isso depois de seu julgamento! Um anjo forte erguerá uma grande pedra, jogará no mar e dirá: 'Então, a cidade de Babilônia será rejeitada com uma tempestade, de modo que ninguém saberá onde ela está!'.

"Quem tem ouvidos para ouvir, que ouça!

"A mulher que se chama segredo, a mãe das abominações, vagueia como chama ardente por Metrópolis. Nenhuma parede e nenhum portão a impedem. Nenhuma amarra é sagrada. Uma promessa se torna zombaria diante dela. Seu sorriso é a última tentação. A blasfêmia é sua dança. Ela é a chama que fala: 'Deus está muito zangado!'. Ai da cidade em que ela surgiu!"

Freder tinha se inclinado para Jan.

— De quem ele está falando? — perguntou ele com os lábios estranhamente frios. — Ele fala de um ser humano? De uma mulher?

Ele viu que a testa do amigo estava coberta de suor.

— Ele fala sobre ela — disse Jan, como se estivesse falando com a língua paralisada.

— De quem?

— Dela... Você não a conhece?

— Não sei de quem você está falando — respondeu Freder.

E sua língua também estava lenta e fria, como se feita de barro.

Jan não respondeu. Deu de ombros, como se estivesse totalmente congelado. Atormentado e indeciso, escutou o rugido abafado do órgão.

— Temos que ir! — disse ele sem rodeios e se virou. Freder o seguiu. Deixaram a catedral. Por muito tempo andaram em silêncio lado a lado. Jan parecia ter um destino que Freder não conhecia. Ele não questionou. Esperou. Pensou em seu sonho e nas palavras do monge.

Finalmente, Jan abriu a boca, mas não olhou para Freder. Falava para o nada.

— Você não sabe quem ela é. Mas ninguém sabe. De repente ela estava lá, quando o fogo irrompeu. Ninguém consegue dizer quem ateou o fogo. Mas agora ele está lá, e tudo está em chamas...

— Uma mulher?

— Sim. Uma mulher. Talvez uma garota também. Não sei. É inconcebível que esse ser se entregue a um homem. Consegue imaginar o casamento do gelo? Ou, se ela o fizesse, então se ergueria dos braços do homem, impávida e fria, na terrível e eterna virgindade dos inanimados...

Ele levantou a mão e segurou o próprio pescoço. Puxou algo que não estava lá. Olhou para uma casa do outro lado da rua com uma expressão hostil e supersticiosa, o que fez com que as mãos ficassem frias.

— O que há de errado? — perguntou Freder. Não havia nada de notável naquela casa, exceto que ficava ao lado da residência de Rotwang.

— Fique quieto! — retrucou Jan entredentes, enterrando os dedos em torno do pulso de Freder.

—Você está louco? – Freder olhou para o amigo. – Acha que a casa poderia nos ouvir do outro lado dessa rua infernal?

– Ela nos ouve! – Jan disse, persistente. – Nos ouve! Está dizendo que é essa uma casa como as outras? Está enganado. Foi nesta casa que começou...

– Começou o quê?

– A assombração...

Freder sentiu a garganta seca. Pigarreou violentamente. Queria levar o amigo com ele, mas o outro resistiu. Ficou ao lado do parapeito da rua, que descia abruptamente como um abismo, e encarou a casa em frente.

– Um dia – começou ele –, a casa enviou convites a todos os vizinhos. Era o mais admirável convite do mundo. Não havia nada no cartão, exceto: "Venha esta noite às 11 horas! A 12ª casa na Rua 113". Acharam que aquilo não passava de uma piada. Mas foram. Ninguém quis perder a piada. Estranhamente, ninguém conhecia a casa. Ninguém se lembrava de ter entrado ali ou ficado sabendo qualquer coisa sobre seus moradores. Apareceram às onze. Vestiram-se para uma solenidade. Entraram na casa e encontraram uma grande reunião. Foram recebidos por um homem idoso extremamente educado, mas que não lhes apertou as mãos. Ficou uma estranha impressão de que todas as pessoas ali reunidas estariam à espera de algo que não conheciam. Foram servidos por criados que pareciam ter nascido mudos e que nunca levantavam os olhos. Ainda que a sala em que estavam fosse tão grande quanto a nave de uma igreja, o calor era insuportável, como se o chão estivesse em brasas e as paredes, em chamas... Embora a larga porta da rua estivesse, como se podia perceber, aberta.

"De repente, um dos criados veio silenciosamente da porta. Foi até o anfitrião e pareceu fazer um relato sem palavras, com sua imobilidade muda. O anfitrião perguntou: 'Estamos todos reunidos?'. O criado inclinou a cabeça. 'Então, feche a porta!' Assim foi. Os servos se afastaram e ficaram à espera. O anfitrião foi até o meio do grande salão. No mesmo instante, fez-se um silêncio tão perfeito que o barulho da rua batia como uma arrebentação contra a parede da casa.

"'Senhoras e senhores', disse o homem educadamente, 'tenho a honra de apresentar aos senhores a minha filha!'

Ele se curvou para todos os lados e se virou para trás. Todos esperaram. Ninguém se mexeu.

"'Ora, minha filha?', perguntou o velho com a voz gentil – mas de alguma forma terrível –, batendo levemente as mãos.

"Então, ela apareceu nos degraus da escada e desceu lentamente até o salão..."

Jan engoliu em seco. Seus dedos, que seguiam apertando o pulso de Freder, fecharam-se ainda mais, como se estivessem tentando esmagar seus ossos.

– Por que estou lhe contando isso? – gaguejou ele. – Você pode descrever um relâmpago? Ou uma música? Ou o cheiro de uma flor? Todas as mulheres da sala repentinamente coraram de maneira violenta e doentia, e os homens ficaram pálidos. Ninguém parecia capaz de fazer o menor movimento ou dizer a palavra mais ínfima. Você conhece Rainer? Você conhece sua jovem esposa? Sabe o quanto eles se amavam? Ele estava atrás da esposa, sentado com as duas mãos nos ombros dela, um gesto de ternura protetora e apaixonada. Quando a garota passou por eles, caminhando lentamente pela sala com passos suaves, em estalidos, conduzida pela mão do velho, as mãos de Rainer deixaram os ombros de sua esposa. Ela olhou para ele, ele para ela; e no rosto de ambos ardeu como uma tocha um ódio mortal e repentino...

"Era como se o ar queimasse. Respirávamos fogo. E, ao mesmo tempo, vinha da garota um frio, um frio insuportável, cortante. O sorriso que pairava entre os lábios entreabertos parecia ser o verso final não dito de uma canção dissoluta.

"Existe uma substância cujo poder químico destrói sentimentos, assim como o ácido faz com as cores? A presença dessa garota é suficiente para destruir tudo o que é chamado de fidelidade no coração humano, a ponto de se tornar ridículo. Eu tinha aceitado o convite porque Tora me dissera que também iria. Naquele momento eu não via mais Tora, e nunca mais a vi. E o estranho foi que, entre essas muitas pessoas imóveis, como se congeladas naquela estagnação, não havia ninguém que pudesse esconder o que sentia. Todo mundo sabia como o outro estava. Todos se sentiram nus e viram a nudez dos outros. Ódio nascido da vergonha ardia entre nós. Eu vi Tora chorar. Eu poderia ter batido nela... Então, a garota dançou. Não, não era uma dança... Ela ficou em pé no último degrau, soltou-se da mão do velho e virou-se para nós, levantando os dois braços e a largura de seu manto com um movimento suave e aparentemente interminável. As mãos estreitas tocaram o alto da cabeça. Sobre os ombros, os seios, os quadris, os joelhos, sobre tudo corria um tremor incessante, quase imperceptível. Não era um tremor de medo. Era como o arrepio das finas barbatanas dorsais de um peixe brilhante, de águas profundas. Era como se a garota fosse levada cada vez mais alto por esse tremor, embora não movesse os pés. Nenhuma dança, nenhum grito, nenhum berro de um animal poderia ser tão violento quanto o tremor daquele corpo cintilante, que em seu silêncio e em sua solidão parecia comunicar as ondas de sua excitação a todos no salão.

"Então, ela subiu as escadas, recuando com pés tateantes, sem abaixar as mãos, e desapareceu numa súbita e profunda escuridão. Os criados abriram a porta para a rua. Eles permaneceram de pé, com as costas curvadas.

"As pessoas ainda permaneciam imóveis.

"'Boa noite, senhoras e senhores!', disse o velho."

Jan ficou em silêncio. Ele tirou o chapéu da cabeça. Enxugou a testa.

— Uma dançarina — disse Freder com frieza —, mas não uma assombração.

— Não uma assombração? Quero contar outra história: um homem e uma mulher de cinquenta e quarenta anos, ricos e muito felizes, têm um filho. Você o conhece, mas eu não quero citar nomes...

"O filho viu a garota. Ele enlouquece. Invade a casa. Avança sobre o pai da garota: 'Me dê a garota! Estou sangrando por ela!'. O velho sorri, dá de ombros, fica em silêncio, lamenta: a garota é inacessível.

"O jovem quer atacar o velho e, sem saber ao certo por quê, acaba rodopiando e é lançado para fora da casa, posto no olho da rua. Levam-no para a casa dele. Ele fica doente e está à beira da morte. Os médicos dão de ombros.

"O pai, que é um homem cheio de orgulho, mas bondoso, e que ama seu filho mais que qualquer outra coisa na terra, decide visitar ele mesmo o velho. Deixam que ele vá, sem empecilhos. Ele encontra o velho e, com ele, a garota. O pai diz para a garota: 'Salve meu filho!'.

"A menina olha para ele e diz, com um sorriso da mais doce desumanidade: 'Você não tem filho...'.

"Ele não entende o significado dessas palavras. Quer saber mais. Ele pressiona a garota. Ela dá sempre a mesma resposta. Ele aperta o velho, que apenas dá de ombros. O velho mantém um sorriso pérfido na boca...

"De repente, o homem entende. Ele vai para casa. Repete as palavras da garota para a mulher. Ela desmorona e confessa sua culpa, que não expiou depois de vinte anos. Mas não se importa com o próprio destino. Não pensa em outra coisa além do filho. Vergonha, abandono, solidão... Tudo isso não é nada; mas o filho é tudo.

"Ela vai até a menina e cai de joelhos diante dela: 'Eu imploro, pela misericórdia de Deus, salve meu filho!'. A menina olha para ela, sorri e diz: 'Você não tem filho...'. A mulher acredita ter uma louca à sua frente. Mas a garota estava certa. O filho, testemunhando secretamente a conversa entre pai e mãe, tinha posto fim à própria vida."

— Marnius?

— Isso.

— Uma coincidência terrível, Jan, mas não é assombração.

— Coincidência? Não é uma assombração? E como você chama isso, Freder — continuou Jan, falando muito perto de seu ouvido —, essa garota podendo aparecer em dois lugares ao mesmo tempo?

— Isso é tolice.

— Não é tolice, é verdade, Freder! A menina estava em pé perto da janela da casa de Rotwang... E, na mesma hora, estava dançando sua dança maligna em Yoshiwara.

— Isso não é verdade! — exclamou Freder.

— É verdade!

— Você viu a garota em Yoshiwara?

— Você mesmo pode vê-la, se quiser.

— Qual é o nome da garota?

— Maria.

Freder pousou a testa entre as mãos. Ele se encolheu todo, como se sentisse uma dor que Deus não é capaz de infligir às pessoas.

— Você conhece a garota? — perguntou Jan, inclinando-se para a frente.

— Não! — respondeu Freder.

— Mas você a ama — disse Jan, e por trás de suas palavras havia ódio.

Freder pegou a mão do amigo e disse:

— Vamos!

— Mas — continuava contando agora Freder, olhando para Josafá, sentado ensimesmado enquanto a chuva caía, como se estivesse chorando — lá estava o Homem Magro a meu lado. Ele disse: "Não vai para casa, sr. Freder?".

Josafá ficou em silêncio por um longo tempo. Freder também ficou em silêncio. No batente da porta que se abria para o terraço, a imagem do relógio monstruoso da Nova Torre de Babel flutuava, banhada por luz branca. O grande ponteiro avançou para o doze.

Então, um som se elevou sobre Metrópolis...

Era um som extremamente esplendoroso e impressionante, profundo, vibrante e mais poderoso que qualquer outro no mundo. A voz do oceano quando raivoso, a voz de torrentes caindo, a de tempestades muito próximas, todas as vozes teriam se afogado de modo deplorável diante daquele som monstruoso. Ele penetrava, sem ser agudo, em todas as paredes e em todas as coisas que pareciam vibrar dentro dele. Era onipresente, vinha das alturas e das profundezas, era belo e terrível, um comando irresistível.

Estava bem acima da cidade. Era a voz da cidade.

Metrópolis ergueu a voz. As máquinas de Metrópolis berravam: queriam ser alimentadas.

Os olhos de Freder e Josafá se encontraram.

– Agora – disse Josafá lentamente –, muitas pessoas descem para uma Cidade dos Mortos e esperam por alguém que também se chama Maria, em quem elas confiam como confiam no ouro.

– Sim – disse Freder –, você é um amigo e tem razão. Vou com eles.

E, pela primeira vez naquela noite, havia um pouco de esperança no tom de sua voz.

ERA UMA HORA DEPOIS DA MEIA-NOITE.
Joh Fredersen foi à casa de sua mãe.

Era uma casa de fazenda de apenas um andar, coberta de palha, sob a sombra de uma velha nogueira, e ficava sobre o telhado de um dos gigantes de pedra da cidade, não longe da catedral. Um jardim cheio de lírios e malvas, de ervilhas-de-cheiro, papoulas e capuchinhas se aconchegava ao redor da casa.

A mãe de Joh Fredersen tivera apenas um filho e o amara muito. Mas o mestre da grande Metrópolis, o mestre da Cidade das Máquinas, o cérebro da Nova Torre de Babel, havia se tornado um estranho para ela, e ela, hostil a ele. Ela já havia testemunhado uma das máquinas de Joh Fredersen esmagando as pessoas como se fossem madeira seca. Ela gritou para Deus. Ele não a ouviu. Ela foi ao chão e nunca mais se levantou. Apenas cabeça e mãos se mexiam no corpo paralisado. Mas a força de um exército flamejava em seus olhos.

Ela resistiu ao filho e ao trabalho de seu filho. Mas ele não a deixou; obrigou-a a ir até ele. Quando ela lhe jurou, furiosa, que queria morar até o último de seus dias na própria casa – sob o telhado de palha que a nogueira abobadava –, ele transplantou a casa, a árvore e o jardim florido para o telhado plano do enorme edifício de pedra que ficava entre a catedral e a Nova Torre de Babel. A nogueira adoeceu por um ano; depois continuou a verdejar. Uma maravilha em sua beleza, o jardim florescia em volta da casa.

Quando Joh Fredersen entrava naquela casa, vinha de noites insones e dias ruins.

Ele encontrou sua mãe como sempre: sentada em uma cadeira larga e macia, perto da janela aberta, o cobertor escuro sobre os joelhos agora paralisados. Sobre a mesa inclinada diante dela, a grande Bíblia; nas belas mãos da senhora, o delicado bordado que ela fazia; e, como sempre, quando ele foi até ela, ela silenciosamente deixou o fino trabalho de lado e apertou as mãos com firmeza sobre o colo, como se tivesse que reunir toda a sua força de vontade e cada pensamento para os breves minutos nos quais o grande filho estava com a mãe.

Eles não se deram as mãos; nunca fizeram isso de novo.

– Como você está, mãe? – perguntou Joh Fredersen.

Ela o encarou com olhos em que brilhava o poder de um exército celestial. Ela perguntou:

– O que você quer, Joh?

Ele se sentou diante dela e pousou a cabeça nas mãos.

Não havia nenhuma pessoa na grande Metrópolis, nem em qualquer outro lugar do mundo, que podia se gabar de ter visto Joh Fredersen de cabeça baixa.

– Preciso de seu conselho, mãe – disse ele para as pedras do assoalho.

O olhar da mãe recaiu sobre os cabelos dele.

— Como devo aconselhá-lo, Joh? Você tomou um caminho no qual eu não pude segui-lo, não com minha cabeça, e, certamente, não com meu coração. Agora, está tão longe de mim que minha voz não consegue mais chegar até você. E, mesmo se pudesse alcançá-lo, Joh, você me ouviria quando eu dissesse a você: "volte"? Não fez isso antes e não faria isso hoje. Além do mais, aconteceu muita coisa que não pode ser desfeita. Você é culpado por muitas coisas, Joh, e não se arrepende, mas acredita que tem razão. Como poderia aconselhá-lo?

— É sobre Freder, mãe.

— Sobre Freder?

— Isso.

— O que há com Freder?

Joh Fredersen não respondeu imediatamente.

As mãos de sua mãe tremiam muito, e, se Joh Fredersen tivesse erguido os olhos, esse movimento não teria passado despercebido. Mas a cabeça de Joh Fredersen permaneceu abaixada entre as mãos.

— Tive que vir até você, mãe, porque Hel não está mais viva.

— E de que ela morreu?

— Eu sei: por minha culpa. Você deixou claro para mim, muitas vezes e com rigor, mãe, e disse que eu estava deitando vinho fervente dentro de um cristal. O belo vidro ia acabar estourando. Mas disso não me arrependo, mãe. Não, não me arrependo. Porque Hel era minha.

— E morreu por isso?

— Sim. Se nunca tivesse sido minha, talvez ainda estivesse viva. É melhor que ela esteja morta.

— E está, Joh. E Freder é o filho dela.

— O que quer dizer com isso, mãe?

— Se não soubesse tão bem quanto eu, Joh, não teria vindo até mim hoje.

Joh Fredersen calou-se. Pela janela aberta, o farfalhar da nogueira ressoava onírico e pungente.

— Freder costuma vir até você, mãe, não é? — perguntou Joh Fredersen.

— Costuma.

— Ele procura sua ajuda contra mim.

— Ele precisa muito dela, Joh.

Silêncio. Então, Joh Fredersen ergueu a cabeça. Seus olhos pareciam salpicados de carmesim.

— Eu perdi Hel, mãe — disse ele. — Não posso perder Freder também.

— Então, você está com medo de perdê-lo?

— Estou.

— Fico surpresa — disse a senhora — que Freder não tenha vindo até mim antes.

— Ele está muito doente, mãe.

A velha fez um movimento como se quisesse se levantar e, em seus olhos de arcanjo, surgiu um brilho furioso.

— Quando veio me ver recentemente, ele estava tão saudável quanto uma árvore florida. Como adoeceu?

Joh Fredersen levantou-se e começou a andar pela sala. Podia sentir o cheiro de flores entrando pelas janelas, vindo do jardim, como algo doloroso que fazia seu cenho franzir.

— Não sei — disse ele de repente, sem rodeios — como essa garota pôde entrar na vida dele. Não sei como ela ganhou esse tremendo poder sobre ele. Mas ouvi da boca de Freder como ele lhe disse: "Meu pai não tem filho, Maria...".

– Freder não está mentindo, Joh. Ou seja, você já o perdeu.

Joh Fredersen não respondeu. Pensou em Rotwang. Ele havia lhe dito as mesmas palavras.

– Você veio até mim por causa disso, Joh? – perguntou a mãe. – Então, poderia ter poupado seu tempo. Freder é filho de Hel, sim. Isso significa que ele tem coração mole. Mas também é seu filho, Joh. Isso significa que ele tem um crânio de aço. Você sabe melhor que ninguém, Joh, quanta teimosia um homem é capaz de reunir para conseguir a mulher que deseja.

– Não se pode comparar, mãe. Freder ainda é praticamente um menino. Quando trouxe Hel para mim, eu já era um homem, sabia o que estava fazendo. Hel era mais necessária para mim do que o ar que eu respiro. Eu não podia ficar sem Hel, mãe. Eu a teria roubado dos braços de Deus.

– Você não pode roubar nada de Deus, Joh, mas sim do ser humano. Foi o que fez. Você teve culpa, Joh. Teve culpa perante seu amigo. Porque Hel amava Rotwang, e você a forçou.

– Quando morreu, mãe, ela me amava.

– Sim. Quando ela percebeu que você também era humano. Quando você bateu a cabeça no chão e gritou por ela. Mas você acha, Joh, que esse sorriso na hora da morte supera tudo o que ela passou até morrer a seu lado?

– Deixe-me ter fé nisso, mãe.

– É ilusão.

Joh Fredersen encarou a mãe.

– Gostaria muito de saber – disse ele com uma voz sombria – com o que você alimenta sua dureza contra mim, mãe!

— Com o medo que sinto de você, Joh. Com meu medo!

— Não precisa se preocupar comigo, mãe.

— Ah, sim, Joh, preciso! Sua culpa o segue como um cachorro farejador. Ela não perde seu rastro, Joh, está sempre atrás de você! Diante de um amigo, o outro amigo está sempre desarmado; não tem escudo na frente do peito, nem armadura no coração. Um amigo que acredita no outro é uma pessoa indefesa. Você traiu um homem indefeso, Joh.

— Eu paguei essa dívida, mãe. Hel está morta. Tudo o que me resta é Freder. Ele é seu legado. Não vou desistir do legado de Hel. Vim até você para lhe pedir, mãe: ajude-me a recuperar Freder.

Os olhos da senhora cintilavam voltados para ele.

— O que você me respondeu à época, Joh, enquanto eu tentava impedir que você fosse até Hel?

— Não lembro.

— Mas eu ainda lembro, Joh! Ainda me lembro de cada sílaba. Você disse: "Eu não ouço uma palavra do que você fala, ouço apenas: 'Hel!'. Se me cegassem, eu veria Hel! Se me aleijassem, com os pés aleijados eu encontraria o caminho até Hel!". Freder é seu filho. O que você acha, Joh, que ele me responderia se eu dissesse a ele: "Abandone a garota que você ama"?

Joh Fredersen calou-se.

— Tome cuidado, Joh! — disse a velha mãe. — Eu sei o que significa quando seus olhos ficam frios como agora e quando você fica pálido como a pedra de uma muralha. Esqueceu que os amantes são sagrados. Mesmo quando estão errados, Joh; até seu erro é sagrado. Mesmo que sejam tolos, Joh; até mesmo sua tolice é sagrada. Pois onde há amantes está o jardim de Deus, e ninguém tem o direito de expulsá-los de lá. Nem mesmo Deus. Apenas a própria culpa.

— Preciso ter meu filho de volta — insistiu Joh Fredersen. — Esperava que você me ajudasse com isso, e certamente seria o remédio mais gentil que eu poderia ter escolhido. Mas você não quer, e agora tenho que procurar outros meios.

— Freder está doente, como você diz...

— Ele vai ficar bem de novo.

— Então, você quer seguir seu caminho?

— Quero.

— Eu acho, Joh, que Hel choraria se ouvisse você falar!

— Talvez. Mas Hel está morta.

— Ora, então venha até mim, Joh! Quero lhe oferecer uma Palavra, para que você a leve em seu caminho. É uma Palavra que você não pode esquecer. Será fácil guardá-la.

Joh Fredersen hesitou. Mas ele se aproximou da mãe. Ela colocou a mão na Bíblia diante dela. Seu dedo apontou. Joh Fredersen leu: "O que o homem semeia, isso mesmo colherá".

Joh Fredersen afastou-se. Ele atravessou a sala. Os olhos de sua mãe o seguiram. Quando se virou para ela de repente, de um jeito feroz e com uma palavra feroz nos lábios, encontrou o olhar dela voltado para si. Não conseguiam mais se esconder e também não queriam fazê-lo, e suas profundezas, lavadas de lágrimas, mostravam um amor tão poderoso que para Joh Fredersen era como se visse a mãe pela primeira vez.

Eles se entreolharam e ficaram em silêncio por um longo tempo.

Então, o homem se aproximou de sua mãe.

– Agora eu me vou, mãe – disse ele. – E acho que nunca mais voltarei aqui.

Ela não respondeu.

Era como se ele quisesse estender a mão para ela. Mas, no meio do caminho, ele a baixou novamente.

– Por quem você está chorando, mãe? – perguntou ele. – Por Freder ou por mim?

– Por vocês dois – disse a mãe –, por vocês dois, Joh...

Ele se levantou e não disse nada, e a batalha de seu coração estava no rosto dele. Então, sem olhar para a mãe novamente, ele se virou e saiu da casa, sobre a qual a nogueira farfalhava.

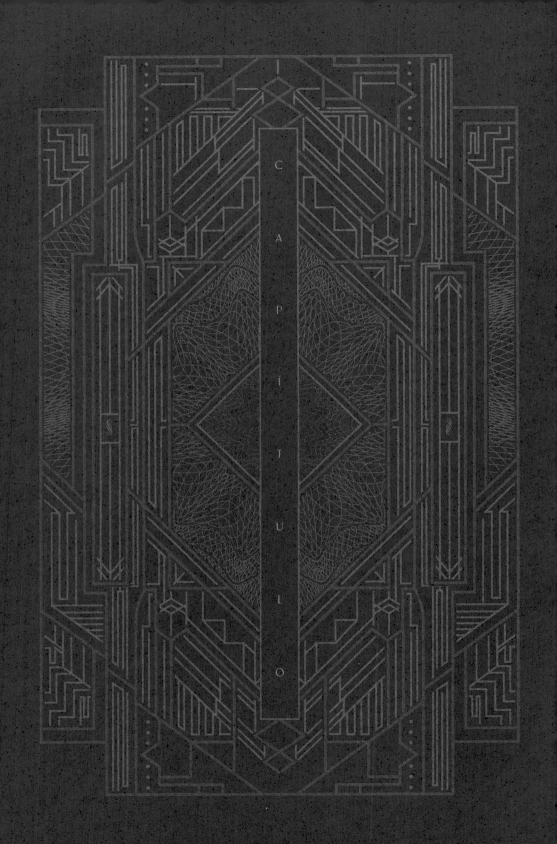

ERA MEIA-NOITE E NÃO HAVIA LUZ ACESA. Só pela janela o brilho da cidade entrava, espalhando-se pálido no rosto da garota, sentada ali com os olhos fechados, as mãos sobre o colo, recostada na parede sem se mover.

—Você nunca me dará uma resposta? – perguntou o grande inventor.

Silêncio. Mudez. Imobilidade.

—Você é mais fria que pedra, mais dura que qualquer pedra. A ponta do seu dedo poderia cortar diamante como se fosse água. Não clamo por seu amor. O que uma garota sabe sobre o amor? De suas fortalezas não invadidas, de seus paraísos inexplorados, de seus livros selados que ninguém conhece, exceto o Deus que os escreveu; o que você sabe sobre o amor? Mesmo as mulheres não sabem nada sobre o amor. O que a luz sabe da luz? A chama do queimar? O que as estrelas sabem sobre as leis segundo as quais elas deambulam? Vocês precisam perguntar ao caos, ao congelamento, à escuridão, àqueles que eternamente não serão salvos, mas que lutam pela própria salvação. Vocês precisam perguntar ao homem o que é o amor. O hino do céu somente é escrito no inferno... Eu não clamo por seu amor, Maria. Mas por sua compaixão, você, maternal, com o rosto da Virgem.

Silêncio. Mudez. Imobilidade.

– Mantenho você em cativeiro... É minha culpa? Não mantenho você em cativeiro por mim, Maria. Entre nós dois há uma vontade que me força a ser maldoso. Tem piedade de quem precisa ser maldoso, Maria! Todas as fontes de bondade estão entupidas em mim. Pensei que estavam mortas, mas só tinham sido enterradas vivas. Meu eu é um rochedo da escuridão. Mas ouço as fontes sibilando lá no fundo da triste pedra. Se eu desafiar a vontade que está acima de você e de mim, se eu destruir o trabalho que criei segundo sua forma... Joh Fredersen teria razão, e eu ficaria melhor! Ele me destruiu, Maria, ele me destruiu! Roubou a mulher que era minha e que eu amava. Não sei se a alma dela sempre esteve comigo. Mas sua compaixão estava comigo e fez com que eu me sentisse um homem bom. Joh Fredersen levou a mulher de mim. Me deixou com raiva. Ele, que tinha ciúmes da pedra que ela pisava, fez de mim alguém maldoso demais para ter pena dela. Hel morreu. Mas ela o amava. Que lei terrível é essa, segundo a qual os seres de luz se voltam para os das trevas, passam por eles nas sombras? Seja mais misericordiosa que Hel, Maria! Quero desafiar a vontade que está acima de você e de mim. Quero abrir as portas para você. Você deve ser capaz de ir aonde quiser, e ninguém deve segurá-la. Mas você ficaria comigo por vontade própria, Maria? Estou ansioso para ser bom. Você quer me ajudar?

Silêncio. Mudez. Imobilidade.

– Não clamo por sua compaixão, Maria. Não há nada mais impiedoso no mundo que as mulheres que amam apenas uma pessoa. Vocês são assassinas frias em nome do amor! Deusas da morte com seu sorriso terno! As mãos de seus amantes estão frias. Vocês perguntam: "Posso aquecer suas mãos, amado?". Vocês não esperam o seu sim. Vocês incendeiam uma cidade. Queimam um reino para poderem aquecer as mãos frias de seu amante! Erguem-se e escolhem as estrelas mais brilhantes do céu do mundo, sem se importarem em destruir o universo e desequilibrar a dança do Eterno. "Você quer as estrelas, amado?" E se ele disser que não, vocês deixam cair as estrelas. Ah, malfeitoras abençoadas! Podem ir diante do trono de Deus, terríveis e invulneráveis, e dizer: "Levanta-te, Criador! Preciso do trono do mundo para o meu amado!". Vocês não veem quem morre a seu lado, se aquele único amor viver. Uma gota de sangue no dedo de seu amante lhes assusta mais que o sucumbir de um continente. Sei de tudo isso e nunca possuí! Não, não clamo por sua compaixão, Maria. Mas clamo por sua lealdade.

Silêncio. Mudez. Imobilidade.

— Você conhece a cidade subterrânea dos mortos? Lá, uma garota chamada Maria costumava convocar seus irmãos, à noite. Seus irmãos usam calças azuis, boinas pretas e sapatos duros. Maria falava com seus irmãos sobre um intermediário que chegaria para redimi-los. "O intermediário entre o cérebro e as mãos deve ser o coração." Não era assim? Os irmãos da garota acreditavam nela. Eles esperaram. Esperaram por muito tempo. Mas o intermediário não chegou. E a garota não chegou. Não enviou uma mensagem. Ninguém a encontrou. Mas os irmãos acreditaram na garota, pois eles confiavam nela como confiam no ouro. "Ela virá!", diziam eles. "Ela vai voltar! Ela é leal. Não nos deixará sozinhos. Ela disse: 'O intermediário virá'. Agora, ele deve vir. Queremos ser pacientes e queremos esperar..." Mas o intermediário não chegou. E a garota não chegou. A miséria dos irmãos tem crescido dia após dia. Antes, mil resmungavam, agora, resmungam dez mil. Não se deixam desanimar. Anseiam por luta, destruição, dizimação e colapso. E também os fiéis, até mesmo os pacientes, perguntam: "Onde está Maria? Pode acontecer de o ouro deixar de merecer nossa fidelidade?". Vai deixá-los sem resposta, Maria?

Silêncio. Mudez. Imobilidade.

– Você silencia. É muito teimosa. Mas agora vou lhe dizer uma coisa que vai romper com sua teimosia: acha que estou mantendo você aqui por brincadeira? Acha que Joh Fredersen não tinha nenhuma outra forma de tirar você dos olhos de seu filho, além de trancá-la atrás do selo de Salomão de minha porta? Ah, não, Maria, ah, não, minha adorável Maria! Não ficamos ociosos durante todos esses dias! Roubamos sua linda alma, sua doce alma, o terno sorriso de Deus. Espreitei você como o ar a espreitava. Vi você com raiva e em profundo desespero. Eu vi você queimando, opaca como a terra. Espreitei você em oração a Deus e amaldiçoei a Deus porque ele não a ouvia. Fiquei inebriado com seu desamparo. Seu pobre choro me inebriou. Quando você soluçou o nome de seu amado, pensei que morreria e cambaleei... Então, como um ébrio, um bêbado, cambaleante, me tornei um ladrão de você, Maria! Recriei-a, me tornei seu segundo Deus! Roubei-a completamente! Em nome de Joh Fredersen, o Senhor da grande Metrópolis, roubei seu eu de você, Maria! E esse eu roubado, seu outro eu, enviou uma mensagem aos seus irmãos: ele os convocou para uma reunião à noite, na Cidade dos Mortos! Eles foram, todos foram! Maria os convocou, e eles foram. Se você falasse com eles antes, os convenceria a ficar em paz. Mas Joh Fredersen não quer mais a paz, entende? Ele quer a decisão! A hora é esta! Seu eu roubado não deve mais advogar pela paz, porque através dele fala a boca de Joh Fredersen. E entre seus irmãos haverá alguém que a ama e que não a reconhecerá, que ficará em dúvida sobre sua identidade, Maria... Vai finalmente me dar suas mãos, Maria? Não peço mais que isso. Suas mãos devem ser como milagres. Bênção é o nome da direita, salvação é o da esquerda... Se me der suas mãos uma vez, irei com você até a Cidade dos Mortos para que possa avisar seus irmãos, para que possa expor seu eu roubado, para que aquele que a ama a reencontre e não precise ficar em dúvida sobre sua identidade... Você disse alguma coisa, Maria?

Ele ouviu o choro baixo da garota. Ele caiu de joelhos onde estava. Queria se arrastar de joelhos até ela. Parou de repente. Ouviu, encarou. Disse em uma voz que soou quase estridente em atenção máxima:

— Maria? Maria, você não ouve? Há um estranho nesta sala!

— Sim — disse a voz calma de Joh Fredersen.

E, então, as mãos de Joh Fredersen agarraram o pescoço de Rotwang, o grande inventor...

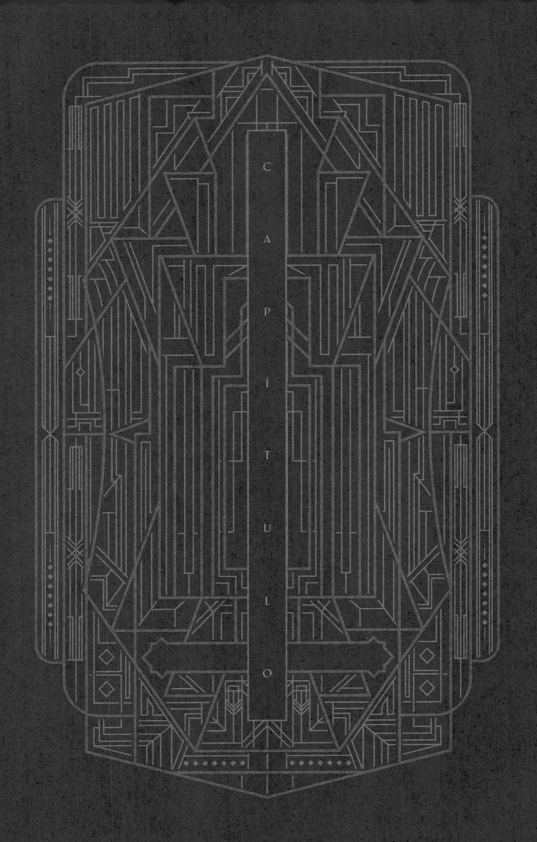

UMA CÂMARA, COMO A DE UM JAZIGO – cabeças humanas tão grudadas que pareciam torrões de um campo recém-arado. Todos os rostos se voltavam para um ponto: para a fonte de uma luz, benigna como Deus. Velas queimavam, com suas chamas em forma de espada. Espadas de luz, estreitas e brilhantes, formavam um círculo em volta da cabeça de uma garota...

Freder estava ao fundo da câmara, tão longe da garota que não via nada de seu rosto, exceto o brilho de sua palidez, a maravilha de seus olhos e de sua boca vermelho-sangue. O olhar estava fixo naquela boca vermelho-sangue, como se ela fosse o centro do mundo, para o qual seu sangue precisava avançar, de acordo com a lei eterna. A boca era perturbadora... Todos os sete pecados capitais tinham uma boca como essa... A mulher sobre a fera rósea que levava o nome de Babilônia na fronte tinha tal boca...

Ele apertou as mãos diante dos olhos para não ver mais aquela boca mortalmente pecaminosa.

Agora, ele ouvia mais claramente... Sim, aquela era a voz dela, soava como se Deus não pudesse lhe recusar nada. Era realmente ela? A voz vinha da boca vermelho-sangue. Era como uma chama, quente e afiada. Estava cheia de uma doçura perversa.

A voz disse:

— Meus irmãos...

Mas daquela palavra não emanava paz. Pequenas cobras vermelhas lambiam o ar. O ar fervilhava, era um tormento respirá-lo...

Gemendo profundamente, Freder abriu os olhos.

Ondas escuras se moviam violentamente: eram as cabeças à sua frente. Essas ondas giravam, rugiam e estrondavam. Aqui, lá e mais além, uma mão passou pelo ar. Palavras voavam, farrapos de névoa da rebentação. Mas a voz da garota era como uma língua de fogo, se contorcendo, clamando, queimando sobre aquelas cabeças.

— O que é mais delicioso: água ou vinho?

— Vinho é mais delicioso!

— Quem bebe a água?

— Nós!

— Quem bebe o vinho?

— Os senhores! Os senhores das máquinas!

— O que é mais delicioso: carne ou pão seco?

— A carne é mais deliciosa!

— Quem come o pão seco?

— Nós!

— Quem come a carne?

— Os senhores! Os senhores das máquinas!

— O que é mais delicioso: linho azul ou seda branca?

— A seda branca é mais deliciosa!

— Quem usa o linho azul?

- Nós!
- Quem usa a seda branca?
- Os senhores! Os filhos dos senhores!
- Onde se vive mais deliciosamente: embaixo da terra ou sobre ela?
- É mais delicioso viver sobre a terra!
- Quem vive no subsolo?
- Nós!
- Quem vive sobre a terra?
- Os senhores! Os senhores das máquinas!
- Onde estão suas esposas?
- Na miséria!
- Onde estão seus filhos?
- Na miséria!
- O que suas esposas estão fazendo?
- Estão morrendo de fome!
- O que seus filhos estão fazendo?
- Estão chorando!
- O que fazem as mulheres dos senhores das máquinas?
- Se refestelam!
- O que fazem os filhos dos senhores das máquinas?
- Jogam!
- Quem são os provedores?
- Nós!
- Quem são os esbanjadores?
- Os senhores! Os senhores das máquinas!
- O que vocês são?
- Escravos!
- Não... O que vocês são?

– Cães!

– Não... O que vocês são?

– Conte-nos! Conte-nos!

– Vocês são tolos! Estúpidos! Estúpidos! Na sua manhã, em seu meio-dia, no seu fim de tarde, na sua noite, a máquina uiva por comida, por comida, por comida! Vocês são a comida! Vocês são a comida viva! A máquina os devora como ração e cospe fora! Por que vocês engordam a máquina com seus corpos? Por que estão lubrificando as articulações da máquina com seu cérebro? Por que não deixam as máquinas passarem fome, seus tolos? Por que não as deixam morrer, estúpidos? Por que as estão alimentando? Quanto mais vocês as alimentam, mais desejosas elas ficam de sua carne, de seus ossos e cérebro. Vocês são dez mil! Vocês são cem mil! Por que não se lançam, cem mil punhos assassinos, sobre as máquinas e as matam? Vocês são os mestres das máquinas, vocês! Não aqueles que andam de seda branca! Virem o mundo do avesso! Virem o mundo de cabeça para baixo! Tornem-se assassinos diante dos vivos e dos mortos! Peguem a herança dos vivos e dos mortos! Vocês já esperaram o suficiente! A hora é agora!

Uma voz gritou da multidão:

– Nos guie, Maria!

Em uma onda de choque, todas as cabeças rebentaram adiante. A boca vermelha da garota riu e se inflamou. Grandes e verde-escuros, os olhos arderam sobre ela. Ela ergueu os braços com um gesto indescritivelmente pesado, doce, deslumbrante, grandiloquente. O corpo magro cresceu e se endireitou. As mãos da garota tocaram o alto da cabeça. Sobre os ombros, os seios, os quadris, os joelhos, sobre tudo corria um tremor incessante, quase imperceptível. Era como o arrepio das finas barbatanas dorsais de um peixe brilhante, de águas profundas. Era como se a garota fosse levada cada vez mais alto por esse tremor, embora não movesse os pés.

Ela disse:

—Venham! Venham! Quero guiá-los! Quero dançar a dança da morte diante de vocês! Quero dançar a dança dos assassinos diante de vocês!

A multidão gemeu. A multidão ofegou. A multidão estendeu as mãos. A multidão inclinou a cabeça e o pescoço em direção ao chão, como se os ombros e as costas se tornassem um tapete para a garota. A multidão caiu de joelhos, um único animal abatido por um machado. A garota ergueu o pé e pisou no pescoço do animal prostrado...

Uma voz gritou, soluçando de raiva e dor:

—Você não é Maria!

A multidão virou-se. A multidão viu um homem parado no fundo da câmara, com o casaco caído dos ombros. Sob o casaco ele usava seda branca. O homem estava mais pálido do que alguém que havia sangrado até a morte. Ele estendeu a mão e apontou para a garota. Repetiu com voz estridente:

—Você não é Maria! Não, você não é Maria!

As cabeças da multidão mediram o homem com o olhar. Aquele era um estranho entre eles, pois usava seda branca.

—Você não é Maria! – gritou sua voz estridente. – Maria fala de paz, não de assassinato!

Os olhos da multidão o encararam perigosamente.

A garota ficou em pé bem em cima do pescoço da multidão. Começou a cambalear. Parecia querer cair, tombando para a frente com seu rosto branco, no qual a boca vermelho-sangue, a boca dos pecados capitais, ardia como o fogo infernal.

Mas não caiu: permaneceu em pé. Balançou suavemente, mas se manteve em pé. Estendeu a mão e apontou para Freder, gritando em uma voz que soava como vidro.

— Vejam lá! O filho de Joh Fredersen! O filho de Joh Fredersen está entre vocês!

A multidão gritou. A multidão debateu-se. A multidão queria pegar o filho de Joh Fredersen.

Ele não se defendeu. Ficou parado contra a parede. Mirou a garota com um olhar no qual se via a fé na condenação eterna. Parecia já ter morrido, e seu corpo sem alma cambaleava fantasmagórico sobre os punhos daqueles que queriam assassiná-lo.

Uma voz rugiu:

— Cão de pelos brancos e sedosos!

Um braço ergueu-se, uma faca brilhou...

No pescoço ondulante da multidão estava a garota. Era como se a faca tivesse voado de seus olhos.

Mas, antes que a faca pudesse penetrar a seda branca que cobria o coração do filho de Joh Fredersen, alguém se atirou como escudo, e a faca abriu o linho azul. O linho azul coloriu-se de carmesim...

— Irmãos! — disse o homem. Ele cobriu o filho de Joh Fredersen com todo o corpo, moribundo, mas ainda em pé. Ele virou a cabeça ligeiramente para flagrar o olhar de Freder e disse com um sorriso que se transfigurou em dor: — Irmão...

Freder o reconheceu. Era Georgi. Era o número 11811 que se esvaía ali, para protegê-lo.

Freder queria sair de trás de Georgi. Mas o moribundo estava como um crucificado, com os braços estendidos, as mãos agarradas às beiradas dos nichos atrás dele. Ele mantinha os olhos, que eram como joias, fixos na multidão que o atacava.

– Irmãos... – disse ele.

– Assassinos... Fratricidas! – disse a boca moribunda.

A multidão desvencilhou-se e continuou avançando. Sobre os ombros da multidão, a garota dançava e cantava. Cantava com a boca dos pecados capitais, vermelha como sangue:

– Nós anunciamos o veredito das máquinas!
Nós sentenciamos as máquinas à morte!
As máquinas têm que morrer, têm que ir para o inferno!
Morte! Morte! Morte às máquinas!

Como o farfalhar de mil asas, o passo da multidão rugia pelas estreitas passagens da Cidade dos Mortos. A voz da garota desapareceu. Os passos desapareceram. Georgi soltou as mãos das pedras e caiu para a frente. Freder o pegou. Ele afundou de joelhos. A cabeça de Georgi caiu contra o peito do outro.

– Avise... Avise... a cidade... – disse Georgi.

– Você está morrendo! – respondeu Freder. Seus olhos perturbados percorriam as paredes, em cujos nichos os mortos milenares dormiam. – Não há justiça neste mundo!

– A justiça mais profunda... – disse o número 11811. – Da fraqueza... culpa... da culpa... expiação... Avise... a cidade! Avise...

– Não vou deixar você sozinho.

– Eu lhe peço... Eu lhe peço!

Freder levantou-se com desespero nos olhos. Ele correu para o corredor, de onde a massa já havia desaparecido.

– Não vá por aí! – disse Georgi. – Não vai mais passar!

– Não conheço outro caminho.

– Vou levar você.

– Você está morrendo, Georgi! No primeiro passo você morre!

– Não quer avisar a cidade? Quer ser cúmplice?

– Venha! – retrucou Freder.

Ele ergueu Georgi. Com a mão pressionando a ferida, o homem começou a correr.

– Pegue sua lamparina e venha! – disse Georgi. Ele corria, de forma que Freder mal conseguia acompanhá-lo. No pó de mil anos da Cidade dos Mortos pingava o sangue que jorrava da fonte fresca. Ele agarrou o braço de Freder e o empurrou adiante.

– Depressa! – murmurou ele. – Precisa ir depressa!

Corredores – cruzamentos – corredores – degraus – corredores – uma escadaria íngreme que levava para cima… No primeiro degrau, Georgi caiu. Freder quis segurá-lo. Ele o empurrou.

– Depressa! – pediu ele. E apontou com um movimento de cabeça para as escadas. – Para cima! Não vai mais errar o caminho. Apresse-se!

– E você, Georgi?

– Eu – disse Georgi, virando a cabeça para a parede – não lhe darei mais resposta alguma.

Freder soltou a mão de Georgi. Ele começou a subir as escadas. A noite o recebeu, a noite de Metrópolis – aquela noite brilhante e inebriante.

Tudo ainda era como antes, e não havia sinal da tempestade que estava prestes a irromper da terra sob Metrópolis, para assassinar a Cidade das Máquinas.

Mas para o filho de Joh Fredersen era como se as pedras cedessem sob seus pés, como se no ar ele já ouvisse o farfalhar das asas, o farfalhar das asas de monstros estranhos: seres com corpos femininos e cabeças de serpente, seres metade touros, metade anjos, demônios adornados com coroas, leões com rosto humano...

Era como se visse a morte sentada sobre a Nova Torre de Babel, com seu capuz e capa, enquanto amolava a foice erguida...

Ele chegou à Nova Torre de Babel. Tudo estava como antes. O alvorecer travava a primeira batalha com a manhã. Ele foi em busca de seu pai. Não o encontrou. Ninguém sabia dizer aonde Joh Fredersen tinha ido à meia-noite.

O crânio da Nova Torre de Babel estava vazio.

Freder enxugou o suor que lhe escorria pelas têmporas.

– Tenho que encontrar meu pai – disse ele. – Tenho que chamá-lo, custe o que custar!

Pessoas com olhos servis o encaravam; aquelas pessoas não conheciam nada além da obediência cega, não podiam aconselhar, muito menos ajudar...

O filho de Joh Fredersen foi até o lugar de seu pai, até a mesa onde costumava se sentar seu grande pai. Estava branco como a seda que vestia quando estendeu a mão e pressionou com seus dedos a pequena placa de metal azul que ninguém tocava, exceto Joh Fredersen.

Logo, a grande Metrópolis começou a rugir. Então, ela ergueu a voz, sua voz monstruosa. Mas não gritou por comida, ela rugiu:

– *Perigo!*

Sobre a enorme cidade, acima da cidade adormecida, a voz de um animal primitivo rugia:

– *Perigo! Perigo!*

Um tremor quase imperceptível atravessou a Nova Torre de Babel, como se a terra embaixo dela estremecesse, apavorada por um sonho, entre o sono e o despertar...

MARIA NÃO SE ATREVEU A SE MOVER. NEM sequer se atreveu a respirar. Não fechou as pálpebras, tremendo de medo de que em um piscar de olhos pudesse surgir e alcançá-la um novo terror.

Ela não sabia quanto tempo havia passado desde que as mãos de Joh Fredersen se fecharam ao redor da garganta de Rotwang, o grande inventor. Os dois homens estavam nas sombras; e, ainda assim, parecia à garota que os contornos de suas duas figuras permaneciam como linhas de fogo na escuridão: a força de Joh Fredersen em pé, que lançava as mãos como duas garras, o corpo de Rotwang, que pendia e era arrastado para longe por essas garras, cruzando finalmente uma porta que se fechara atrás dos dois. O que estava acontecendo por trás dessa porta?

Ela não ouvia nada. Espreitava com todos os seus sentidos, mas não ouvia nada, nem o menor som.

Minutos se passaram, infinitos minutos... Não se escutava um som sequer, nem passo nem grito.

Ela estava respirando ao lado do quarto onde acontecera um assassinato?

Será que ele estava morto? Estava deitado atrás da porta, com o rosto virado para trás, o pescoço quebrado e os olhos vidrados?

Será que o assassino estava atrás daquela porta?

A sala que a cercava de repente pareceu se encher com o som de uma batida abafada, cada vez mais alta e mais forte. Era ensurdecedora, e ainda assim permanecia abafada...

Aos poucos ela percebeu: era o próprio batimento cardíaco. Se alguém tivesse chegado até ali, ela não teria ouvido seus passos, tão forte seu coração batia.

As palavras gaguejantes de uma oração infantil atravessaram seu cérebro, confusas e sem sentido: querido Deus, eu imploro, fique comigo, cuide de mim. Amém! Ela pensou em Freder... Não... Não chore, não chore!

Querido Deus, eu imploro...

Aquele silêncio já havia ficado insuportável! Ela tinha que ver, tinha que ter certeza.

Mas não se atreveu a dar um passo. Ela se levantou e não encontrou coragem para voltar a seu antigo lugar. Era como se tivesse sido enfiada e amarrada em um saco preto. Mantinha os braços firmes contra o corpo. O horror permanecia no seu encalço, soprando em sua nuca.

Agora ela ouviu, sim, agora ela ouviu alguma coisa! Mas o som não saiu da casa, vinha de longe. Esse som penetrou até mesmo as paredes da casa de Rotwang, aquelas que nenhum som penetrava, não importava de onde viesse.

Era a voz da grande Metrópolis. Mas ela gritava como nunca havia gritado.

Ela não gritava por comida, mas sim: Perigo! Perigo! O grito não parava. O uivo era incessante. Quem ousara soltar a voz da grande Metrópolis, que não obedecia a ninguém além de Joh Fredersen? Joh Fredersen não estava mais naquela casa? Ou essa voz era justamente para chamá-lo, esse rugido selvagem? Que perigo ameaçava Metrópolis? O fogo não conseguia assustar a cidade a ponto de ela precisar rugir como se fosse louca. Nenhuma tempestade ameaçava inundar Metrópolis. Os elementos estavam domados e eram piedosos.

Perigo de humanos? Um motim?

Era isso?

As palavras de Rotwang revoaram em seu cérebro. Na Cidade dos Mortos... O que se passava na Cidade dos Mortos? O motim vinha da Cidade dos Mortos? A degradação brotava das profundezas?

Perigo! Perigo!, gritava a voz da grande cidade.

Como se estivesse sob a força de um empurrão vindo de dentro, Maria correu subitamente para a porta e a abriu. O cômodo que estava diante dela, como o que ela havia deixado, recebia sua única luz, bastante escassa, através da janela. À primeira vista, parecia estar vazio. Uma forte lufada de ar corria pela sala, quente e contínua, vinda de uma fonte invisível, trazendo o rugido da cidade com mais força.

Maria inclinou-se para a frente. Reconheceu o cômodo. Correu ao longo das paredes em uma busca desesperada por uma porta. Havia uma, mas sem tranca ou fechadura. Na madeira sombria, brilhava vermelho acobreado o selo de Salomão, o pentagrama. Ali, no meio, estava o quadrado do alçapão, através do qual ela entrara na casa do grande inventor algum tempo antes, um tempo que ela não conseguia mensurar. O quadrado brilhante da janela iluminava o quadrado da porta.

Uma armadilha?, pensou a garota. Virou a cabeça... A grande Metrópolis nunca mais pararia de rugir?

Perigo! Perigo!, rugia a cidade.

Maria deu um passo e parou novamente.

Havia algo ali. Havia algo no chão. Havia algo no chão entre ela e o alçapão. Era um amontoado irreconhecível. Era algo escuro e imóvel. Podia ser humano ou talvez apenas uma sacola. Mas estava lá e precisava ser contornado se ela quisesse chegar ao alçapão.

Reunindo uma coragem maior do que jamais precisara na vida, Maria silenciosamente seguiu pé ante pé. O amontoado no chão não se moveu. Ela parou, curvada para a frente, os olhos vasculhando, atordoada pelas batidas do coração e pelo grito da cidade agitada.

Agora ela via claramente: o que havia ali era um ser humano. O ser humano estava deitado de bruços e suas pernas junto de seu tronco, como se ele quisesse se levantar e ficar de pé, mas depois não tivesse encontrado forças para fazê-lo. Uma das mãos estava jogada sobre a nuca, e seus dedos curvados falavam com mais eloquência que a mais eloquente das bocas em uma defesa insana.

Mas a outra mão estava longe do amontoado humano, na beirada do alçapão, como se quisesse usar a si mesma para trancar a porta. A mão não era de carne e osso. A mão era de metal, obra-prima de Rotwang, o grande inventor.

Maria olhou para a porta onde o selo de Salomão brilhava. Correu em direção a ela, embora soubesse que era inútil implorar por liberdade a essa porta implacável. Ela sentiu sob os pés, longe, bem abafado, forte e poderoso, o estremecimento de um trovão distante.

A voz da grande Metrópolis rugia: Perigo!

Maria juntou as mãos e as levou à boca. Correu até o alçapão e se ajoelhou. Olhou para o amontoado humano deitado à beirada dele, cuja mão de metal parecia teimosamente defender a porta. Os dedos da outra mão, sobre a parte de trás do pescoço do homem, estavam voltados para ela, erguidos como um animal antes do bote.

Mais uma vez o estremecimento – e agora mais forte...

Maria agarrou a argola de ferro do alçapão. Ela a puxou para cima. Queria puxar a porta para cima. Mas a mão – a mão que estava sobre a porta – a impedia.

Maria ouviu os próprios dentes rangendo. Ela foi de joelhos até o amontoado humano imóvel. Com cuidado infinito, pegou a mão que estava sobre o alçapão, presa como um parafuso de aço. Sentiu a frieza da morte que emanava daquela mão. Mordeu os próprios lábios brancos. Quando empurrou a mão para trás com toda a força, o amontoado humano rolou para o lado, e o rosto cinzento apareceu, olhando para cima...

Maria abriu o alçapão. Desceu pelo quadrado escuro. Não demorou para fechar a porta. Talvez não tivesse mais coragem de emergir da profundidade em que havia entrado e ver o que estava na beirada do alçapão. Sentiu os degraus sob os pés e as paredes úmidas de ambos os lados. Seguiu na escuridão, pensando, apenas meio consciente: Se você se perder na Cidade dos Mortos...

Os sapatos vermelhos do mago lhe vieram à mente.

Ela se forçou a parar, a ouvir.

Que som estranho era aquele que parecia vir dos corredores a seu redor? Soava como um bocejo, como se a pedra estivesse bocejando... Escorria... Ouviu um som fino sobre a cabeça, como se as juntas estivessem se soltando aos poucos. Então, tudo ficou quieto por um tempo. Mas não por muito tempo, e o crepitar surgiu novamente.

As pedras estavam vivas. Sim, as pedras estavam vivas... As pedras da Cidade dos Mortos tomaram vida.

Um choque de força inaudita abalou o chão sobre o qual Maria pisava. Estrondo de pedras caindo, gotejamento, silêncio.

Maria cambaleou contra o muro de pedra. No entanto, a parede se moveu atrás dela. Maria gritou. Jogou os braços para cima e continuou correndo. Tropeçou em pedras que estavam no caminho, mas não caiu. Não sabia o que estava acontecendo, mas pairava no ar sobre ela o farfalhar do mistério, o mesmo que carregava diante de si a tempestade, o anúncio de uma grande catástrofe, e isso a impelia adiante.

Lá – uma luz diante dela! Ela correu naquela direção... Uma câmara, grandes velas acesas... Sim, ela conhecia aquele espaço! Ficava ali com frequência, falando com as pessoas que chamava de "irmãos". Quem mais além dela tinha o direito de acender aquelas velas? Para quem elas queimavam naquele dia?

As chamas tombaram de lado com uma lufada violenta; a cera pingava.

Maria pegou uma vela e continuou a correr. Chegou ao fundo da câmara mortuária. Havia um casaco no chão. Nenhum de seus irmãos usava tal capa sobre as roupas azuis. Ela se abaixou. Viu na poeira milenar do cemitério um rastro de gotas escuras. Estendeu a mão e tocou uma delas. Viu que a ponta do dedo se tingiu de vermelho. Ela se ergueu e fechou os olhos.

Cambaleou um pouco, e um sorriso cruzou seu rosto, como se ela ainda tivesse a esperança de sonhar.

Querido Deus, eu imploro, fique comigo, cuide de mim. Amém...

Ela encostou a cabeça na parede de pedra. A parede de pedra tremeu. Maria olhou para cima. Na abóbada de pedra de negror ancestral que a cobria se abriu, serpenteante, uma rachadura.

O que significava aquilo?

O que havia acima dela?

Lá em cima ficavam os túneis de toupeiras das vias subterrâneas. O que acontecia lá? Era como se três mil gigantes brincassem com picos de ferro das montanhas, jogando-os aos gritos uns para os outros.

A rachadura abriu-se mais, o ar estava cheio de poeira. Mas não era poeira: era pedra moída.

A estrutura da Cidade dos Mortos abalou-se até o centro da terra. De repente, foi como se um tremendo punho tivesse puxado uma comporta. Contudo, em vez de água, despencou um redemoinho de pedras do leito represado: da abóbada caíram blocos, argamassa, detritos, lascas de pedra, escombros – uma cortina de pedras, uma chuva de granizo de cimento. E com o desabamento e o choque veio a violência de um trovão, que perdurou durante toda a destruição.

A pressão do ar varreu a garota para o lado, como se ela fosse de palha. Os esqueletos ergueram-se dos nichos; ossos se projetaram e crânios rolaram. Para a milenar Cidade dos Mortos, parecia irromper o Dia do Juízo Final...

Mas sobre a grande Metrópolis uivava cada vez mais forte a voz do animal primitivo.

A manhã pairava vermelha sobre o mar de pedra da cidade. A manhã vermelha viu um fluxo interminável, largo e que se desenrolava no mar de pedra da cidade.

A largura do fluxo era de doze membros. Eles seguiam no mesmo passo. Homens, homens, homens – todos com o mesmo traje. Do pescoço aos tornozelos cobertos de linho azul-escuro, os pés sem meias nos mesmos sapatos duros, os cabelos presos sob as mesmas boinas pretas. E todos eles tinham o mesmo rosto. Rosto selvagem com olhos como fogo. E todos cantavam a mesma música, a mesma canção sem melodia, mas como um juramento – um voto tempestuoso:

— Nós anunciamos o veredito das máquinas!
Nós sentenciamos as máquinas à morte!
As máquinas têm que morrer, têm que ir para o inferno!
Morte! Morte! Morte às máquinas!

Uma garota dançava diante da multidão que se estendia, ruidosa.

Ela liderava a multidão, conduzia a multidão que avançava contra o coração de Metrópolis, a Cidade das Máquinas.

Ela disse:

—Venham! Venham! Quero guiá-los! Quero dançar a dança da morte diante de vocês! Quero dançar a dança dos assassinos diante de vocês!

— Destruir... Destruir... Destruir! – berrava a multidão.

Eles agiam ao acaso, e ainda assim de acordo com uma lei. Destruição era essa lei, e eles a obedeciam.

A multidão separou-se. Um fluxo largo desceu pelos corredores da ferrovia subterrânea. Os trens estavam prontos, em todas as vias. Faróis piscaram sobre os trilhos na escuridão, encolhidos nos túneis.

A multidão gritava. Ali estava um brinquedo para gigantes! Não eram fortes como três mil gigantes? Arrastaram os condutores para fora de seus lugares. Liberaram os trens e deixaram que partissem, um atrás do outro, adiante, adiante!

Os trilhos retumbaram. As filas de vagões trovejantes, resplandecentes, arremessados de seu vazio, corriam para dentro da escuridão acastanhada. Dois, três, quatro condutores reagiram, como se possuídos. Mas a multidão os engoliu. Calem a boca, seus cachorros! Somos os senhores! Queremos brincar! Queremos brincar de gigantes!

Eles uivavam a canção, a canção do seu ódio assassino:

— Nós anunciamos o veredito das máquinas!
Nós sentenciamos as máquinas à morte!

Eles contavam os segundos:
— Cinquenta e nove, sessenta, sessenta e um, sessenta e dois... Agora? Oooh!

Em algum lugar nas profundezas dos túneis, um estrondo, como se o globo terrestre se estilhaçasse.

Uma vez — e de novo...

A multidão uivou:
— As máquinas têm que morrer, têm que ir para o inferno! Morte! Morte! Morte às máquinas!

Lá! O que era aquilo? De um dos túneis, como um cavalo de fogo, com luzes faiscantes, sem condutor, um dos trens avançou a uma velocidade estonteante: a morte galopante. De onde veio esse cavalo infernal? Onde estavam os gigantes que respondiam ao jogo de gigantes da multidão? Estrondando, o trem desapareceu – e segundos depois veio o barulho das profundezas do túnel. E logo avançou o segundo trem, enviado por mãos desconhecidas.

Sob os pés da massa, as pedras tremiam. Fumaça brotava do túnel. As luzes se apagaram de repente. Apenas os relógios, os relógios esbranquiçados e reluzentes, pendiam como pontos de luz em uma escuridão repleta de fumaça turva.

A multidão subiu as escadas aos empurrões. Atrás deles, como demônios libertos, as locomotivas corriam umas contra as outras, arrastando os vagões cambaleantes atrás de si, chocando-se em chamas.

Metrópolis tinha um cérebro. Metrópolis tinha um coração.

O coração de Metrópolis, a cidade-máquina, vivia em um salão branco semelhante a uma catedral. O coração de Metrópolis, a cidade-máquina, era guardado por um único homem.

O nome do homem era Grot, e ele amava sua máquina.

Essa máquina era um universo em si. Sobre os mistérios profundos de suas delicadas juntas, como o disco solar, como o resplendor de uma divindade, ficava a roda de prata, cujos raios, no giro da rotação, pareciam um único disco reluzente. Esse painel enchia a parede dos fundos do salão em toda sua largura e altura.

Não havia nenhuma máquina em toda Metrópolis que não recebesse força desse coração.

Uma única alavanca governava essa maravilha de aço. Todos os tesouros do mundo empilhados não teriam superado a máquina de Grot.

Quando Grot ouviu a voz da grande Metrópolis por volta da hora vermelha do nascer do sol, ele olhou para o relógio sobre a porta e pensou: Isso é contra a natureza e a retidão.

Quando Grot, na hora vermelha do nascer do sol, viu o fluxo da multidão se desenrolar, com doze membros de largura, liderado por uma garota que dançava ao ritmo da massa exultante, ele levou a alavanca da máquina para a posição de "Segurança", fechou a porta do salão cuidadosamente e esperou.

A multidão trovejou contra a sua porta.

Ah, podem bater! Grot pensou. A porta aguenta.

Ele olhou para a máquina. A roda girava devagar. Os belos raios rodavam, claramente reconhecíveis. Grot acenou com a cabeça para sua linda máquina.

Não nos incomodarão por muito tempo, ele pensou. Ele esperava apenas um sinal da Nova Torre de Babel. Uma palavra de Joh Fredersen.

A palavra não veio.

Ele sabe, pensou Grot, sabe que pode contar comigo...

A porta estremeceu como um tambor gigante. Como um aríete vivo, a multidão atirava-se contra ela.

Parecem muitos, pensou Grot. Ele olhou para a porta. Ela estremeceu, mas resistiu. E parecia capaz de segurá-los por um longo tempo.

Grot meneou a cabeça, profundamente satisfeito. Teria pegado com prazer um cachimbo, se fumar não fosse proibido ali. Ouviu os uivos da multidão e pancada atrás de pancada contra a porta, que zumbia com uma ferocidade confortante. Ele amava a porta. Era sua aliada. Ele se virou e olhou para a máquina.

Assentiu para ela, com ternura: Nós dois... O quê? Você diz isso para qualquer ébrio tolo, máquina!

A tempestade do lado de fora da porta virou um tufão. Dentro dele havia raiva ofegante, potencializada por tanta resistência.

— Abra! — grunhia a raiva. — Abra, patife!

Isso combina bem com vocês, pensou Grot. Como a porta aguentava com coragem. Que porta valente!

O que aqueles macacos bêbados estão cantando lá fora?

— Nós anunciamos o veredito das máquinas!
Nós sentenciamos as máquinas à morte!

Hahaha! Ele também podia cantar, podia cantar estupendas canções ébrias! Ele bateu os calcanhares contra a base da máquina em que estava sentado. Empurrou a boina preta para trás. Tinha os punhos vermelhos sobre o colo e cantou a plenos pulmões, a boca se abrindo inteira, os olhos pequenos e selvagens voltados para a porta:

— Venham, cambada de bêbados, se ousarem! Venham, se quiserem tomar uma surra, seus macacos preguiçosos! Suas mães se esqueceram de amarrar as calças quando vocês eram pequenos, seus remelentos! Vocês não servem nem para alimentar os porcos! Caíram do caminhão de lixo na grande curva! E agora estão diante da porta, na frente da minha corajosa porta, e choramingam: "Abra! Abra!". Seus piolhos de galinha!

A base da máquina estrondava com a batida do salto de suas botas.

Mas, de repente, ambos pararam: as batidas e a cantoria. Uma luz muito forte e muito branca piscou três vezes sob a cúpula do salão. Um sinal sonoro, suave e penetrante como a campainha de um sino, se fez ouvir, dominando todos os demais ruídos.

– Sim! – disse Grot, o guardião da máquina-coração. Ele ficou em pé num pulo. Levantou o rosto largo, que brilhava na ganância alegre da obediência. – Sim, aqui estou eu!

Uma voz disse, lenta e claramente:

– Abra a porta e entregue a máquina!

Grot ficou parado. Seus punhos pendiam como martelos gorduchos de seus braços. Ele piscava convulsivamente. Engolia em seco. Mas ficou em silêncio.

– Repita o comando – disse a voz calma.

O guardião da máquina-coração balançou pesadamente a cabeça, como se ela fosse um fardo inconveniente.

– Eu... Eu não entendi – ele disse, ofegante.

A voz calma falou em um tom mais forte:

– Abra a porta e entregue a máquina!

Mas o homem ainda estava em silêncio, olhando para cima estupidamente.

– Repita o comando! – disse a voz calma.

O guardião da máquina-coração inspirou profundamente.

– Quem está falando? – perguntou ele. – Quem é o cachorro manco que está falando?

– Abra a porta, Grot.

– Nem pelo diabo eu abro!

– E entregue a máquina!

– A máquina? – perguntou Grot. – A minha máquina?

– Sim – respondeu a voz calma.

O guardião da máquina-coração começou a tremer. Estava parado com o rosto azulado e olhos que pareciam bolotas esbranquiçadas. A multidão, que se jogava como aríete contra a porta zumbidora, exultava, rouca pelos gritos:

– As máquinas têm que morrer, têm que ir para o inferno! Morte! Morte! Morte às máquinas!

– Quem está falando aí? – perguntou o homem, tão alto que sua voz ficou esganiçada.

– Joh Fredersen está falando.

– Quero a senha!

– A senha é mil e três. A máquina está rodando com metade da força. Você pôs a alavanca em posição de "Segurança".

O guardião da máquina-coração ficou petrificado. Então, virou-se desajeitadamente em torno de si mesmo, cambaleando em direção à porta e puxando as trancas.

A multidão ouviu. Gritou triunfo. A porta se abriu, e a multidão empurrou o homem que a encontrou na soleira. A multidão avançou contra a máquina. A multidão queria atacar a máquina. Uma garota dançando conduzia a multidão.

– Olhem! – gritou ela. – Olhem! O coração pulsante de Metrópolis! O que deve acontecer com o coração de Metrópolis?

– Nós anunciamos o veredito das máquinas!
Nós sentenciamos as máquinas à morte!
As máquinas têm que morrer, têm que ir para o inferno!

Mas a multidão não acompanhou a canção da garota. A multidão olhava para a máquina, o coração pulsante da grande cidade-máquina chamada Metrópolis, que deles se alimentava. A massa se movia devagar, como um único corpo, em direção à máquina que cintilava como prata. No rosto da multidão havia ódio. No rosto da multidão havia um temor supersticioso. O desejo de aniquilação final estava no rosto da multidão.

Mas antes que esse desejo pudesse ser expresso, Grot, o guardião, se lançou diante de sua máquina. Não havia vitupério que ele já não tivesse usado para jogar na cara da multidão. O insulto mais sujo não era sujo o bastante para usar contra aquela massa. A multidão voltou os olhos vermelhos para ele. A multidão mediu-o. A multidão percebeu que o homem diante dela a estava insultando, e a insultava em nome da máquina. Homem e máquina fundiram-se por ela. Homem e máquina mereciam o mesmo ódio. A massa avançou contra homem e máquina. Berrou com ele. Pisoteou-o. Sacudiu-o para a frente e para trás e arrastou-o pela porta. Esqueceu a máquina porque tinha o homem, tinha o guardião da pulsação de todas as máquinas – acreditou que, quando arrancasse o homem da máquina-coração, arrancaria o coração da grande cidade-máquina chamada Metrópolis.

O que deveria acontecer com o coração de Metrópolis?

Deveria ser esmagado pelos pés da multidão!

– Morte! – gritou em júbilo a massa vitoriosa. – Morte às máquinas!

Ela não percebeu que não tinha mais uma líder. Não percebeu que a garota havia desaparecido no cortejo.

A moça estava diante da máquina-coração da cidade. Com a mão mais delicada que vidro, ela agarrou a alavanca maciça que apontava para a posição de "Segurança". Empurrou-a, então, e saiu com passos leves e loucos.

METRÓPOLIS

Atrás dela, a máquina começou a zunir. Sobre os mistérios profundos de suas delicadas juntas, como o disco solar, como o resplendor de uma divindade, ficava a roda de prata, cujos raios, no giro da rotação, pareciam um único disco circular.

O coração de Metrópolis, a grande cidade de Joh Fredersen, começou a ficar febril, acometido por uma doença fatal...

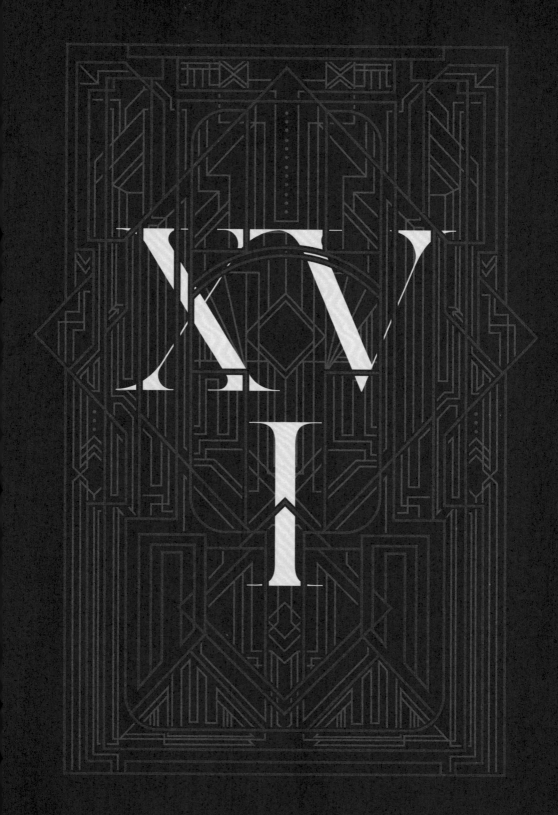

– PAI!

O filho de Joh Fredersen sabia perfeitamente que seu pai não podia ouvi-lo, já que ele estava no piso mais baixo da Nova Torre de Babel, para onde a pulsação convulsiva da rua o havia lançado, enquanto seu pai estava bem acima do fervilhar da cidade, o cérebro intacto no crânio frio. Mas, ainda assim, gritou com ele, teve que gritar, e seu grito era ao mesmo tempo um pedido de ajuda e uma acusação. O prédio circular da Nova Torre de Babel vomitava pessoas que, rindo como tolas, se aglomeraram na rua. O mingau humano na rua as sugava. A Nova Torre de Babel ficou deserta. Aqueles que haviam povoado seus corredores e passagens, que tinham sido jogados dos baldes do Paternoster para as profundezas e para as alturas, os que se amontoavam nas escadas, recebendo e dando ordens, os que se sufocavam em números ou os que ouviam os sussurros do mundo, todos deixaram a Nova Torre de Babel como sangue a escorrer de veias cortadas, até que o edifício ficasse terrivelmente vazio, exangue, imóvel.

Mas suas máquinas ainda estavam vivas.

Sim, apenas agora pareciam ter adquirido vida.

Freder, uma ruína humana, parado sozinho na monstruosidade do prédio circular, ouvia o uivo suave da Nova Torre de Babel, profundo e sibilante como uma respiração, cada vez mais alto e mais claro. Ele se viu girando em torno de si mesmo, enquanto as celas vazias do Paternoster avançavam cada vez mais rápido, com mais urgência para cima e para baixo. Agora, era como se as celas, essas celas vazias, dançassem para cima e para baixo, e o uivo que cortava a Nova Torre de Babel parecia vir de suas gargantas ocas.

– Pai! – gritava Freder. E todo o prédio circular gritava a plenos pulmões.

Freder correu, mas não para o alto da torre. Ele corria para as profundezas, impulsionado pelo terror e pela curiosidade; corria para o inferno, seguindo as flechas iluminadas que indicavam o caminho até a morada da máquina do Paternoster, que se assemelhava a Ganesha, o deus com cabeça de elefante.

As flechas de luz que ele seguia não brilhavam como de costume, brancas e gélidas. Elas piscavam, em raios, tremeluziam. Queimavam em uma luz verde perversa. As pedras sobre as quais ele corria sacudiam-se como água. Quanto mais perto chegava do salão das máquinas, mais alto ele ouvia a voz da Torre. As paredes fervilhavam. O ar era fogo incolor. Se a porta não tivesse aberto sozinha, num estouro, nenhuma mão humana teria sido capaz de abri-la, pois ela parecia uma cortina brilhante de aço líquido.

Freder mantinha o braço sobre a fronte, como se tentasse impedir que o cérebro explodisse. Seus olhos buscaram a máquina, a mesma diante da qual ele ficara no passado. Lá estava ela, no meio do salão uivante, agachada. Brilhava oleosa. Tinha os membros reluzentes. Sob o corpo agachado, a cabeça afundada no peito, as pernas curvadas se apoiavam na plataforma, como um duende. Imóveis eram o tronco, as pernas. Mas os braços curtos empurravam, empurravam alternadamente para a frente, para trás, para a frente, para trás.

E a máquina havia sido deixada totalmente sozinha. Ninguém a protegia. Ninguém mantinha a mão na alavanca. Ninguém mantinha os olhos no relógio, cujos ponteiros corriam loucamente pelas horas.

– Pai! – gritou Freder, querendo se lançar para a frente. Mas naquele momento era como se o corpo curvado da máquina selvagem parecida com Ganesha subisse a uma altura furiosa, como se suas pernas estivessem se esticando sobre os pés cônicos a fim de dar um salto assassino, como se seus braços não estivessem mais empurrando, não, como se agora se estendessem para agarrar, agarrar para esmagar, como se toda a voz uivante da Nova Torre de Babel escapasse dos pulmões da máquina Paternoster, uivando:

– Assassino!

A cortina de chamas da porta se afastou com um gemido. A Máquina-Monstro desceu da plataforma, empurrando com os braços. Toda a construção da Nova Torre de Babel estremeceu. As paredes tremeram. O teto cedeu.

Freder virou-se. Ele lançou os braços ao redor do pescoço e correu. Viu as flechas brilhantes que apontavam para ele. Ouviu um suspiro ofegante a suas costas, sentiu a medula ressecar e correu. Correu em direção às portas, escancarou-as e bateu-as atrás de si para continuar correndo.

— Pai! — gritou ele.

Escada acima. Aonde as escadas levavam? Portas estrondavam, saltando contra a parede.

Ah! O templo dos salões das máquinas! Deidades, as máquinas, as senhoras radiantes, as máquinas-deuses de Metrópolis! Todos os grandes deuses viviam em templos brancos! Baal e Moloch e Huitzilopochtli e Durga! Algumas divindades eram terrivelmente sociáveis; outras, terrivelmente solitárias. Ali: o carro divino de Jagannatha! Lá: as Torres do Silêncio! Lá: a cimitarra de Maomé! Lá: as cruzes do Gólgota!

E nenhum humano — nenhum humano nos salões brancos. As máquinas, essas máquinas-deuses, deixadas terrivelmente sozinhas. E elas estavam vivas, sim, estavam realmente vivas — uma vida amplificada e inflamada.

Porque Metrópolis tinha um cérebro.

Metrópolis tinha um coração.

O coração de Metrópolis, a Cidade das Máquinas, morava em um salão branco semelhante a uma catedral. O coração da cidade-máquina Metrópolis havia sido vigiado até hoje por um único homem. O coração de Metrópolis, a cidade-máquina, era uma máquina e um universo em si. Sobre os mistérios profundos de suas delicadas juntas, como o disco solar, como o resplendor de uma divindade, ficava a roda de prata, cujos raios, no giro da rotação, pareciam um único e reluzente disco. Não havia nenhuma máquina em toda Metrópolis que não recebesse a força desse coração.

Uma única alavanca regia a maravilha de aço.

Se a alavanca fosse posta em posição de "Segurança", todas as máquinas funcionariam com suas forças controladas, como animais domados. Claramente distinguíveis, os raios cintilantes giravam na roda de sol da máquina-coração.

Se a alavanca fosse posta na posição 3, então o jogo já se punha em marcha. Não era mais possível distinguir os raios cintilantes... Um leve arfar saía dos pulmões da máquina.

Se a alavanca fosse posta na posição 6 – e ela ficava ali na maior parte do tempo –, significava trabalho escravo. As máquinas rugiram. A enorme roda da máquina-coração pairava sobre ela, um espelho aparentemente imóvel da prata mais brilhante. E o grande retumbar das máquinas, disparado pelos batimentos desse coração, arqueava-se como um segundo céu sobre Metrópolis, a cidade de Joh Fredersen.

Mas nunca, desde que Metrópolis fora construída, a alavanca da máquina-coração ficara na posição 12.

E justamente agora ela estava na posição 12. A mão de uma jovem, mais delicada que vidro, tinha empurrado a alavanca maciça, antes na posição de "Segurança", até a posição 12. O coração de Metrópolis, a grande cidade de Joh Fredersen, começara a ficar febril, afligido por doenças fatais, lançando ondas vermelhas de febre sobre todas as máquinas que alimentavam sua pulsação.

Não havia nenhuma máquina em toda Metrópolis que não recebesse a força desse coração...

Então, a febre atingiu todas as máquinas-deuses...

Das Torres do Silêncio irrompeu uma névoa de putrefação. No vazio, chamas azuis pairavam sobre elas. E as Torres, torres monstruosas que costumavam girar em torno de si mesmas uma vez ao longo de um dia, cambaleavam em seus pedestais em uma dança circular ébria, a ponto de explodir.

A cimitarra de Maomé era como um raio circular no ar. Não encontrava nenhuma resistência. Cortava, cortava. Ficou frenética, já que não tinha nada para cortar. A força, que não parava de crescer e se desperdiçava à toa, enrodilhava-se em sibilos e soltava serpentes, serpentes verdes tremeluzentes para todos os lados.

Dos braços estendidos das cruzes do Gólgota surgiram longas chamas brancas e crepitantes.

Cambaleando sob as estocadas que teriam sacudido o globo terrestre, o carro invencível de Jagannatha, o esmagador de povos, avançou deslizando, rolando – inclinando-se, pendendo sobre a plataforma –, tremendo como um navio que morre em penhascos, açoitado pela rebentação, até finalmente se soltar, entre gemidos.

Então, levantaram-se de seus brilhantes tronos Baal e Moloch, Huitzilopochtli e Durga. Todas as máquinas-deuses se levantaram, estendendo seus membros em liberdade assustadora. Huitzilopochtli gritou pelo sacrifício das pedras preciosas. Aos estalos, Durga estendeu oito braços assassinos. Dos ventres de Baal e Moloch, o fogo faminto crescia, lambiscado de suas gargantas. E, uivando como um bando de mil búfalos, pois fora enganado em seu objetivo, Asathor balançava o martelo infalível.

Como um grão de poeira perdido sob as solas dos deuses, Freder cambaleava pelos corredores brancos, pelos templos retumbantes.

– Pai! – gritou ele.

E ouviu a voz do pai.

– Sim, estou aqui! O que você quer? Venha até mim!

– Mas não vejo você!

— Precisa olhar mais para o alto!

Os olhos de Freder voaram pela sala. Ele viu o pai em pé sobre uma plataforma, entre os braços estendidos das cruzes do Gólgota, cujas extremidades ardiam em longas chamas brancas e crepitantes. O rosto do pai era como uma máscara de frio insuportável, mesmo em meio àquelas fogueiras infernais. Seus olhos eram de aço azul. No meio do gramado das grandes máquinas-deuses, ele era o maior deus e o senhor de todos.

Freder correu na direção do pai, mas não podia chegar até ele. Agarrou-se ao pé da cruz flamejante. Baques enlouquecedores atravessavam a Nova Torre de Babel.

— Pai — Freder gritou alto —, sua cidade está ruindo.

Joh Fredersen não respondeu. Os jorros de chamas tremeluzentes pareciam sair de suas têmporas.

— Pai, você não me entende? Sua cidade está ruindo! Suas máquinas ganharam vida, estão destruindo a cidade! Vão partir Metrópolis em pedaços! Você está ouvindo? Explosões e mais explosões! Vi uma rua cujas casas dançavam sobre seus terrenos estraçalhados, como criancinhas pulando sobre a barriga de um gigante, às gargalhadas. Da torre partida de sua fábrica de caldeiras, um fluxo de lava de cobre líquido se derramou pelas ruas, e diante dele corria um homem nu, com o cabelo carbonizado. Ele rugiu: "O fim do mundo chegou!". Mas, então, tropeçou, e a torrente de cobre o alcançou... Onde ficavam as Usinas de Jetro, há agora um buraco, que se enche de água. Pontes de ferro pendem aos pedaços entre torres que perderam suas entranhas. Guindastes balançam em estruturas, como se enforcados. E as pessoas, igualmente incapazes de fugir e resistir, vagam entre casas e ruas, parecendo condenadas às ruínas...

Ele cruzou as mãos ao redor da viga vertical da cruz e jogou a cabeça para trás, procurando encarar o pai.

— Não consigo imaginar, pai, que algo seja mais poderoso que você! Eu amaldiçoei de todo o coração esse seu poder esmagador, que me enchia de pavor. Agora estou aqui de joelhos e pergunto: por que permite que a morte ponha as mãos nesta cidade que é sua?

— Porque a morte está sobre a cidade segundo a minha vontade.

— A sua vontade?

— Exato.

— A cidade deve morrer?

— Você não sabe por quê, Freder?

Não houve resposta.

— A cidade deve perecer, Freder, para que você possa reconstruí-la...

— Eu?

— Você.

— Então está atribuindo o assassinato da cidade a mim?

— O assassinato da cidade recai sobre aqueles que esmagaram Grot, o guardião da máquina-coração.

— Isso aconteceu segundo a sua vontade, pai?

— Exato.

— Então você forçou as pessoas a serem culpadas?

— Por sua causa, Freder; porque você deve redimir essas pessoas.

— E o que será daqueles, pai, que perecerão junto com a sua cidade moribunda, antes mesmo que eu possa redimi-los?

— Preocupe-se com os vivos, Freder, não com os mortos.

— E quando os vivos vierem matar você?

— Isso não vai acontecer, Freder. Isso não vai acontecer. Porque o caminho até mim através das máquinas-deuses furiosas, como você as chama, apenas uma pessoa consegue encontrar. E essa pessoa o encontrou. Era o meu filho.

Freder deixou a cabeça pender entre as mãos. Balançou-a como se estivesse com dor. Gemeu baixinho. Ele queria falar, mas, antes que pudesse fazê-lo, um som cortou o ar, soando como se o globo terrestre estivesse se partindo ao meio. Por um momento, todas as coisas que estavam na sala branca das máquinas pareceram flutuar no vazio sobre o chão, até mesmo Moloch e Baal e Huitzilopochtli e Durga, até mesmo o martelo de Asathor e as Torres do Silêncio. As cruzes do Gólgota, cujas extremidades ardiam em longas chamas crepitantes e brancas, colidiram umas contra as outras e ficaram em pé novamente. Então, tudo caiu em seus lugares, com ênfase furiosa. Em seguida, a luz se apagou completamente. E, das profundas e à distância, a cidade uivou.

— Pai! — gritou Freder

— Sim. Estou aqui. O que você quer?

— Que você ponha fim ao horror!

— Agora? Não.

— Mas não quero mais pessoas sofrendo! Você precisa ajudá-las, você precisa salvá-las, pai!

— *Você* precisa salvá-las.

— Agora... Imediatamente?

— Agora? Não.

— Então — disse Freder, estendendo os punhos como se estivesse empurrando algo para longe do caminho —, então preciso procurar alguém que possa me ajudar, mesmo que seja um inimigo meu e seu!

— Está falando de Rotwang?

Não houve resposta. Joh Fredersen continuou:

— Rotwang não pode ajudá-lo.

— Por que não?

— Ele está morto.

Silêncio. Então, hesitante, uma voz estrangulada perguntou:

— Como ele... morreu tão de repente?

— Ele morreu, Freder, principalmente porque se atreveu a estender as mãos para agarrar a garota que você ama.

Dedos trêmulos tatearam em busca da trave vertical da cruz.

— Maria, pai, Maria?

— Ele a chamou assim.

— Maria estava com ele? Na casa dele?

— Sim, Freder.

— Ah, sim! E agora?

— Não sei.

Silêncio.

— Freder?

Não houve resposta.

— Freder?

Silêncio.

Uma sombra passou pelas janelas da cúpula branca das máquinas. Ela corria abaixada e com as mãos sobre a nuca, como se temesse que os braços de Durga pudessem alcançá-la ou que Asathor fosse jogar o martelo que nunca errava em sua direção, impedindo, ao comando de Joh Fredersen, sua fuga dali.

O homem que fugia não percebeu que todas as máquinas-
-deuses estavam paradas, agora que o coração, o coração despro-
tegido de Metrópolis, havia acelerado até a morte, sob o flagelo
de fogo da posição 12.

MARIA SENTIU ALGO LAMBENDO SEUS PÉS, como se fosse a língua de um cachorro grande e gentil. Ela se inclinou, procurou a cabeça do animal e sentiu que era água que ela tocava.

De onde vinha essa água? Vinha em silêncio. Não espirrava. Também não havia ondas. Ela apenas subia, sem pressa, mas com persistência. Não estava mais fria que o ar ao redor. Já chegava aos tornozelos de Maria.

Ela recuou os pés. Sentou-se encolhida, tremendo, enquanto ouvia aquela água que não podia ser ouvida. De onde vinha?

Diziam que um riacho corria nas profundezas da cidade. Joh Fredersen fechou o caminho até ele enquanto construía a maravilhosa cidade subterrânea, destinada aos trabalhadores de Metrópolis. Também diziam que o riacho alimentava um enorme reservatório, no qual cabia uma cidade de tamanho médio. Diziam haver uma estação de bombeamento, com bombas novas e fortes o suficiente para encher ou esvaziar por completo o reservatório em menos de dez horas. De fato, a batida dessa estação de bombeamento podia ser ouvida na cidade subterrânea dos trabalhadores sempre que alguém recostava a cabeça contra a parede. Era uma pulsação baixa e ininterrupta – e, se essa pulsação silenciasse, não haveria nenhuma outra interpretação além da de que as bombas haviam parado e que o nível do riacho estava aumentando.

Mas ainda não haviam parado.

Mas e então? De onde vinha a água silenciosa? Ainda estava subindo?

Ela se inclinou para a frente e não precisou abaixar muito a mão para tocar o frio espelho d'água.

Ela também sentiu que a água corria, agora. Tomava seu caminho em uma determinada direção, com grande segurança. Tomava seu caminho rumo à cidade subterrânea.

Livros antigos retratavam mulheres santas cujo sorriso, no momento em que se preparavam para ganhar a coroa de mártir, era de tal doçura que os torturadores caíam a seus pés e mesmo os pagãos mais teimosos louvavam o nome de Deus.

Mas o sorriso de Maria talvez fosse ainda mais doce. Pois ela estava pensando, enquanto se preparava para se antecipar à água silenciosa em seu caminho, não na coroa da felicidade eterna, mas na morte e no homem que amava.

Sim, agora a água em que estavam mergulhados seus pés finos estava terrivelmente fria; a corrente sussurrava enquanto corria diante dela. A bainha de seu vestido grudava em suas pernas, o que tornava os passos difíceis e mais pesados. Mas isso não era o pior. A pior parte era que a água também tinha uma voz.

A água disse:

– Você não sabe, bela Maria, que sou mais rápida que os pés mais rápidos? Eu acaricio seus doces tornozelos. Logo vou alcançar seus joelhos. Nunca um ser humano envolveu seus ternos quadris. Mas quero fazer isso antes que você conte mil passos. E não sei, bela Maria, se você atingirá seu objetivo antes de me recusar seus seios…

"Linda Maria, o Dia do Juízo Final chegou! Ele traz à vida mortos milenares. Sabe, eu os tirei dos nichos, e os mortos estão nadando atrás de você! Não olhe ao redor, Maria, não olhe ao redor! Pois dois esqueletos brigam por causa de um crânio, que balança entre eles e se vira e sorri. E um terceiro, que realmente é o dono do crânio, apronta-se furioso para dar o bote dentro de mim, lançando-se sobre os dois…

"Bela Maria, como são doces os seus quadris… Será que o homem que você ama nunca vai experimentá-los? Bela Maria, ouça o que eu digo: apenas um pouco ao lado deste caminho há uma escada que leva à liberdade… Seus joelhos tremem, como isso é doce! Acha que pode vencer a fraqueza cerrando suas pobres mãos? Você invoca a Deus, mas acredite em mim: Deus não pode ouvi-la! Desde que cheguei à terra na forma de um Grande Dilúvio, a fim de corromper todos os seres, exceto os da arca de Noé, Deus é surdo ao clamor de suas criaturas. Ou você acha que esqueci como as mães gritavam naquela época? A sua consciência é mais responsável que a consciência de Deus? Dê meia-volta, bela Maria, dê meia-volta!

"Agora você está me deixando com raiva, Maria… Agora quero matá-la! Por que você joga gotas de água salgada e quente em mim? Abraço seu peito, mas ele não me interessa mais. Quero seu pescoço e sua boca ofegante! Quero seu cabelo e seus olhos chorosos!

"Acha que vai me escapar? Não, bela Maria! Não, agora eu vou pegar você, junto com milhares de outros, com todos os milhares que você quis salvar..."

Maria ergueu o corpo pingando da água. Arrastou-se para cima das lajes de pedra; encontrou a porta. Ela a abriu de uma vez e a bateu atrás de si, olhando para ver se a água estava lambendo a soleira.

Ainda não... Mas quanto tempo ainda restava?

Ela não viu ninguém até onde seus olhos alcançavam. As ruas, as praças, tudo estava deserto, sob a luz branca das lâmpadas tubulares. Mas será que ela estava enganada ou a luz branca ficava mais fraca e amarelada a cada segundo?

Um choque, que a jogou contra o muro próximo, veio do fundo da terra. A porta de ferro através da qual ela havia saído voou para longe das dobradiças, e, escura e silenciosa, a água deslizou pela soleira.

Maria se preparou. Ela gritou a plenos pulmões:

– A água está chegando!

Ela atravessou a praça; chamou o guarda que, em serviço ininterrupto, precisava acionar as sirenes de alarme, em caso de perigos de qualquer tipo.

Não havia guarda.

Uma sacudida furiosa da terra puxou os pés da garota para baixo e lançou-a ao chão. Maria ficou de joelhos e ergueu as mãos, em uma tentativa de ela mesma fazer as sirenes uivarem. Mas o som que escapou das gargantas de metal foi apenas um gemido, como um cão choramingando, e a luz estava cada vez mais pálida e amarelada.

Como um animal escuro e rastejante que não se apressava, a água serpenteava pela rua escorregadia.

Mas agora a água não estava sozinha na rua. No meio de uma solidão enigmática e profundamente assustadora, de repente surgiu uma criança pequena, seminua, encarando o animal com olhos que ainda a protegiam de um sonho real demais – o animal escuro e rastejante já lambia seus pequenos pés descalços.

Com um clamor em que a aflição e a redenção se misturavam em partes iguais, Maria correu na direção da criança e a ergueu nos braços.

– Não há ninguém aqui, criança? – perguntou ela com um soluço repentino. – Onde está seu pai?

– Longe...

– Onde está sua mãe?

– Longe...

Maria não compreendia. Desde sua fuga da casa de Rotwang, ela havia sido jogada de horror em horror, sem poder assimilar um deles sequer. Ainda pensava que tudo aquilo – o ranger da terra, os impulsos espasmódicos, o retumbar de trovões de força inaudita, a água que jorrava de profundezas despedaçadas – era efeito de um descontrole dos elementos. Mas não conseguia acreditar que houvesse mães que não se atirariam como uma parede diante de seus filhos quando a terra abrisse seu colo para dar à luz o horror no mundo.

Só que a água que se aproximava cada vez mais, os choques que torturavam a terra e a luz que ficava cada vez mais pálida não lhe davam tempo para pensar. Com a criança nos braços, ela correu de casa em casa, gritando em busca de outros que estivessem escondidos.

Então, eles vieram, tropeçando e chorando, e chegaram em massa, fantasmas de cabelos pálidos, como se fossem filhos das pedras, nascidos sem fervor e a contragosto. Pareciam pequenos cadáveres em mortalhas miseráveis, evocados pela voz do anjo no dia do Juízo Final, erguendo-se de sepulturas violadas. Eles se reuniram em torno de Maria e gritavam porque a água, a água fria, lambia seus pés.

Maria chamou – e mal conseguia mais chamar. Sua voz tinha o grito das mães dos pássaros, que reconhecem o revoar da morte sobre a ninhada. Andou entre as crianças, dez pelas mãos, pelo vestido, as outras bem próximas a ela, empurradas pela correnteza. Logo as ruas eram um manto de cabeças de crianças, sobre o qual as mãos pálidas erguidas pareciam gaivotas. E o chamado de Maria afundava entre o choro das crianças e o gargalhar da poderosa água que os perseguia.

A luz nas lâmpadas de tubo ficou avermelhada e agora piscava ritmicamente, lançando sombras fantasmagóricas. A rua se tornou uma ladeira. Veio o ponto de encontro. Mas os elevadores monstruosos pendiam mortos nas cordas. Cabos retorcidos – de metal, grossos como a coxa de um homem – pairavam estourados no ar. De um tubo quebrado vazava um óleo preto, em filetes lentos. E, acima de tudo aquilo, havia uma névoa seca, como se fosse de ferro quente e pedras brilhantes.

Nas profundezas das passagens sombrias e distantes, a escuridão ganhou um tom amarronzado. Um incêndio aumentou ali...

– Subam! – sussurraram os lábios secos de Maria. Mas ela não conseguiu falar a palavra de fato. Uma escadaria sinuosa levava para cima; era estreita, pois ninguém usava as escadas ao lado de elevadores que se moviam com tanta segurança. Maria encorajou as crianças a subirem; mas, lá em cima, prevalecia a escuridão, com um peso e uma densidade impenetráveis. Nenhuma das crianças se atreveu a subir sozinha.

Maria subiu. Ela contou os degraus. Como um rugido de mil asas, o som dos passos das crianças veio atrás dela a cada lance estreito das escadas. Ela não sabia há quanto tempo estava subindo. Inúmeras mãos cerradas seguravam seu vestido úmido. O peso a arrastava, e às suas costas os gemidos rezavam – rezavam pedindo força por mais uma hora.

– Não chorem, irmãozinhos! – gaguejou ela. – Minhas irmãzinhas, por favor, não chorem!

As crianças gritavam nas profundezas – e as centenas de lances das escadas faziam cada grito trombetear em eco: "Mãe! Mãe!".

E mais uma vez: "A água está chegando!". Parar no meio da escada? Não!

– Irmãzinhas! Irmãozinhos… Venham!

Mais alto, chegar cada vez mais alto; então, finalmente, um patamar mais amplo. Luz cinzenta vinha de cima. Estavam em uma sala de tijolos; ainda não era o mundo superior, mas o pátio de entrada para ele. Havia uma escada curta e reta, e um filete de luz caía sobre ela. A luz vinha da boca de um alçapão cuja porta tinha sido amassada e empurrada para dentro. Havia uma fresta entre a porta e a parede, tão estreita quanto o corpo de um gato.

Maria viu aquilo e não sabia o que significava. Teve a sensação indefinida de que algo não estava como deveria estar. Mas não quis pensar demais. Com um movimento quase impetuoso, ela libertou as mãos, o vestido dos dedos das crianças que o puxavam e se apressou, lançando-se adiante muito mais por sua vontade selvagem do que pelos pés entorpecidos. Ela correu através da sala vazia e subiu a escadaria íngreme.

Esticou as mãos e tentou mover a porta entortada para cima. Ela não se mexeu. Uma segunda vez. Nada. Apertou cabeça, braços, ombros, encaixando quadris e joelhos como se os tendões fossem se romper. Nada. A porta não se moveu um milímetro sequer. Era como se uma criança, de forma tola e sem sucesso, tentasse tirar a catedral do lugar.

Pois sobre a porta, a única que conduzia para fora das profundezas, se empilhavam os cadáveres das máquinas mortas até a altura de um prédio, elas, que tinham sido o terrível brinquedo da multidão quando a loucura invadiu Metrópolis. Trem por trem, acionados com os vagões vazios, todas as luzes acesas e força total, açoitados pelo rugido da multidão, rolaram sobre os trilhos, trombaram uns nos outros, e agora jaziam ali, virados e empilhados, queimados e meio derretidos, ainda fumegantes; eram um pedaço de destruição. E uma única lâmpada, no peito de aço da última máquina, permanecera incólume, lançando sobre o caos o filete de luz afiado e ofuscante.

Mas Maria não sabia de nada disso. Não precisava saber. Bastava que a porta, que era a única saída para ela e para as crianças que queria salvar, permanecesse inexorável, inabalável. Finalmente, com as mãos e os ombros ensanguentados, com a cabeça dolorida e o entorpecimento dos pés paralisados, ela precisou se conformar com o incompreensível, com a fatalidade.

Maria levantou o rosto para a luz que caía sobre ela. As palavras de uma pequena oração infantil passaram por sua cabeça, mas não eram mais precisas. Ela abaixou a cabeça e se sentou nos degraus.

Silenciosamente, como se fascinadas por algo que estava muito próximo mas que elas não eram capazes de compreender, as crianças permaneciam apinhadas umas nas outras.

— Irmãozinhos, irmãzinhas — disse a voz de Maria com grande ternura —, vocês conseguem entender o que estou dizendo?

— Sim — chegou o arfar das crianças até ela.

— A porta está fechada. Temos que esperar um pouco... Logo alguém virá abri-la para nós. Vocês podem ser pacientes e não ter medo?

— Sim — a resposta soou como um suspiro.

— Sentem-se o melhor que puderem. — As crianças obedeceram. — Quero lhes contar um conto de fadas — disse Maria.

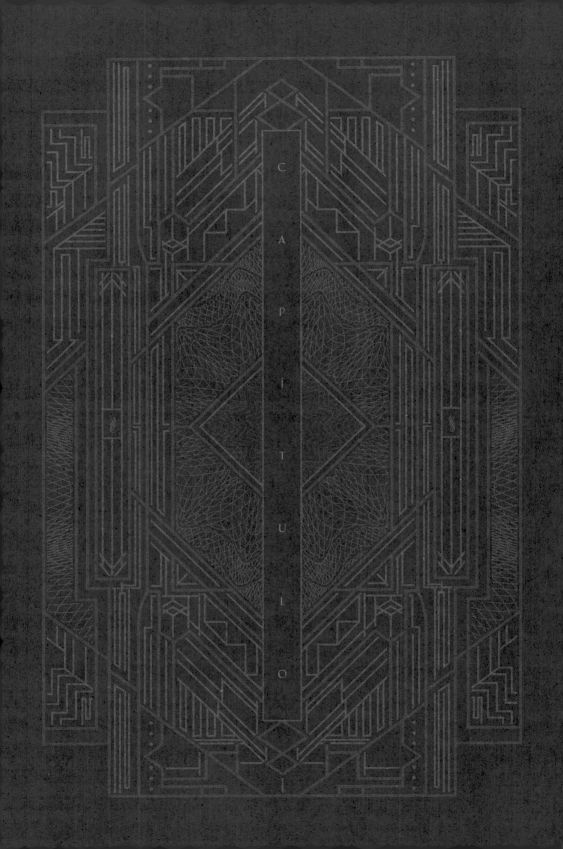

— ESTOU COM FOME, IRMÃ!

— Vocês não querem ouvir meu conto de fadas até o fim?

— Queremos. Mas, irmã, quando acabar, não podemos sair para comer?

— Claro, assim que meu conto de fadas tiver acabado... Então, pensem no seguinte: a Raposinha foi passear pelo belo prado colorido. Estava com seu casaquinho de domingo, e levava a espessa cauda vermelha bem erguida; ela fumava seu cachimbinho e às vezes também cantava... E, então, ela pulou de alegria! E o Ouriço Chouriço estava sentado em sua colina, feliz por seus rabanetes estarem crescendo tão bem, e por sua esposa estar ali, em pé ao lado da cerca, conversando com a sra. Toupeira, que tinha conseguido uma pele nova para o outono.

— Irmãzinha...

— Pois não?

— Será que a água que está vindo lá debaixo vai nos alcançar?

— Por quê, irmãozinho?

— Estou ouvindo ela gorgolejar...

— Não dê ouvidos à água, irmãozinho. Melhor ouvir o que o sr. Ouriço tem a dizer!

— Sim... Mas, irmã, a água está tagarelando tão alto. Acho que ela fala muito mais alto que a sra. Toupeira.

— Fique longe dessa água boba, irmãozinho... Venha aqui até mim! Aqui você não vai ouvir a água.

— Não consigo chegar até você, irmãzinha! Não consigo me mexer, irmãzinha. Você não pode vir até aqui me buscar?

— Eu também, irmãzinha! Isso, eu também! Eu também!

— Não dá, irmãozinhos, irmãzinhas! Estou com seus irmãos mais novos no colo. Eles adormeceram, e não posso acordá-los.

— Ai, irmã, vamos mesmo sair daqui?

— Por que está perguntando isso com tanta ansiedade, irmãozinho?

— O chão tremeu tanto, e as pedras caíram do teto!

— As pedras bobas machucaram você?

— Não. Minha irmãzinha está lá deitada e não se move mais.

— Não a perturbe, irmãozinho. Sua irmã está dormindo!

— Sim. Mas agora mesmo ela ainda chorava tanto...

— Não se preocupe, irmãozinho, pois ela foi para um lugar onde não vai mais precisar chorar.

— Para onde ela foi, irmã?

— Acredito que para o céu.

— O céu fica perto?

— Ah, sim, muito perto! Já consigo ver a porta daqui! E, se não me engano, São Pedro está com uma chave de ouro diante dela, só esperando para abri-la para nós.

— Ah, irmã... Irmã! Agora a água está subindo! Agora ela está agarrando meus pés! Agora está me erguendo!

– Irmã! Me ajude, irmã! A água está aqui!
– Deus pode ajudar vocês, o Deus todo-poderoso!
– Irmã, estou com medo!
– Você tem medo de entrar no lindo céu?
– É lindo no céu?
– Ah... É maravilhoso!
– A Raposinha também está no céu? E o Ouriço Chouriço?
– Não sei. Devo perguntar a São Pedro?
– Sim, irmã... Você está chorando?
– Não. Por que eu choraria? São Pedro! São Pedro!
– Ele ouviu?
– Querido Deus, como a água é fria!
– São Pedro! São Pedro!
– Irmã, ele ouviu?
– Esperem... Ele não sabe de onde vem o chamado.
– Chame de novo, irmã, chame?
– São Pedro! São Pedro!
– Irmã, acho que agora ele respondeu.
– Você acha, irmãozinho?
– Acho. Alguém chamou.
– Sim, eu também ouvi!
– Eu também...
– Eu também!
– Silêncio, crianças, silêncio!
– Ah, irmã, irmã!
– Silêncio, eu imploro!
– Maria!
– Freder!
– Maria... Você está aqui?

— Freder... Freder... Estou aqui! Aqui, Freder!
— Nas escadas?
— Sim!
— Por que você não sobe?
— Não consigo levantar a porta!
— Dez trens colidiram. Não consigo ir até você! Preciso buscar ajuda primeiro.
— Ah, Freder, a água já está perto de nós!
— A água?
— Sim! E as paredes estão caindo!
— Você está ferida?
— Não, não... Ah, Freder, se você forçasse a porta até eu conseguir empurrar os corpos estreitos das crianças para fora...
O homem acima dela não respondeu.
Quando Freder contorcia seus músculos e tendões por diversão no Clube dos Filhos em lutas com seus amigos, não suspeitava de que um dia precisaria deles para abrir caminho até a mulher que amava, através de dormentes deslocados, pistões revirados, rodas de máquinas reviradas. Empurrou para o lado os pistões que lembravam braços humanos, agarrando o aço como carne macia que cedia.
Ele chegou perto da porta e se jogou no chão.
— Maria? Onde você está? Por que sua voz está tão distante?
— Eu quero ser a última que você vai salvar, Freder. Estou apoiando os menores nos meus ombros e braços...
— A água ainda está subindo?
— Está.
— Rápida ou lenta?
— Rápida...

— Meu Deus, meu Deus... Não consigo abrir a porta! As máquinas mortas estão caídas como uma montanha! Preciso explodir esses escombros, Maria!

— Faça isso! — Parecia haver um sorriso na voz de Maria. — Por enquanto, vou terminar meu conto de fadas...

Freder se lançou à empreitada. Ainda não sabia onde seus pés deveriam levá-lo. Pensou, sem clareza, em Deus... Seja feita a Vossa vontade... Livrai-nos do mal... Pois Vosso é o poder...

Do céu preto de fuligem, um brilho aterrorizante da cor de sangue coagulado caiu sobre a cidade, que, em sua aflitiva falta de luz, parecia uma silhueta de veludo rasgado.

Não se via ninguém, e ainda assim o ar tremeluzia sob a agudeza insuportável dos gritos das mulheres nos arredores de Yoshiwara, e, enquanto o órgão gritava e assobiava, como se seu corpo gigantesco estivesse mortalmente ferido, as janelas da catedral começaram a brilhar fantasmagóricas, iluminadas por dentro.

Freder tropeçou em direção à Casa da Torre, onde o coração da grande cidade-máquina de Metrópolis estava vivo. O lugar, depois que o coração se acelerou com a febre da posição 12 até morrer, tinha se rompido de cima a baixo e agora parecia um enorme portão aberto, escancarado.

Lá, um amontoado humano rastejava pelos escombros e parecia, de acordo com os sons que fazia, nada além de uma única maldição sobre duas pernas. Que horror era aquele que jazia sobre a cidade de Metrópolis! Mas era um paraíso, se comparado à completa e cruel destruição que esse amontoado humano, saído do mais baixo e mais quente dos infernos, evocava sobre a cidade e seus habitantes.

Freder encontrou algo nas ruínas. Ergueu-o perto do rosto, reconheceu-o e explodiu em um uivo que soou como um cão pisoteado. Esfregou a boca que soluçava sobre o pequeno pedaço de aço.

– Que a praga fedorenta devore vocês, seus piolhos de galinha! Vão se enterrar na merda até o pescoço! Vão se entupir de gás em vez de água e estourar todos os dias, por dez mil anos, várias e várias vezes...

– Grot!

– Porcaria!

– Grot! Deus seja louv... Grot, venha até aqui!

– Quem está aí?

– Sou o filho de Joh Fredersen.

– Aaah, inferno celeste! Eu senti sua falta! Venha aqui, seu sapo pegajoso! Preciso botar minhas mãos em você! Eu preferiria espancar seu pai, mas você também é um pedaço dele e é melhor que nada! Venha cá, venha cá se tiver coragem! Ah... Garoto, quero engolir você! Quero passar mostarda de cima a baixo e engolir você! Você sabe o que seu pai fez?

– Grot!

– Me deixe terminar, está ouvindo? Sabe o que ele fez? Minha máquina... Ele me obrigou a entregar a minha máquina!

E novamente o uivo miserável de um cachorro pisoteado.

– Grot, me escute!

– Eu não quero ouvir nada!

– Grot, a água se infiltrou na cidade subterrânea dos trabalhadores!

Segundos de silêncio. E, então, um rugido de riso e, no monte de escombros, a dança de um amontoado corpulento, que jogava as pernas para cima, exultante, e batia palmas.

— É isso aí! Aleluia. Amém!

— Grot! — Freder agarrou o amontoado dançante e o chacoalhou tão forte que os dentes dele se chocaram. — A água invadiu a cidade! Os elevadores pararam! A água subiu as escadas! E sobre a porta... Sobre a única porta estão as muitas toneladas dos trens que se chocaram.

— Que os ratos se afoguem!

— São crianças, Grot!

Grot ficou paralisado.

— Uma jovem — continuou Freder, afundando as mãos nos ombros do homem —, uma jovem — disse ele, soluçando, e inclinou a cabeça como se estivesse tentando mergulhá-la no peito do homem —, uma garota estava tentando salvar as crianças, ficou presa com elas e não consegue sair...

Grot começou a correr.

— Temos que explodir os escombros, Grot!

Grot tropeçou, virou e correu novamente. Freder ia atrás dele, mais rente que sua sombra...

— Mas a Raposinha sabia muito bem que Ouriço Chouriço viria ajudá-lo a sair da armadilha, e ela não ficou nem um pouco ansiosa e esperou com bastante confiança, embora demorasse muito tempo até que o Chouriço, o valente Ouriço Chouriço, voltasse.

— Maria!

— Jesus... Freder?

— Não se assuste, ouviu?

— Freder, você está em perigo?

Não veio resposta. Silêncio. Um estalido. Então, a voz de uma criança:

– E o Ouriço voltou, irmã?
– Sim...

Mas o sim se perdeu em meio ao romper de mil cordas de aço, o rugido de dez mil pedregulhos sendo arremessados no sino do céu, o sino que explodiu e afundou ruidoso, fazendo a terra tremer com sua queda.

Depois, estalos esparsos. Pedaços de névoa cinzentos e preguiçosos. Estrondos distantes. E passos. Choro de criança. E, acima, a porta que foi erguida:

– Maria!

Um rosto sujo se curvou; mãos calejadas se estenderam.

– Maria!

– Estou aqui, Freder! Puxe primeiro as crianças... A parede está ruindo.

Grot veio aos tropeços e se lançou ao chão, bem perto de Freder. Ele estendeu a mão para o poço, do qual as crianças brotavam aos berros. Agarrava as crianças pelos cabelos, pelo pescoço, pela cabeça e arrastava-as para retirá-las dali, como rabanetes. Seus olhos arregalaram-se de medo. Ele arremessava as crianças por cima da cabeça de tal forma que elas caíam e gritavam reclamando. Ele soltava imprecações como cem demônios:

– Não acaba nunca?

– Pai, pai! – duas vozes soluçaram lá embaixo.

– Vão para o inferno, seus corvos! – rugiu o homem. Seus punhos arremessavam as crianças como se estivesse jogando lixo na lixeira. Então, ele soluçou e bufou, e agarrou duas crianças pelo pescoço, molhadas e tremendo, mas vivas, e seus corpos pareciam mais em perigo naqueles punhos tateantes do que com a água e as pedras desabando.

Com as crianças nos braços, Grot rolou para o lado. Ele se sentou e colocou as duas diante de si.

— Seu verme desgraçado! — disse ele, chorando. Enxugou as lágrimas e se virou. E ficou em pé de uma vez, jogando as crianças como duas bonecas de pano, com o grito de raiva de um leão; ele avançou na direção da porta, de cujas profundezas, segura pelos braços de Freder, agora surgia Maria, com os olhos fechados.

— Demônia maldita! — gritou ele, puxando Freder para longe, empurrando a garota para baixo, fechando o alçapão e jogando o corpo por cima dele, batendo em si mesmo com punhos cerrados, no ritmo de sua gargalhada.

Um esforço terrível mantinha Freder em pé. Ele saiu em disparada, lançando-se sobre o homem furioso para afastá-lo do alçapão. Os dois rolaram e se emaranharam frenéticos em meio aos destroços das peças das máquinas.

— Me solte, seu cão sarnento! — gritou Grot, tentando morder os punhos furiosos que o seguravam. — A mulher matou minha máquina! A maldita mulher liderou a horda! A mulher sozinha empurrou a alavanca para a posição 12! Eu vi enquanto eles me pisoteavam! A mulher tem que se afogar lá embaixo! Eu vou matar essa mulher!

Em uma tensão inédita de todos os seus músculos, Grot se ergueu e empurrou Freder, que estava preso a ele, para cima. Mas Freder previu o movimento e se afastou com um solavanco do homem enlouquecido — com uma força tão feroz que Grot voou, traçando um arco e caindo entre as crianças.

Amaldiçoando com fervor, Grot se levantou novamente; mas, embora não estivesse ferido, não conseguia mover um só membro. Ele estacou como uma colher impotente em um mingau, depois que lhe paralisaram braços, pernas e punhos. Nenhum grilhão de aço poderia tê-lo condenado a tamanho desamparo, quando mãos pequenas, frias e molhadas passaram a defender sua salvadora. Sim, os próprios filhos de Grot estavam em pé diante dele, batendo com raiva em seus punhos cerrados, sem se assustarem com os olhos injetados com os quais o gigante encarava embasbacado aqueles duendes que tentavam impedi-lo.

– A mulher matou minha máquina! – gritou ele por fim, muito mais triste que furioso, e olhou para a garota nos braços de Freder como se esperasse dela alguma explicação.

– O que ele está dizendo? – perguntou Maria. – O que aconteceu?

E ela encarou a destruição ao redor e Grot, que bufava, com olhos cujo horror era aliviado apenas pela exaustão mais profunda.

Freder não respondeu.

–Vamos! – disse ele. E a ergueu em seus braços, carregando-a para fora. As crianças foram atrás como um bando de cordeiros, e o sombrio Grot não teve escolha a não ser seguir as pegadas minúsculas para onde as pequenas mãos o levavam, aos puxões.

THEA VON HARBOU

    ELES LEVARAM AS CRIANÇAS PARA A CASA DOS Filhos. Os olhos de Freder buscaram Maria, que estava ajoelhada no meio da rua entre as últimas das crianças, confortando-as e mostrando a elas sorrisos ternos e olhos chorosos.
    Freder correu até ela e, então, levou Maria para a casa.
    — Não se esqueça — disse ele, enquanto a colocava diante da lareira do saguão de entrada, apoiando sua figura meio deitada, meio sentada, que relutava um pouco em seus braços saudosos — de que morte, loucura e algo parecido com o fim do mundo passaram muito perto de nós... E que você não me beijou nenhuma vez sequer.
    — Meu amor — disse Maria, inclinando-se para ele. Seus olhos puros, banhados em lágrimas indolores, ficaram muito próximos, enquanto, ao mesmo tempo, uma grande e vigilante seriedade mantinha seus lábios longe dos dele —, você tem certeza de que a morte e a loucura já passaram?
    — Para nós, sim, minha amada.
    — E para todos os outros?
    —Você está me mandando embora, Maria? — perguntou ele com carinho. Ela não respondeu, ao menos não com palavras.

Mas envolveu os braços em torno do pescoço dele e o beijou na boca, em um gesto ao mesmo tempo franco e tocante.

—Vá — disse ela, acariciando o rosto incandescente e entorpecido com as mãos da Virgem Mãe. —Vá até seu pai. Esse é o seu caminho mais sagrado... Quero ir até as crianças assim que minhas roupas ficarem um pouco mais secas. Pois temo que — ela acrescentou com um sorriso que fez o rosto de Freder ficar vermelho —, por mais mulheres que morem aqui na Casa dos Filhos, e por mais gentis e prestativas que sejam, não deve haver nenhuma que tenha um vestido para me emprestar.

Freder ficou debruçado sobre ela com os olhos baixos. As chamas da grande lareira reluziam sobre seu rosto bonito e sincero, no qual havia uma expressão de vergonha e tristeza. Mas, quando Freder ergueu os olhos e encontrou os de Maria ainda voltados para ele, segurou as mãos dela sem dizer uma só palavra e as pressionou contra suas pálpebras por um tempo.

E, durante esse período, os dois esqueceram que, além das fortes muralhas que os protegiam, uma grande cidade se contorcia em convulsões terríveis e que muitos milhares de pessoas, entre escombros e destroços, lançadas de um lado para o outro, perdiam a razão e apodreciam na tortura do medo mortal.

Apenas a voz do arcanjo Miguel vinda da catedral lhes trouxe a consciência da hora, e eles se separaram apressadamente, como se tivessem sido flagrados na negligência do dever.

Maria acompanhou o ruído dos passos do homem. Então, virou a cabeça e olhou ao redor, inquieta.

O que foi aquele som estranho no sino de Miguel? O sino gritava de um jeito tão furioso, tão apressado, como se quisesse tombar a cada badalada.

O coração de Maria tornou-se o eco do sino. Vibrou em seu medo lamurioso, que não tinha outra causa além da vibração geral do grande horror que assolava a cidade. Até as chamas quentes da lareira a angustiavam, como se todas conhecessem os segredos do terror.

Ela se sentou e pôs os pés no chão. Tateou a bainha do vestido. Ainda estava bastante molhado, mas ela queria sair dali. Deu alguns passos pelo quarto meio escuro. Como era marrom o ar diante das janelas altas... Hesitante, ela abriu a porta ao lado e espreitou.

Estava no espaço em que estivera antes, quando vira Freder pela primeira vez, quando conduzira até os felizes e exultantes a procissão de pequenas e fantasmagóricas crianças cinzentas. Foi então que havia chamado o coração de Freder, com sua voz gentil: "Vede, estes são vossos irmãos!".

Mas ali não se via nenhum dos filhos muito amados de pais incomensuravelmente ricos, senhores daquela casa.

Velas esparsas queimavam e davam ao aposento gigantesco uma confiança íntima e um aconchego morno. O salão se encheu do tagarelar suave de vozes de crianças sonolentas, que conversavam como andorinhas antes de voarem para o ninho.

As vozes das belas mulheres, com roupas bordadas e maquiadas, que outrora tinham sido o brinquedo dos filhos, respondiam-lhes com um tom um pouco mais sombrio. Amedrontadas tanto pela ideia de fugir como pela de ficar ali, finalmente saíram da indecisão na Casa dos Filhos. Maria levou as crianças até elas, porque não poderiam ter encontrado melhor refúgio; em meio à bela e terrível coincidência de eventos, uma hoste de pequenas e ternas prostitutas se tornou uma hoste de pequenas e ternas mães que, no cumprimento de seus novos deveres, ardiam com um fogo diferente.

Não muito longe de Maria, a moça que preparava bebidas estava ajoelhada ao lado de uma tigela de água morna, provavelmente prestes a banhar a filha de Grot, que estava diante dela, com seu corpo magro e membros esguios. Mas a criança tomara a esponja da mão da mulher sem dizer palavra, com grande seriedade, e ela mesma começou a lavar o lindo rosto pintado daquela que preparava as bebidas, de um jeito firme e incansável.

A garota continuou de joelhos, muito quieta, mantendo os olhos fechados, e não se moveu enquanto as mãos da criança limpavam seu rosto com o pano áspero. Mas a filha de Grot não foi bem-sucedida nesse trabalho; pois por mais que secasse as bochechas da garota, gotas rápidas e brilhantes corriam de novo sobre elas, sem parar. Finalmente, a filha de Grot deixou cair o pano e olhou a garota ajoelhada diante dela, de um jeito interrogativo e não sem reprovação. Em seguida, aquela que preparava as bebidas passou os braços ao redor da criança e encostou a testa no peito da criaturinha, dizendo palavras de ternura àquele coração que nunca havia encontrado antes.

Com passos silenciosos, Maria passou por elas.

Quando saiu e fechou a porta do salão, onde nenhum som da barulhenta Metrópolis podia penetrar, a voz metálica do anjo da catedral atingiu seu peito como um punho de aço, fazendo-a estacar, atordoada, e levar a mão à testa.

Por que São Miguel estava gritando tão bravo e selvagem? Por que o rugido de Azrael, o anjo da morte, se impunha tão profundamente?

Ela pisou na rua. Ali a escuridão jazia como uma espessa camada de fuligem sobre a cidade, e apenas a catedral brilhava como um milagre de luz, mas não de graça.

O ar estava carregado de uma batalha de vozes brigando, fantasmagóricas. Uivavam, riam e assobiavam. Era como uma procissão de assassinos e saqueadores – nas profundezas da estrada, não podiam ser vistos. Entre eles, mulheres, atiçadas pela luxúria...

Os olhos de Maria buscaram a Nova Torre de Babel. Tinha apenas um caminho em mente: o que levava a Joh Fredersen. Ela queria ir até ele. Mas não foi.

Porque, de repente, o ar era como um riacho vermelho-sangue que se derramava, iluminado por mil tochas. E as tochas dançavam nas mãos daqueles que saltavam dos portões abertos de Yoshiwara. Seus rostos brilhavam na loucura, bocas escancaradas e ofegantes, e, acima delas, olhos ardentes, arregalados como os de quem está prestes a sufocar. Todos dançavam a dança da morte com a própria tocha, girando, e, ao mesmo tempo, esse turbilhão de dançarinos produzia um séquito que rodava sem parar.

– Maohee! – voavam os gritos estridentes. – Dançar, dançar, dançar, Maohee!

Mas o séquito flamejante era liderado por uma garota. A garota era Maria, que gritava na voz de Maria:

– Dançar, dançar, dançar, Maohee!

Ela cruzava as tochas como espadas acima da cabeça. Ela as lançava à direita e à esquerda, sacudindo-as para que a chuva de faíscas se derramasse pelo caminho. Às vezes, parecia que montava as tochas. Então, erguia os joelhos até o peito com uma risada que fazia todos os dançarinos da procissão gemerem.

Mas um dos dançarinos correu como um cão até os pés da garota e continuou gritando:

– Eu sou Jan! Sou o fiel Jan! Me ouça de uma vez por todas, Maria!

A garota, no entanto, bateu a tocha cintilante no rosto dele.

Suas roupas pegaram fogo. Ele correu por um tempo como uma tocha viva ao lado dela. Sua voz saía estridente das chamas:

– Maria! Maria!

Então, ele se balançou no parapeito da rua e mergulhou, como uma faixa de fogo, nas profundezas.

– Maohee! – gritou a jovem, sacudindo as tochas.

O cortejo não tinha fim. A estrada já estava coberta de tochas até onde os olhos conseguiam alcançar. O grito dos dançarinos se misturava, agudo e estridente, às vozes iracundas dos sinos do arcanjo na catedral. E, atrás do cortejo, como se arrastada por uma corda inquebrável, vinha uma garota, açoitada nos tornozelos pela roupa úmida, cujos cabelos se enrolavam sob os dedos crispados que ela apertava sobre a cabeça, cujos lábios balbuciavam em vão um nome:

– Freder... Freder...

A fumaça das tochas pairava como asas cinzentas de pássaros-fantasmas sobre a procissão, que dançava. Os portões da catedral foram escancarados. Do fundo vinha o rugido do órgão. Então, no quádruplo som dos sinos do arcanjo, no estrépito do órgão, o grito dos dançarinos se misturava em um gigantesco coro metálico.

A hora do monge Desertus havia chegado.

O monge Desertus liderava os seus.

De dois em dois avançavam aqueles que eram seus discípulos. Seguiam descalços, em túnicas pretas. Haviam tirado as vestes dos ombros. Carregavam pesados flagelos nas duas mãos. Brandiram o pesado flagelo nas duas mãos para a direita, para a esquerda, para a direita, para a esquerda, sobre os ombros nus. Sangue escorria das costas flageladas. Os góticos cantavam. Cantavam ao ritmo de seus pés. Ao ritmo de seus flagelos, eles cantavam.

O monge Desertus liderava os góticos.

Os góticos carregavam uma cruz preta diante deles. Era tão pesada que doze homens a arrastavam, ofegando. Ela balançava, erguida por cordas escuras.

E da cruz pendia o monge Desertus.

No rosto de chamas brancas, as chamas pretas dos olhos estavam voltadas para a procissão dos dançarinos. A cabeça ergueu-se. A boca pálida se abriu.

– Vede! – gritou o monge Desertus com uma voz que, onipotente, afogou o som quádruplo dos sinos do arcanjo, o rugido do órgão, o coro de cantores do flagelo e o grito dos dançarinos: – Vede, a grande Babilônia! A mãe da abominação! O Juízo Final está irrompendo! O apocalipse!

– O Juízo Final está irrompendo! O apocalipse! – rugiu o coro de seguidores atrás dele.

– Dançar, dançar, dançar, Maohee! – gritou a voz da garota que guiava os dançarinos. Ela jogou as tochas sobre os ombros como flagelos e as arremessou para longe. Rasgou, então, as vestes dos ombros e dos seios e se ergueu como uma tocha branca. Ela estendeu os braços e riu, sacudindo os cabelos: – Dance comigo, Desertus... Dance comigo!

Então, Maria, que se arrastava ao final do cortejo dançante, sentiu romper a corda invisível pela qual ela era puxada. Virou-

-se de olhos fechados e, sem saber para onde ir, começou a correr — apenas para longe, para longe —, não importava para onde!

As ruas passavam por ela em redemoinhos. Ela correu, correu, chegava cada vez mais fundo e, por fim, correndo pela estrada, viu diante de si uma porção confusa de homens vindo em sua direção. Viu que entre eles havia homens de calça azul e soluçou, aliviada:

— Irmãos... irmãos!

Estendeu as mãos.

Um rugido furioso foi a resposta que recebeu. Como um muro desmoronando, o apinhado de homens avançou sobre ela, se dissolveu e começou a rugir alto.

— Lá está ela, lá está ela! A cadela é culpada por tudo! Peguem-na! Peguem-na!

E as vozes das mulheres gritaram:

— A bruxa! Espanquem a bruxa até a morte! Queimem-na antes que todos nos afoguemos!

O bater dos pés correndo encheu com o rugido dos infernos a rua morta pela qual Maria fugia.

As casas passavam por ela em turbilhões. Na escuridão, não sabia para onde ir. Ela correu, desnorteada, em um terror cego e tão profundo que não conseguia sequer compreender sua causa.

Pedras, porretes, pedaços de aço voavam atrás dela. A multidão rugia com uma voz que não era mais humana:

— Atrás dela! Atrás dela! Ela vai escapar! Mais rápido! Mais rápido!

Maria não sentia mais os pés. Não sabia se corria para as pedras ou para a água. Ela arfava entre os lábios em sons curtos e roucos, com os lábios abertos como de alguém que se afogava. Ruas acima, ruas abaixo... Luzes bruxuleavam para longe dela pelo caminho... Distante, no final da imensa praça na qual ficava a casa de Rotwang, a força da catedral pesada e escura se impunha sobre a terra, ainda mostrando um brilho suave e reconfortante que atravessava os vitrais coloridos dos santos, saindo do portal aberto para dentro da escuridão.

Irrompendo em soluços repentinos, Maria se lançou para a frente, com a última força desesperada. Ela tropeçou pelos degraus da catedral, entrando pelo portal. Sentiu o cheiro de incenso, viu velas pequenas, piedosas e intercessoras diante do retrato de um santo gentil e sorridente. Então, desmoronou sobre as lajotas no chão.

Ela já não podia ver, mas, na bifurcação da estrada que levava à praça da catedral, o cortejo de dançarinos e dançarinas de Yoshiwara se chocou abruptamente com a procissão barulhenta de trabalhadores e trabalhadoras. Ela não ouviu o grito animalesco de mulheres ao avistarem a garota que cavalgava os ombros de seus dançarinos, nem quando essa garota foi derrubada, atropelada, capturada e pisoteada – não viu a luta curta, horrível e desesperançada dos homens de fraque com os homens de linho azul, nem a fuga ridícula das mulheres seminuas diante das garras e dos punhos das mulheres dos trabalhadores.

Deixou-se cair em profunda ignorância dentro da grande e suave solenidade da catedral e, das profundezas de sua inconsciência, nem mesmo o rugido da multidão, que havia montado a pira da bruxa diante do prédio, foi capaz de despertá-la.

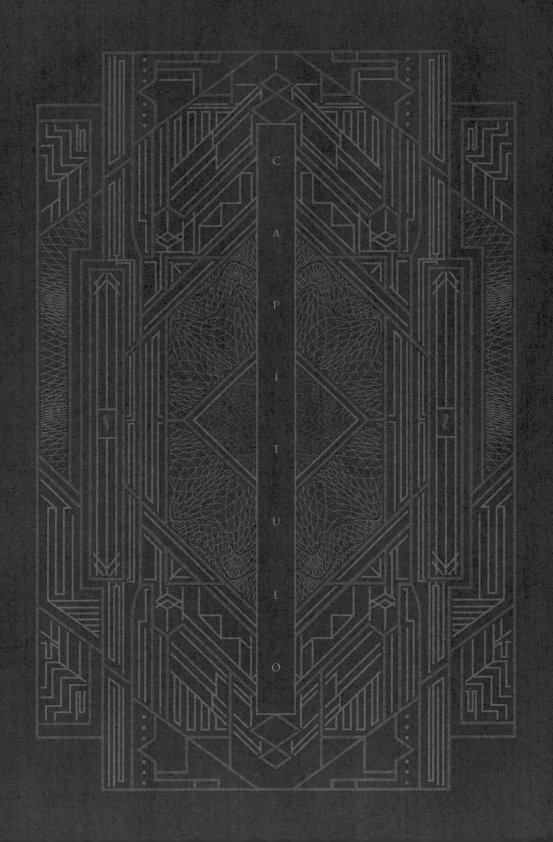

— FREDER! GROT! FREDER!

Josafá gritou tanto que sua voz parecia estar rachando. Ele avançou pelos corredores aos saltos, como um lobo sendo caçado, passando pelas escadas da grande estação de bombeamento. Seu grito não era ouvido. Na sala de máquinas, motores feridos se atormentavam por quererem obedecer, mas não serem mais capazes disso. A porta estava trancada. Josafá bateu com os punhos, bateu os pés contra ela, com estrondos. Foi Grot quem a abriu, segurando o revólver.

— O que, pelo inferno fervente...
— Saia da frente! Onde está Freder?
— Aqui! O que aconteceu?
— Freder, eles pegaram Maria!
— O quê?
— Eles pegaram Maria e estão matando a mulher!

Freder cambaleou. Josafá o puxou para a porta. Furioso, Grot ficou parado diante deles como um tronco com braços pendurados, murmurando:

— A mulher que matou minha máquina?

– Cale a boca, imbecil... Saia da frente!
– Grot! – Um som meio de loucura.
– Sim, sr. Freder!
–Você fica com as máquinas!
– Sim, sr. Freder!
–Vamos, Josafá!
E correram, correram, distanciando-se como fantasmas.
Grot virou-se. Viu as máquinas paralisadas. Esticou o punho e acertou uma delas com toda a força, como se bate entre os olhos de um cavalo teimoso.
– A mulher – berrou ele – que salvou minhas filhinhas! – E ele se lançou sobre a máquina, com os dentes rangendo.
– Me diga – disse Freder, quase baixinho. Era como se ele não quisesse desperdiçar um átomo de força. Seu rosto era uma pedra branca com dois olhos flamejantes como joias. Ele saltou para o volante do pequeno carro em que Josafá havia chegado: a estação de bombeamento ficava no outro extremo da grande Metrópolis.
Ainda era noite.
O carro saiu em silêncio.
– Temos que fazer um desvio enorme – disse Josafá, ajustando o farol –, pois muitas pontes entre os quarteirões foram derrubadas.
– Me diga – disse Freder. Seus dentes batiam como se ele estivesse morrendo de frio.
– Não sei quem descobriu. Provavelmente as mulheres, que pensaram nas crianças e resolveram voltar para suas casas. Não dá para tirar nada do povo furioso. Mas é certo que, quando viram a água preta saindo dos túneis da ferrovia subterrânea e

perceberam que o desligamento das máquinas destruíra também a estação de bombeamento, a proteção de sua cidade, as pessoas ficaram enlouquecidas, desesperadas. Dizem que muitas mães, cegas e surdas para todas as ideias, como se estivessem possuídas, tentaram mergulhar nos fossos inundados; quando, apavoradas, perceberam a inutilidade de qualquer tentativa de resgate, elas se tornaram feras e almejaram a vingança.

– Vingança contra quem?
– Contra a pessoa que as seduziu.
– Contra a garota?
– Exato.
– Continue.
– Freder, o motor não consegue manter essa velocidade.
– Continue!
– Não sei como aconteceu, mas a garota caiu direto nas mãos deles. Eu estava vindo até o senhor e vi uma mulher de cabelos esvoaçantes correndo pela praça da catedral, e a horda rugia atrás dela. Nessa noite, os portões do inferno estão abertos. Os góticos, flagelando-se, deslocam-se pela cidade, depois de crucificarem o monge Desertus. Eles pregam: o Juízo Final chegou, e parece que conseguiram converter muitos, pois Setembro está agachado diante das ruínas fumegantes de Yoshiwara. Uma multidão de dançarinos com tochas se juntou à procissão dos que se autoflagelavam e queimaram a grande prostituta da Babilônia, Yoshiwara, até as ruínas, entre maldições caluniosas contra a mãe das abominações.

– A garota, Josafá!
– Não chegou à catedral, para onde se dirigia a fim de escapar, Freder. Eles a alcançaram nas escadas, quando ela caiu nos

degraus, pois seu vestido estava em farrapos. Uma mulher, cuja loucura brilhava em olhos esbranquiçados, gritava como que possuída pelo espírito da vidência: "Vede! Vede, os santos se ergueram dos pedestais e não deixarão a bruxa entrar na catedral".

— E?

— E fizeram uma pira na frente da catedral para queimar a bruxa...

Freder não disse nada. Ele se curvou ainda mais. O carro grunhiu e pulou.

Josafá apertou o braço de Freder.

— Pare, pelo amor de Deus!

O carro parou.

— Temos que ir para a esquerda, não está vendo? A ponte está caída!

— A próxima ponte?

— Não dá para passar!

— Escute...

— O que tenho que ouvir?

— Os gritos... Os gritos distantes...

— Não ouço nada.

— Mas precisa ouvir!

—Você não quer continuar, Freder?

— E você não vê que o ar ali está ficando vermelho brilhante?

— Pelas tochas, Freder.

— Elas não iluminam tanto!

— Freder, por que estamos perdendo tempo aqui?

Freder não respondeu. Olhou para os fragmentos da ponte de ferro que balançavam no desfiladeiro à frente. Ele precisava ir até lá; sim, precisava ir até a catedral, e em um curto espaço de tempo.

Os restos da estrutura em treliça de uma torre tinham sido lançados do outro lado da estrada e agora reluziam, refletindo a vaga luz da noite vacilante.

— Desça — disse Freder.

— Por quê?

— Desça e eu digo por quê!

— Eu quero saber por quê!

— Porque quero ir até lá.

— Aonde?

— Além da treliça.

— Atravessar com o carro?

— Exato.

— Isso é suicídio, Freder!

— Não pedi para você me acompanhar. Desça!

— Não vou permitir isso! É uma loucura incandescente!

— É aquela pira que queima incandescente, homem!

As palavras não pareciam sair da boca de Freder. Cada ferida da cidade agonizante parecia rugir por elas.

— Vá em frente! — disse Josafá com os dentes cerrados. O carro deu um pulo. Subiu pela treliça. Os estreitos ferros receberam as rodas do automóvel, derrapando escorregadias, fazendo um som maligno, insidioso, hipócrita.

O sangue escorria dos lábios de Freder.

— Não desacelere, não desacelere... Pelo amor de Deus! — gritou o homem ao lado de Freder, apertando ferozmente suas mãos. O carro, já no meio do ar, disparou para a frente de novo. Sobre a lacuna na treliça... cruzou, cruzou. Atrás deles, a estrutura morta colidiu no poço sem fundo, com um som estridente.

Com o impulso, chegaram ao outro lado da rua e não conseguiram parar. As rodas zumbiram dentro da escuridão e do nada. O carro tombou. Freder despencou e saltou, caindo de pé novamente. O outro permaneceu deitado.

– Josafá!

– Corra! Não é nada. Por Deus, não é nada! – Surgiu um sorriso distorcido em seu rosto branco. – Pense em Maria, corra!

E Freder correu.

Josafá virou a cabeça. Viu a escuridão se contrair em vermelho vivo sobre as ruas profundas. Ouviu o grito de milhares. Pensou, atordoado, com um erguer de punho no vazio: agora eu gostaria de ser Grot para poder amaldiçoar da maneira apropriada.

Então, sua cabeça caiu para trás em meio aos escombros da rua, e toda consciência desapareceu para além da dor.

Freder correu como nunca havia corrido. Não eram seus pés que o carregavam. Era seu coração acelerado, eram seus pensamentos.

Ruas e escadas e vias e, finalmente, a praça da catedral. Sombria ao fundo, estava a catedral, dessacralizada, sem luz; a praça fervilhava de pessoas em frente aos largos degraus da escadaria e, em meio à multidão, abafada pelo riso de desespero insano, cercada pelos cantos de fúria, rodeada por tochas e fogueiras, no alto da pilha de lenha...

– Maria!

Freder caiu de joelhos, como se seus tendões tivessem sido cortados.

A garota que ele achava que era Maria ergueu a cabeça. Ela o buscava. Encontrou-o com o olhar. Sorriu, riu.

— Dance comigo, meu amor! — Sua voz voou aguda através do tumulto, como uma faca reluzente.

Freder levantou-se. A multidão o reconheceu. A multidão se lançou sobre ele aos gritos e berros.

— Óóó... Ó! O filho de Joh Fredersen! O filho de Joh Fredersen!

Eles queriam capturá-lo. Como um louco, ele se esquivou. Jogou-se com as costas no parapeito da rua.

— Por que querem matá-la, seus diabos? Ela salvou seus filhos!

Um rugido de riso respondeu-lhe. As mulheres soluçavam e mordiam os punhos.

— Sim, sim... Ela salvou nossos filhos! Ela salvou nossos filhos com a música das máquinas mortas! Ela salvou nossos filhos com a água preta e gelada! Vivas para ela, três vezes viva!

— Corram para a Casa dos Filhos, lá estão suas crianças!

— Nossas crianças não estão na Casa dos Filhos! Lá mora apenas a prole que nasceu do dinheiro... Filhos de sua espécie, como você, cão de pele de seda branca!

— Ouçam, pelo amor de Deus... Ouçam!

— Não queremos ouvir nada.

— Maria, meu amor! Meu amor!

— Não choramingue, filho de Joh Fredersen! Do contrário, vamos calar sua boca!

— Matem-me se tiverem que matar, mas deixem que ela viva!

— Um depois do outro, filho de Joh Fredersen! Primeiro você deve ver sua linda amada morrer uma bela, quente e magnífica morte!

Uma mulher, a mulher de Grot, arrancou um pedaço da saia e amarrou as mãos de Freder. Com cabos, ele foi atado ao parapeito. Freder lutou como um animal selvagem, gritando tanto que suas veias ameaçaram explodir na garganta. Amarrado, impotente, ele jogou a cabeça para trás e olhou o céu sobre Metrópolis, azul-esverdeado puro, macio, já que, depois de uma noite como aquela, o dia queria chegar.

– Deus! – gritou ele, tentando se lançar de joelhos em suas amarras. – Deus, onde você está?

Um brilho vermelho selvagem recaiu em seus olhos. A pira de madeira resplandecia em longas chamas. Os homens e as mulheres davam-se as mãos e corriam cada vez mais rápido, mais rápido, mais rápido em uma roda cada vez maior, rindo, gritando, batendo os pés ao redor da pira.

– Bruxa! Bruxa!

As amarras de Freder rasgaram-se. Ele caiu de cara para a frente, com os que dançavam entre os pés.

E as últimas coisas que ele viu da garota – enquanto seu vestido e seus cabelos em chamas a envolviam como um casaco de fogo – foi o terno sorriso e a maravilha de seus olhos... e sua boca de pecado mortal que parecia atrair as chamas:

– Dance comigo, meu amor! Dance comigo!

ROTWANG DESPERTOU, MAS SABIA MUITO BEM que havia morrido. E essa consciência o encheu de profunda satisfação. Seu corpo dolorido não era mais sua preocupação. Talvez fosse o que lhe restava da vida. Mas algo o afligiu seriamente enquanto se esforçava para ficar em pé e olhava ao redor: Hel não estava lá.

Ele precisava encontrar Hel.

Ele finalmente havia superado *uma* existência sem Hel. Uma segunda? Não! Era melhor mesmo continuar morto.

Ele ficou em pé. Foi muito difícil. Devia ter passado um bom tempo como cadáver. Também era noite daquele lado, mas lá fora havia um incêndio e muito barulho. Gritos de pessoas...

Ele esperava ter se livrado delas. Mas aparentemente o todo--poderoso Criador não conseguia seguir sem as pessoas. Bem, não importava. Ele só queria sua Hel. Se encontrasse Hel, ele – isso Rotwang havia prometido a si mesmo – não brigaria mais com o Pai das Coisas por nada no mundo.

A porta da rua estava aberta e pendia das dobradiças, totalmente caída. Estranho. Ele foi para a frente da casa e olhou ao redor, pensativo. O que viu parecia ser uma espécie de Metrópolis, mas um tipo insano de Metrópolis. As casas estavam ali, congeladas, como se estivessem na dança de São Vito. Um tipo estranho de pessoas, grosseiras e pouco amáveis, barbarizava em volta de uma pilha flamejante de madeira, sobre a qual havia uma criatura de rara beleza, com quem Rotwang parecia curiosamente familiarizado.

Ah, era isso, sim — naquela existência que, graças a Deus, tinha ficado bem para trás, ele havia tentado criar outra mulher, a fim de substituir sua Hel perdida; um pouco para zombar do ofício do Criador do mundo... Nada mal, nada mal para começar... Mas, querido Deus, considerando a verdadeira Hel: que objeto era aquele! Que fracasso...

As pessoas que berravam lá embaixo estavam certas ao queimar a criatura, ainda que Rotwang achasse que era um pouco de desperdício de energia cozinhar aquele seu protótipo. Mas talvez esse fosse o costume dos homens nessa nova existência, e ele certamente não queria confrontá-los. Ele queria apenas encontrar Hel, sua Hel, nada mais.

Rotwang sabia exatamente onde deveria procurá-la. Ela amava tanto a catedral, sua devotada Hel! E, se não fosse algum tipo de engano causado pela luz bruxuleante do fogo — já que o céu esverdeado não ajudava muito a enxergar —, ele viu sua Hel bem ali, como uma criança assustada na escuridão da porta da catedral, com as mãos estreitas cruzadas com firmeza sobre o peito e parecendo, mais do que nunca, com uma santa.

Passando pelas pessoas enlouquecidas ao redor da pira, sempre educadamente, preocupado em não ficar no rumo delas, Rotwang trilhou com calma seu caminho em direção à catedral.

Sim, era sua Hel. Ela se refugiara na catedral. Subiu as escadas. Como o portal parecia alto... Como o frio e a fumaça do incenso o receberam... Todos os santos nos nichos da coluna tinham rostos pios e bondosos e sorriam suavemente, como se estivessem contentes por estarem com ele, pois Rotwang finalmente reencontraria Hel, sua Hel.

Ela estava ao pé da escada que dava na torre do sino. Parecia muito pálida e inexplicavelmente emocionada. Por uma janela estreita, a primeira luz suave da manhã caiu sobre seu cabelo e sua testa.

— Hel — disse Rotwang, sentindo seu coração transbordar; ele estendeu as mãos. — Venha para mim, minha Hel... Quanto tempo, quanto tempo tive que viver sem você!

Mas ela não foi até ele. Ela se afastou. Com horror no rosto, ela se afastou.

— Hel — perguntou o homem —, por que você está com medo de mim? Não sou um fantasma, mesmo que tenha morrido. Tive que morrer para vir até você. Sempre, sempre ansiei por você. Não tem o direito de me deixar sozinho agora! Quero suas mãos! Me dê suas mãos!

Mas os dedos dele tatearam o vazio. Subindo os degraus da escadaria de pedra que levava à torre do sino, passos se apressavam.

Algo como raiva dominou o coração de Rotwang. No fundo de sua alma, que era monótona e atormentada, havia a lembrança de um dia, quando Hel também escapara dele — para ir ao encontro de outro... Não, não pense... Não pense nisso... Isso foi parte de sua primeira existência, e não faria sentido experimentar a mesma coisa em outro mundo, e especialmente não neste que é, como a humanidade geralmente espera, um mundo melhor.

Então por que Hel fugia?

Ele foi atrás dela. Subiu degrau atrás de degrau. Os passos apressados, assustados, permaneciam à frente dele. E quanto mais alto a mulher seguia, fugindo, de forma mais selvagem seu coração batia naquela escalada violenta, mais cheios de sangue ficavam os olhos avermelhados de Rotwang, mais sombria a raiva crescia nele. Ela não deveria fugir dele – não deveria! Se Rotwang apenas a pegasse pela mão, ele nunca, nunca mais soltaria! Forjaria um anel em volta do pulso dela com sua mão de metal, então ela nunca mais tentaria escapar dele para ir ao encontro de outro!

Os dois haviam chegado ao campanário. Corriam agora por baixo dos sinos. Ele bloqueou o caminho dela, que desejava voltar às escadas. Ele sorriu, triste e irritado.

– Hel, minha Hel, você não me escapa mais.

Ela deu um salto repentino e desesperado e se pendurou na corda do sino, que se chamava São Miguel. São Miguel levantou a voz metálica, que soou alquebrada, lamentando loucamente. O riso de Rotwang misturou-se ao som do sino. Seu braço de metal, a obra maravilhosa de um mestre, estendeu-se da manga do casaco como o membro fantasma de um esqueleto. Ele agarrou a corda do sino.

– Hel, minha Hel, você não me escapa mais!

A garota cambaleou de volta ao parapeito. Olhou ao redor. Tremia como um pássaro. Não podia descer as escadas. Não conseguia subir mais um patamar. Estava presa. Viu os olhos de Rotwang e encarou suas mãos. E, sem hesitar, sem pensar, com uma ferocidade que voou sobre a palidez de seu rosto como uma labareda escarlate, ela se atirou pela janela do campanário e se pendurou no cabo de aço do para-raios.

— Freder! — ela gritou com uma voz aguda. — Me ajude!

Lá embaixo, bem ao lado da pilha flamejante de madeira, um homem perturbado jazia com a fronte na poeira. Mas o grito das alturas o atingiu tão repentinamente que ele deu um salto, como se tivesse sido açoitado. Ele procurou e viu...

E todos aqueles que dançavam furiosamente ao redor da pira da feiticeira também encararam, petrificados como ele: a garota que, como uma andorinha, agarrava-se à torre da catedral, enquanto as mãos de Rotwang estendiam-se em sua direção.

E todos ouviram, como grito de resposta:

— Estou indo, Maria, estou indo!

Ouviram também nessas palavras toda a redenção e todo o desespero que podem encher o coração de um homem quando o inferno e o céu estão igualmente próximos dele.

CAPITULO

JOH FREDERSEN ESTAVA NA CÚPULA DA NOVA Torre de Babel, esperando pelo Homem Magro. Ele deveria lhe trazer notícias sobre o filho.

Uma escuridão fantasmagórica jazia sobre a Nova Torre de Babel. A luz havia se extinguido, como se tivesse morrido no momento em que, com um rugido a partir da garganta de cem mil animais feridos, a gigantesca roda da máquina-coração de Metrópolis se soltou de sua estrutura. Ainda girando em torno de si mesma, a roda foi atirada ao teto, chocando-se com um ruído esmagador. Então, como um gongo tão alto quanto o céu, despencou com estrépito sobre os escombros despedaçados das maravilhosas máquinas de aço. Ali permaneceu, caída.

Joh Fredersen ficou no mesmo lugar por muito tempo e não se atreveu a se mover.

Uma eternidade parecia ter passado desde que ele enviara o Homem Magro atrás de notícias do filho. E o Homem Magro não chegava, não chegava.

Joh Fredersen sentiu que seu corpo inteiro estava paralisado, em um frio congelante. Sua mão, involuntariamente caída, segurava uma lanterna de bolso.

Ele esperou...

Joh Fredersen olhou para o relógio, mas os ponteiros do gigante estavam parados em um número sem sentido. A Nova Torre de Babel havia se perdido. Todos os dias, febrilmente, a fúria das ruas desembocava nela, o rugido do tráfego de cinquenta milhões de pessoas, a loucura mágica da velocidade. Agora, um silêncio de crueldade penetrante se instalara.

Então, passos incertos avançaram na direção da porta que levava à antecâmara.

Joh Fredersen apontou o feixe de luz para essa porta. Ela se abriu abruptamente, como asas de anjo. Era o Homem Magro na soleira. Ele cambaleou. Fechou os olhos, ofuscado. Sob a luz brilhante da lanterna poderosa, seu rosto, até o pescoço, parecia branco esverdeado.

Joh Fredersen quis fazer uma pergunta. Mas nem o menor som quis surgir em seus lábios. Uma secura terrível queimava sua garganta. A lâmpada na mão começou a tremer e a dançar. O feixe de luz cambaleou para o teto, para o corredor, para as paredes...

O Homem Magro correu na direção de Joh Fredersen. Ele carregava um horror indelével nos olhos arregalados.

– Seu filho – gaguejou ele, quase balbuciando –, seu filho, sr. Fredersen...

Joh Fredersen permaneceu em silêncio. Ele não fazia nenhum movimento; somente se inclinou um pouco para a frente.

– Eu não encontrei seu filho – disse o Homem Magro. Ele não esperou para ver o que Joh Fredersen lhe diria. Seu corpo esguio, ascético e de aparência cruel, cujos movimentos a serviço de Joh Fredersen haviam gradualmente ganhado a correção indiferente de uma máquina, parecia agora completamente fora de esquadro, involuntariamente estremecido. Sua voz, estridente e com uma raiva mais que profunda, perguntou:

— Sabe, sr. Fredersen, o que está acontecendo em Metrópolis?

— O que eu quero — respondeu Joh Fredersen. As palavras soavam mecânicas, como se já estivessem mortas antes mesmo de serem pronunciadas. — O que significa isso? Você não encontrou meu filho?

— É exatamente o que significa — respondeu o Homem Magro com sua voz estridente. Tinha um ódio terrível nos olhos. Inclinou-se para a frente, como se quisesse se atirar em Joh Fredersen, e suas mãos formavam garras. — Significa que Freder, seu filho, não foi encontrado; significa que ele pode ter ficado ansioso por testemunhar com os próprios olhos o que está sendo feito de Metrópolis, sob a vontade de Joh Fredersen, seu pai, por alguns malucos; significa, como vieram me contar os criados, agora meio loucos, que seu filho, acompanhado por um homem que usava o traje dos trabalhadores de Metrópolis, deixou a segurança de seu lar, saiu e até o momento não retornou. E que tem sido muito difícil, sr. Fredersen, procurar Freder, seu filho, nesta cidade sobre a qual irrompeu, sob sua vontade, a loucura (a loucura destrutiva, sr. Fredersen, a loucura devastadora, sr. Fredersen!), e que nem sequer tem luz para iluminar uma loucura assim.

O Homem Magro quis continuar, mas não conseguiu. A mão direita de Joh Fredersen fez um gesto sem sentido no ar. A lanterna caiu de sua mão e seguiu acesa no chão. O homem mais poderoso de Metrópolis virou-se como se tivesse sido baleado, meio em torno de si mesmo, e despencou de olhos vazios na cadeira ao lado da escrivaninha.

O Homem Magro inclinou-se para a frente, a fim de olhar no rosto de Joh Fredersen. Emudeceu diante daqueles olhos.

Por dez, vinte, trinta segundos ele não se atreveu a tomar fôlego. Seu olhar horrorizado seguiu os movimentos erráticos dos dedos de Joh Fredersen, parecendo procurar algum tipo de alavanca salvadora que não conseguiam encontrar. Então, de repente, a mão se ergueu ligeiramente do tampo da mesa. O indicador se esticou, como se quisesse chamar atenção para ele. Joh Fredersen murmurou alguma coisa. Então, riu. Era uma risada pequena, cansada e triste, cujo som fez o Homem Magro sentir que os cabelos em sua nuca começavam a se arrepiar.

Joh Fredersen estava falando sozinho. O que ele dizia? O Homem Magro se inclinou sobre ele. Viu o dedo indicador da mão direita de Joh Fredersen deslizar lentamente pela mesa vazia, como se estivesse acompanhando as linhas de um livro.

A voz suave de Joh Fredersen disse:

– O que o homem semeia, isso mesmo colherá...

Então, a fronte de Joh Fredersen baixou sobre a madeira lisa, e sua voz suave chamou incessantemente, e em um tom que ninguém exceto sua falecida esposa tinha ouvido, o nome de seu filho.

Mas esse chamado permaneceu sem resposta.

Alguém rastejava pelas escadas da Nova Torre de Babel. Era raro na grande Metrópolis, na cidade de Joh Fredersen, que economizava tempo, que alguém usasse as escadas. Estavam reservadas para quando houvesse superlotação de todos os elevadores e do Paternoster, interrupção de qualquer meio de transitar, deflagração de incêndios ou catástrofes semelhantes, coisas improváveis nesse assentamento humano perfeito. Mas o improvável ocorrera. Empilhados uns sobre os outros, os elevadores despencados entupiam os fossos, e as celas do Paternoster pareciam ter sido enterradas e carbonizadas por um brilho ardente vindo das profundezas.

Josafá arrastava-se pelas escadas da Nova Torre de Babel. Ele aprendera a praguejar como Grot naquele último quarto de hora e aproveitou o novo conhecimento. Rugiu com a dor que torturava seus membros. Cuspiu a agonia dos joelhos com um excesso de ódio e desprezo. Loucas e engenhosas eram as imprecações que ele lançava a cada novo degrau, cada patamar, cada nova curva de escada. Mas Josafá superou todos eles – cento e seis lances de escadas, cada um com trinta degraus.

Alcançou o semicírculo em que os elevadores desembocavam. Nos cantos diante da porta da sala de Joh Fredersen, as pessoas se amontoavam, apinhadas e obscurecidas pela pressão comum de um medo terrível.

Viraram a cabeça e encararam o homem que subiu os degraus e se recostou à parede. Os olhos ferozes de Josafá voaram sobre aquelas pessoas.

– O que é isso? – perguntou ele, sem fôlego. – O que vocês querem aqui?

Vozes sussurraram atabalhoadas. Ninguém sabia quem falava. Palavras despencavam se sobrepondo.

– Ele nos fez sair para a cidade, onde a morte corre com uma fúria enlouquecedora... Ele nos mandou procurar Freder, seu filho... Nós não o encontramos... Nenhum de nós... Não ousamos ir até Joh Fredersen... Ninguém se atreve a lhe dizer que não encontramos seu filho...

Uma voz saltou e se projetou do amontoado:

– Quem em um inferno como esse consegue encontrar um único condenado?

Veio uma voz do outro lado da porta, como se a madeira rouquejasse:

– Onde está meu filho?

Josafá cambaleou até a entrada. Um grito ofegante de muitos outros quis impedi-lo. Mãos estenderam-se na sua direção.

– Não, não!

Mas ele já havia aberto a porta. Olhou ao redor.

Através das janelas gigantescas, o primeiro brilho do novo dia se derramava e agora jazia sobre as tábuas brancas do piso, como poças de sangue. Preso de costas na parede ao lado da porta estava o Homem Magro, e Joh Fredersen estava diante dele. Seus punhos, cada um de um lado, mantinham o Homem Magro fixo contra a parede, segurando-o como se o tivessem perfurado e crucificado.

– Onde está meu filho? – perguntou Joh Fredersen. Perguntou, e sua voz estava estrangulada: – Onde está meu filhinho?

A cabeça do Homem Magro bateu contra a parede. Dos lábios cinzentos vieram palavras monótonas:

– Haverá muitos em Metrópolis que amanhã também perguntarão: "Joh Fredersen, onde está meu filho?".

Os punhos de Joh Fredersen se soltaram. O corpo inteiro debatia-se. Só agora aquele que tinha sido o mestre da grande Metrópolis viu que havia mais um homem na sala. Olhou para ele. O suor escorria pela face em gotas frias, lentas e pesadas. O rosto contorceu-se em um desamparo horrendo.

– Onde está meu filho? – perguntou Joh Fredersen em voz alta. Ele estendeu a mão. A mão seguiu sem rumo, tateando pelo ar. – Você sabe onde meu filho está?

Josafá não respondeu. A resposta gritava em sua língua, mas ele não conseguia moldar as palavras. Havia um nó na garganta, estrangulando-a... Deus, aquele diante dele era mesmo Joh Fredersen?

Joh Fredersen deu um passo incerto na direção de Josafá. Inclinou a cabeça para a frente, a fim de dar uma olhada mais de perto. Ele meneou a cabeça. E meneou de novo.

– Eu conheço você – disse, categoricamente. – Você é Josafá e foi meu Primeiro Secretário. Eu o dispensei. Fui muito duro com você. Eu o ofendi e aniquilei... Eu imploro seu perdão... Sinto muito por já ter sido severo com você ou com qualquer outra pessoa... Perdoe-me!... Perdoe-me, Josafá... Há dez horas não sei onde está meu filho... Há dez horas, Josafá, estou mandando lá para baixo, para a cidade amaldiçoada, todas as pessoas que eu consigo encontrar para procurar meu filho, e sei que não faz sentido, que não tem motivo, o dia está raiando e eu falo e falo, e sei que sou um tolo, mas talvez, talvez *você* saiba onde meu filho está...

– Capturado – disse Josafá, e era como se estivesse arrancando a palavra da faringe, com medo de sangrar até a morte. – Capturado.

Um sorriso estúpido hesitou sobre o rosto de Joh Fredersen.

– Como assim, capturado?

– A multidão o pegou, Joh Fredersen!

– Meu filho?

Um som animalesco, sem sentido e choroso saiu da boca de Joh Fredersen. Sua boca estava aberta, retorcida – suas mãos se ergueram como as de uma criança que se defende de um golpe que já tinha sido desferido. Sua voz perguntou, de forma clara e lamuriosa:

– Meu filho?

– Eles o capturaram – Josafá cuspiu as palavras –, porque procuravam um sacrifício por seu desespero e pela fúria causada por sua imensa e inimaginável dor.

– Continue!

– Eles prenderam a garota que culpam por todo o mal. Freder queria salvá-la, pois ele a ama. Então, eles o prenderam e o forçaram a assistir à morte da amada. Montaram a pira diante da catedral e dançaram ao redor do fogo. Eles gritaram: "Pegamos o filho de Joh Fredersen e sua namorada". E sei que ele não vai sobreviver!

Por uma questão de segundos, houve um silêncio tão profundo e completo na grande sala que o brilho dourado, forte e radiante do sol da manhã parecia um tremendo rugido. Então, Joh Fredersen virou-se e começou a andar. Ele lançou-se contra a porta. Tão violento e magnético foi esse movimento que nem a porta trancada parecia ser capaz de detê-lo.

Passando pelos amontoados humanos, Joh Fredersen dirigiu-se para as escadas e desceu os degraus. Sua corrida era como uma sessão ininterrupta de saltos. Não sentia os degraus. Não sentia a altura. Corria com as mãos estendidas, e o cabelo se erguia como uma chama sobre a fronte. Sua boca estava escancarada, e entre seus lábios rasgados pairava, como um grito silencioso, o nome que não fora gritado: Freder!

Infinidade de escadas... fissura... rachaduras nas paredes... tijolos caídos... ferro encurvado... caos... aniquilação... destruição...

A rua...

O dia desaguava vermelho sobre a rua.

Uivos no ar. O brilho das chamas. E fumaça.

Vozes... Gritaria, mas não os gritos exultantes... Gritos de medo, horror, da tensão terrivelmente elevada...

Finalmente: a praça da catedral!

A pira. A multidão... Homens, mulheres, pessoas a perder de vista... Mas não olhavam para a pira, onde uma criatura feita de metal e vidro queimava, em brasas fumegantes, com a cabeça e o corpo de um ser humano.

Todos os olhos estavam voltados para cima, em direção ao alto da catedral, cujo teto brilhava ao sol da manhã.

Joh Fredersen fez uma pausa, como se tivesse sido atingido por um golpe no joelho.

– O que... – gaguejou ele. Ergueu os olhos, levantou as mãos muito lentamente à altura da cabeça; suas mãos cobriram o cabelo.

Em silêncio, como se estivesse sendo derrubado, ele caiu de joelhos.

No alto do telhado da catedral, engalfinhados, enroscados, com o fervor da luta fatal, Freder e Rotwang brigavam, brilhando sob o sol.

Lutavam peito contra peito e joelho contra joelho. Ninguém precisava ter olhos aguçados para ver que Rotwang era de longe o mais forte. A figura esbelta do garoto na seda branca esfarrapada curvava-se cada vez mais para trás diante do avanço do grande inventor: a silhueta branca e estreita, com a cabeça inclinada para trás, os joelhos dobrados, se curvava como um arco terrivelmente maravilhoso. E a figura escura de Rotwang pairava como uma montanha acima do branco sedoso, apertando. Na estreita galeria da torre, Freder murchava como uma sacola, deitado em um canto, sem se mover mais. Esticado sobre ele, ainda que inclinado para a frente, Rotwang. O inventor olhou para ele, virando-se em seguida...

Na estreita cumeeira do telhado, em direção a Freder – não, em direção ao amontoado de seda branca, cambaleava Maria. Sua voz tremulou à luz da manhã gloriosa, ressuscitada como o lamento de um pobre pássaro:

– Freder, Freder!

Sussurros irromperam pela praça da catedral. Cabeças viraram-se e mãos apontaram.

– Vejam... Joh Fredersen está aqui... Joh Fredersen!

Uma voz de mulher se pronunciou:

– Está vendo, Joh Fredersen, como é quando seu único filho é assassinado?

Josafá saltou diante do homem que estava de joelhos, sem perceber nada do que estava acontecendo ao redor.

– O que vocês querem? – gritou ele. – O que vocês querem? Seus filhos estão a salvo! Na Casa dos Filhos! Maria e o filho de Joh Fredersen, eles salvaram seus filhos!

Joh Fredersen não ouvia mais nada. Não ouviu o grito que, de repente, saiu da boca da multidão, como uma prece em voz alta para Deus.

Não ouviu o farfalhar com que a multidão a seu redor se jogou de joelhos. Não ouviu nem o choro das mulheres nem a respiração ofegante dos homens, nem oração nem agradecimento, nem gemidos nem louvores.

Apenas seus olhos ainda tinham vida. Seus olhos, que pareciam não ter pálpebras, fixos no teto da catedral.

Maria havia alcançado o homem de branco que se contorcia em um canto entre a torre e o telhado. De joelhos, ela se esgueirou até ele, estendendo a mão, cega pela tristeza.

– Freder... Freder...

Com um rosnado furioso, como o rosnado de um predador, Rotwang a agarrou. Ela se defendeu, gritando. Ele manteve os lábios dela fechados. Com uma expressão de incompreensão desesperada, ele olhou para o rosto lavado de lágrimas da garota.

– Hel, minha Hel... Por que está lutando comigo?

Ele a segurou com seus braços de ferro como uma presa, e nada nem ninguém seria capaz de arrancá-la dele. Perto da torre, uma escada levava até a cumeeira. Com o rosnado profundo e animalesco dos injustamente perseguidos, ele subiu a escada, arrastando-a agora nos braços.

Esta foi a imagem que alcançou os olhos de Freder quando ele se recuperou de metade do entorpecimento. Ele se levantou e correu para a escada. Subiu, quase andando, vendado pelo medo de sua amada. Freder chegou a Rotwang... que soltou Maria. Ela caiu. Ela caiu, mas na queda conseguiu se segurar, apoiando-se na foice de ouro da lua sobre a qual estava a donzela coroada de estrelas. Ela estendeu a mão para alcançar Freder. Mas, no mesmo instante, Rotwang se jogou de cima contra o homem mais abaixo e, com força, rolou pelo teto da cúpula, até bater com fúria contra o corrimão estreito da galeria.

Das profundezas veio o agudo grito de medo da multidão. Nem Rotwang nem Freder o ouviram. Com um insulto horrível, Rotwang se levantou. Viu acima dele, destacada contra o azul do céu, a careta diabólica de uma gárgula. Ela sorria diante dele. A longa língua apontava em sua direção, zombeteira. Rotwang se ergueu e deu um soco na careta sorridente...

A careta estilhaçou-se.

Ele perdeu o equilíbrio com a força do golpe e caiu, mas ainda conseguiu se segurar, agarrando com uma das mãos o ornamento gótico da catedral.

E, olhando para cima, para o infinito azul do céu da manhã, viu o semblante de Hel, que ele amara; se assemelhava ao rosto do belo anjo da morte, e sorria para ele, aproximando os lábios de sua testa.

Grandes asas negras abriram-se, fortes o suficiente para carregar um mundo perdido até o céu.

– Hel... – disse o homem. – Minha Hel... Por fim...

E seus dedos, voluntariamente, se abriram...

Joh Fredersen não viu a queda, nem ouviu o grito da multidão que recuou. Viu apenas uma coisa: o homem de lábios brancos iluminados, que agora andava ereto e ileso, com os passos calmos daqueles que nada temem, caminhando no telhado da catedral e carregando a garota nos braços.

Então, Joh Fredersen se inclinou tanto para a frente que a testa tocou as pedras da praça da catedral. E aqueles que estavam perto o suficiente ouviram o choro que saía de seu peito, escorrendo como a água de um rochedo.

    E quando ele tirou as mãos da cabeça, a seu redor todos viram que os cabelos de Joh Fredersen tinham ficado brancos como a neve.

— MINHA AMADA... — DISSE FREDER, FILHO DE Joh Fredersen.

Era o chamado mais baixo, mais cuidadoso que a voz de um ser humano era capaz de emitir. E Maria lhe respondeu levemente, tão baixo quanto os brados desesperados que o homem que a amava usava para trazê-la à consciência.

Ela estava deitada nos degraus do altar-mor, estendida e imóvel, com a cabeça no braço de Freder, as mãos na mão de Freder. O fogo suave dos altos vitrais queimava em seu rosto muito branco e em suas mãos muito brancas. Seu coração batia tão devagar que era quase impossível perceber. Não respirava. Afundou nas profundezas da exaustão, da qual nenhum grito, nenhuma súplica, nenhum chamado de desespero poderia despertá-la. Era como se estivesse morta.

Uma mão pousou no ombro de Freder.

Ele se voltou. Encarou o rosto do pai.

Era seu pai? Aquele era Joh Fredersen, Senhor da grande Metrópolis? Seu pai tinha cabelos tão brancos? E uma fronte tão ferida? E olhos tão atormentados?

Será que haveria apenas horror e morte neste mundo após essa noite de loucura, aniquilação e tormento – sem fim?

– O que o senhor quer aqui? – perguntou Freder, o filho de Joh Fredersen. – Quer tirá-la de mim? Tem planos para me separar dela? Existe alguma grande questão em perigo, pela qual ela e eu devemos ser sacrificados?

– Com quem você está falando, Freder? – perguntou o pai com muita suavidade.

Freder não respondeu. Seus olhos arregalaram-se, inquiridores, pois ele ouviu uma voz nunca antes ouvida. Emudeceu.

– Se está falando de Joh Fredersen – continuou a voz muito gentil –, então deixe-me lhe dizer que Joh Fredersen morreu sete vezes nesta noite.

O olhar de Freder, ardendo em sofrimento, ergueu-se para os olhos que estavam sobre ele. Um soluço lamurioso saiu de seus lábios.

– Ah, meu Deus... Pai! Pai...

Joh Fredersen inclinou-se sobre ele e a garota que estava em seu colo.

– Ela está morrendo, pai... Não consegue ver que ela está morrendo?

Joh Fredersen negou com a cabeça.

– Não, não – disse a voz suave. – Não, Freder. Houve um momento em minha vida em que fiquei de joelhos como você, segurando a mulher que amava em meus braços. Mas ela realmente morreu. Examinei por completo as características da morte. Eu a conheço completamente e nunca mais vou me esquecer dela... A garota está apenas dormindo. Não a acorde brutamente.

E a mão dele escorregou do ombro de Freder para o cabelo daquela que dormia, em um gesto inexprimivelmente terno.

– Amada criança! – disse ele. – Amada criança...

Das profundezas de seu sonho, ela respondeu com a doçura de um sorriso, diante do qual Joh Fredersen se curvou como se estivesse diante de uma revelação de outro mundo. Então, deixou o filho e a garota e atravessou a catedral, que os raios coloridos do sol agora deixavam gloriosa e aconchegante.

Freder observou o pai até que seu olhar ficou embaçado. E, de repente, com um súbito e violento gemido de fervor, levou a boca da garota à sua e beijou-a, como se quisesse morrer. Pois a maravilha da luz tecida em feixes lhe dizia que a noite tinha acabado, que era dia, que a mudança inviolável das trevas para a luz surgia de forma grandiosa e benigna sobre o mundo.

– Volte a si, Maria, minha amada – disse ele, implorando a ela por suas carícias e sua ternura. – Volte para *mim*, minha amada! Volte para *mim*!

A resposta suave dos batimentos do coração e da respiração de Maria fez o riso brotar da garganta dele. O fervor dos sussurros de Freder desapareceram nos lábios dela.

Joh Fredersen ainda ouviu o riso de seu filho. Já estava perto da porta da catedral quando parou e olhou ao redor. Viu os conjuntos de pilares, em cujos delicados nichos, protegidos por dosséis, homens e mulheres santos sorriam suavemente.

Vocês sofreram, pensou o cérebro cheio de sonhos. Vocês se redimiram do sofrimento. Morreram abençoados... Vale a pena sofrer? Sim.

Ele saiu da catedral, e seus pés ainda pareciam mortos; tateando, passou pela porta pesada, onde parou, ofuscado pela luz. Em seguida, saiu cambaleando, como se estivesse bêbado.

Pois o vinho do sofrimento que ele havia bebido era muito forte, inebriante e incandescente.

Sua alma falou dentro de Joh Fredersen, enquanto ele avançava aos tropeços: Quero ir para casa e procurar minha mãe.

* Legenda da ilustração: "Queremos ver como o mundo vai para o inferno...!" [N. do T.]

"Wir wollen zusehen, wie die Welt zum Teufel geht – !"

— FREDER? — PERGUNTOU A VOZ SUAVE DA Virgem.

— Sim, minha amada! Fale comigo!
— Onde estamos?
— Na catedral.
— É dia ou noite?
— É dia.
— Não era seu pai que estava aqui conosco?
— Sim, minha amada.
— A mão dele estava no meu cabelo?
— Você sentiu?
— Ah, Freder, enquanto seu pai estava parado aqui, era como se eu estivesse ouvindo uma fonte de água escorrendo por um rochedo. Uma fonte de água salgada e vermelha de sangue. Mas eu também sabia que, se a fonte foi forte o suficiente para perfurar o rochedo, ela seria mais doce que o orvalho e mais branca que a luz.
— Abençoada seja por sua fé, Maria.
Ela sorriu e emudeceu.

— Por que não abre os olhos, minha amada? — perguntou a boca saudosa de Freder.

— Estou vendo — respondeu ela. — Estou vendo, Freder. Estou vendo uma cidade sobre a qual paira a luz.

— Tenho que construí-la?

— Não, Freder. Não você, seu pai.

— Meu pai?

— Sim.

— Mais cedo, Maria, não havia esse tom de amor em sua voz quando falava do meu pai.

— Muita coisa aconteceu desde então, Freder. Desde então, uma fonte se tornou viva em um rochedo, pesada pelas lágrimas e vermelha de sangue. Desde então, o cabelo de Joh Fredersen tornou-se branco com o medo mortal por seu filho. Desde então, aqueles a quem chamei de meus irmãos se tornaram responsáveis por um sofrimento muito grande. Desde então, Joh Fredersen experimentou o sofrimento, por uma culpa excessiva. Você não vai permitir que eles, Freder, seu pai e meus irmãos, paguem suas dívidas, sejam expiados e se reconciliem?

— Vou, Maria.

— Você quer ajudá-los, como intermediário?

— Quero, Maria.

Ela abriu os olhos e virou para ele o suave milagre de seu azul. Curvando-se sobre ela, Freder viu com espanto piedoso como, em seus ternos olhos de Virgem, se refletia o colorido Reino dos Céus dos santos lendários, vindo dos estreitos e altos vitrais da catedral.

Involuntariamente, ele ergueu os olhos e só então se deu conta do lugar para onde havia levado a garota que amava.

— Deus está olhando para nós! — sussurrou ele, puxando-a para mais perto de seu coração, com braços amorosos. — Deus está sorrindo para nós, Maria.

— Amém — disse a garota, junto ao coração dele.

JOH FREDERSEN FOI ATÉ A CASA DE SUA MÃE.

A morte havia passado sobre Metrópolis. O fim do mundo e o Juízo Final revelaram-se do rugido das explosões, do estrondo dos sinos da catedral. Mas Joh Fredersen encontrou a mãe como sempre a encontrava: sentada em uma cadeira larga e macia perto da janela aberta, com o cobertor escuro sobre os joelhos agora paralisados. Sobre a mesa inclinada diante dela jazia a grande Bíblia, e nas lindas mãos da senhora, o bordado delicado que ela fazia.

Ela voltou os olhos para a porta e viu o filho.

A expressão de severidade austera em seu rosto ficou mais amarga e mais séria. Ela não disse nada. Mas em torno de sua boca fechada havia um ricto que dizia: "Sua situação é ruim, Joh Fredersen".

E ela olhou para ele como uma juíza.

Joh Fredersen tirou o chapéu. Então, ela viu os cabelos brancos sobre sua fronte.

"Filho!", disse ela sem emitir som, estendendo a mão para ele.

Joh Fredersen caiu de joelhos ao lado da mãe. Ele lançou os braços em volta dela e apertou a cabeça contra o colo que o carregara. Sentiu as mãos dela em seus cabelos, sentiu como se ela o tocasse com medo de machucá-lo, como se aqueles cabelos brancos fossem a marca de uma ferida não curada, bem próxima do coração. Ele ouviu sua voz amorosa dizer:

– Pobrezinho do meu filho...

O farfalhar da nogueira diante da janela preencheu o longo silêncio com saudade e ternura. Então, Joh Fredersen começou a falar. Falou com o zelo de um homem que se lavava em água benta, com o fervor daquele que compreendia seus pecados e os confessava, com a redenção daquele que estava pronto para qualquer penitência, e assim foi perdoado. Sua voz era baixa e soava como se viesse de longe, do outro lado de um rio largo.

Ele falou de Freder; sua voz falhava por inteiro. Ele se levantou e atravessou a sala. Ao se virar, havia uma solidão sorridente em seus olhos e o reconhecimento de que a árvore seria obrigada a renunciar ao fruto maduro.

– Para mim foi – disse ele, olhando para o vazio – como se eu estivesse vendo o rosto dele pela primeira vez... O jeito que ele falou comigo nesta manhã... É um rosto estranho, mãe. É muito meu e, ainda assim, completamente próprio. É o rosto de sua bela e falecida mãe e, ao mesmo tempo, está moldado pelas feições de Maria, como se ele tivesse nascido pela segunda vez pelas mãos dessa jovem e virginal criatura. Mas, ao mesmo tempo, é o rosto da multidão, de sua confiança, familiar a ela e fraternalmente próximo.

– De onde você conhece o rosto da multidão, Joh? – perguntou sua mãe com gentileza.

Joh Fredersen não respondeu por um longo tempo.

—Você tem razão em perguntar, mãe – disse ele por fim. – Do alto da Nova Torre de Babel eu não conseguia reconhecê-lo. E, na noite da loucura, quando o vi pela primeira vez, esse rosto estava tão distorcido em seu horror que já não se parecia consigo mesmo.

"Mas quando saí pela porta da catedral de manhã, a multidão estava ali como um homem e me encarou. Era o rosto da multidão voltado para mim. Lá eu vi, não era velho, nem jovem, não tinha sofrimento nem felicidade.

"'O que vocês querem?', perguntei. E uma pessoa respondeu: 'Estamos esperando, sr. Fredersen.'

"'O quê?', perguntei.

"'Estamos esperando', continuou o porta-voz, 'que alguém venha e nos diga qual caminho seguir.'"

– E você quer ser esse alguém, Joh?

– Quero, mãe.

– E eles vão confiar em você?

– Eu não sei, mãe. Se estivéssemos um milênio atrás, talvez eu saísse pela rua com um cajado e um chapéu de peregrino, buscasse o caminho para a Terra Santa, não voltasse para casa até esfriar meus pés errantes no Jordão e adorasse o Redentor nas estações da Via Sacra. E se eu não fosse o homem que sou, então poderia fazer uma grande jornada pelas ruas das pessoas que caminham pela sombra. Talvez eu me sentasse com eles nos cantos da miséria e aprendesse a entender seus gemidos e suas imprecações, sua oração naquela vida infernal... Pois do entendimento vem o amor, e eu desejo amar as pessoas, mãe... Mas acredito que a ação é melhor que a peregrinação, e que um bom ato tem mais valor que a melhor palavra. Também acredito que vou encontrar o caminho, porque há duas pessoas a meu lado que querem me ajudar.

— Três, Joh.

Os olhos do filho procuraram o olhar da mãe.

— Quem seria a terceira?

— Hel.

— Hel?

— Sim, filho.

Joh Fredersen permaneceu em silêncio.

Ela folheou as páginas da Bíblia até encontrar o que estava procurando. Era uma carta. Ela pegou e disse, ainda segurando com ternura:

— Recebi esta carta de Hel antes que ela morresse. E ela me disse para entregá-la, se, como ela disse, você encontrasse o caminho de volta para mim e para você mesmo.

Em silêncio e com lábios franzidos, Joh Fredersen estendeu a mão para a carta.

O envelope amarelado continha apenas uma folha fina. Nela, a escrita de uma mulher com traços de menina:

Vou me encontrar com Deus e não sei quando você lerá estas linhas, Joh. Mas sei que algum dia você as lerá. E, até você chegar, vou esgotar a bem-aventurança eterna para pedir a Deus que me perdoe, porque me sirvo de duas frases de seu Livro Sagrado para dar a você meu coração, Joh. Uma delas é: Amo--te com eterno amor. E a outra: Eis que estou contigo todos os dias, até o fim do mundo! Hel.

Joh Fredersen demorou muito tempo até conseguir devolver o papel fino ao envelope. Seus olhos espiaram pela janela aberta ao lado da qual a mãe estava sentada. Viu grandes nuvens brancas movendo-se no suave céu azul; eram como navios carregados de tesouros, vindos de um mundo distante.

— Em que você está pensando, filho? — disse a voz da mãe com cuidado.

Mas Joh Fredersen não lhe deu resposta. Todo o seu coração redimido falou dentro dele:

"Até o fim do mundo... Até o fim do mundo!"

POSFÁCIO

FRANZ ROTTENSTEINER

LUIS BUÑUEL TROUXE O TOM PARA A CRÍTICA
ao filme *Metrópolis* e, com isso, à história em que ele é baseado, ao roteiro e ao romance homônimo (1926) de Thea von Harbou. Ele o chamou de uma "história trivial e bombástica, incômoda e de um romantismo estagnado":

Porém, em contraste, que sinfonia emocionante de movimento! Como as máquinas cantam em meio a maravilhosas projeções, "coroadas de triunfo" por descargas elétricas! Todo o cristal do mundo, dissolvido nos mais sensacionais reflexos de luz, flui nessas canções da tela moderna. O brilho cintilante e o reluzir do aço, a interação rítmica de rodas, pistões e composições mecânicas inimagináveis até então; uma ode indescritivelmente bela, uma poesia completamente nova para os nossos olhos. Por um milagre, física e química se transformam em ritmo.[1]

Ou seja, tudo o que entusiasmava os futuristas italianos. Na 11ª seção do "Manifesto do Futurismo" de F. T. Marinetti,[2] consta o seguinte:

Cantaremos as grandes multidões, excitadas pelo trabalho, pelo prazer ou pelo levante; cantaremos a inundação multicolorida e polifônica das revoluções nas capitais modernas; cantaremos a incandescência noturna e vibrante dos arsenais e estaleiros, iluminados por luas elétricas brilhantes; as estações de trem ávidas que consomem as serpentes fumegantes; as fábricas que pendem nas nuvens pelos fios sinuosos de fumaça; as pontes, que, como atletas gigantescos, cobrem os rios brilhantes ao sol como facas; o vapor aventureiro que perfuma o horizonte; as locomotivas de peito largo que pisoteiam os trilhos como corcéis gigantescos de ferro, com suas rédeas de tubos; e o voo dos aviões que planam, cujas hélices estalam ao vento como uma bandeira, parecendo aplaudir como uma multidão entusiasmada.

Tudo o que é bom sobre o filme, que é uma das obras mais comentadas da história do cinema, em geral se atribui à genialidade do diretor Fritz Lang, enquanto tudo o que é negativo, o sentimental, o patético, o *kitsch*, supostamente vem de Thea von Harbou. Exatamente por meio da "ingenuidade de seu temperamento *kitsch*", ela teria criado os "processos inferiores de mitificação" e um "projeto livre de análises e psicologia", sobre qual o engenhoso "criador de mitos Lang pôde trabalhar de forma muito melhor do que teria feito a partir de um padrão mais complexo e cheio de profundidade, substância e inteligência".[3]

Acima de tudo, a tese central de Thea von Harbou de que o coração deve ser o intermediário entre o cérebro e a mão foi ridicularizada como banal. Seu livro não se propõe como uma imagem contemporânea, nem como uma visão do futuro, mas se passa em lugar algum, não serve a nenhuma tendência, nenhuma classe, nenhum partido.[4] No romance e no filme, o coração intermediário entre o cérebro (Joh Fredersen, o Senhor de Metrópolis) e a mão (a força de trabalho) é o compassivo Freder, filho de Fredersen.

Ernst Gortner, em defesa da autora, enfatiza que tudo o que encanta Buñuel no filme *Metrópolis*, "como o mais maravilhoso álbum de imagens que se pode imaginar", já se encontrava no roteiro de Thea von Harbou, "cada tomada, cada imagem está lá, palavra por palavra e metro a metro, até o mais ínfimo detalhe e as melhores nuances, tudo já especificado e descrito. E Fritz Lang, o perfeccionista, era bem conhecido por traduzir os roteiros de forma quase literal".[5] O que não é de todo convincente, pois é possível supor que Thea von Harbou tenha trabalhado no roteiro em estreita colaboração com o marido, Fritz Lang, implementando os desejos do cineasta nesse nível técnico.

Contudo, certamente seria errado subestimar a participação de Thea von Harbou no filme, pois ela escreveu os roteiros de todas as obras de Lang que são consideradas seus destaques no cinema expressionista alemão, de *A morte cansada* (1921), passando por *Dr. Mabuse, o jogador* (1922), *Os Nibelungos* (1924), *Metrópolis* (1927), *Os espiões* (1928), *A mulher na lua* (1929), *M, o vampiro de Düsseldorf* (1931) até aquele não mais exibido na Alemanha por ter sido proibido pelos nazistas, *O testamento do Dr. Mabuse* (1933). O diretor egomaníaco nunca fez filmes melhores do que aqueles que tinham Thea von Harbou como roteirista. Hans Feld, crítico de cinema do *Film-Kurier*, era inclusive da opinião de que Thea von Harbou era intelectualmente superior a Lang.[6]

Poucos entre os críticos que escreveram sobre o filme puderam ler o romance. Além disso, a história do filme não ficou muito clara na época, já que *Metrópolis*, logo após o lançamento, foi um fracasso retumbante e quase levou a UFA à ruína,[7] sendo imensamente encurtado quando chegou aos cinemas. A versão completa, com exceção de algumas cenas perdidas, só foi novamente disponibilizada em 2008, quando foi encontrada uma cópia em uma cinemateca de Buenos Aires. O crítico de cinema Hans Langsteiner comentou sobre essa versão restaurada, que acompanha muito de perto o romance, com exceção de alguns episódios que não aparecem no filme, o seguinte:

> A utopia urbana e social banal transformou-se em uma imagem perturbadora e de múltiplas camadas da época, uma história complexa cheia de confusões e enganos, cheia de falsas identidades e duplicações enganadoras que refletem a vida incerta da República de Weimar, e se torna fascinante justamente por sua mistura de entusiasmo por um futuro tecnológico com o elemento *kitsch* indistinto calcado na imagem da Virgem Maria.[8]

Uma crítica cáustica do filme vem de H. G. Wells, que no jornal *The New York Times* de 17 de abril de 1927 declarou ter visto um "filme extremamente idiota". Wells certamente não havia lido o romance, mas sua crítica é relevante para a obra de Thea von Harbou, uma vez que é dirigida contra elementos que também são encontrados nele. Wells admite que talvez não tenha gostado do filme porque tenha visto nadar, naquela "sopa" borbulhante, pedaços de seu próprio romance *O dorminhoco*, lançado trinta anos antes e considerado por ele um pecado juvenil.* Ele ignora todo o pensamento original no filme, toda a novidade, não há helicópteros, apenas aeronaves convencionais (e monotrilhos e videofone, que ele não percebe), os modelos dos carros eram do ano de 1929 ou até mais

---

* Wells reescreve o romance a partir de um folhetim lançado por ele entre 1888 e 1889 (*When the Sleeper Awakes*). O romance reescrito é lançado apenas em 1910. Aqui o autor refere-se ao folhetim, não ao romance posterior. (N.T.)

velhos, o "robô" fora emprestado sem desculpas de Čapek* e o monstro "mecânico" sem alma de Mary Shelley voltava a ficar em apuros. Ele critica negativamente o filme/romance, em sua estrutura vertical, pela falsa imagem de uma cidade moderna. Bem acima vivem o capitalista-chefe Joh Fredersen e os ricos ociosos com suas diversões luxuosas, como no Clube dos Filhos e em seus Jardins Eternos, enquanto lá nas entranhas da cidade os trabalhadores, escravos sem direitos, se esfalfam em turnos de dez horas sob a ditadura do relógio. Wells argumenta – racionalmente – que é exatamente a mesma estrutura vertical do romance mencionado (ou de *A máquina do tempo*, no qual os morlocks, descendentes dos antigos trabalhadores industriais, vivem em profundidades ctônicas, enquanto os elois, semelhantes a borboletas, se refestelam nos domínios ensolarados) e que não corresponde ao desenvolvimento urbano real. Embora os centros de negócios e entretenimento possam se elevar às alturas, a população está se mudando para a periferia, e as cidades se espalham. E ele argumenta que, com Henry Ford, para que os fabricantes possam ficar mais ricos, precisa haver alguém para comprar os produtos manufaturados. Trabalhadores escravos empobrecidos de forma alguma podem ser consumidores.

Wells obviamente também tem razão no que diz respeito à natureza da escravidão no trabalho, do pressionar de botões em máquinas segundo períodos predefinidos. Esse "trabalho", mesmo antes da era dos computadores, teria simplesmente sido mecanizado e automatizado com bastante facilidade. A máqui-

---

* Karel Čapek, escritor tcheco que inventa o conceito de robô como o conhecemos modernamente em sua peça *A fábrica de robôs*, de 1920. (N.T.)

na-relógio, no entanto, como a voz de Metrópolis, o som penetrante que rege os turnos de trabalho, é um grande símbolo da tirania da época.

Wells estava certo quando descobriu ecos de seu trabalho em *Metrópolis*. Thea von Harbou estudou Wells e Čapek para seu romance. Porém, *Metrópolis* tem muito mais a agradecer a *Les condamnés à mort* (Os condenados à morte) de Claude Farrère (1920). Nesse romance se encontra a racionalidade sem limites de uma sociedade estratificada perfeitamente organizada, com uma classe proprietária vivendo em luxo e uma operária anarquista e revoltosa que deve ser substituída por máquinas. Também em Farrère o assassinato em massa é usado como instrumento de luta de classes, as figuras são miticamente exageradas e a parábola perspicaz dos conflitos sociais está associada a uma história de amor sentimental. Também se pensa em *Eleagabal Kuperus*, de K. H. Strobl (1910), com sua oposição entre o nietzschiano Thomas Bezug, que usa a tecnologia e a ciência como um meio de poder, e os espíritos puros e uma Idade Média de cores nostálgicas. Uma influência significativa também foi Villiers de l'Isle-Adam, em cujo *A Eva futura* (1886), inspirado em "Os autômatos" de E. T. A. Hoffmann (1814) e em sua Olímpia de "O homem de areia" (1816), nos quais novamente um robô aparece na forma de uma mulher bonita, tão humanoide que pode ser confundido com uma mulher real. Isso também põe em jogo um tema central do romantismo e da literatura fantástica, o tema do duplo (*Doppelgänger*). Joh Fredersen, o senhor supremo de Metrópolis, quer substituir o trabalhador humano por robôs, o que parece possível graças a Rotwang, que pode ser considerado um típico "cientista maluco" da ficção científica. No entanto, Rotwang persegue sua vingança particular porque perdeu Hel, a mulher que amava, para Fredersen. E assim dá à sua máquina a aparência de Hel, que é, ao mesmo tempo, a aparência de Maria, a alma da classe trabalhadora, que encarna tudo o que é bom e belo nas mulheres. Assim, a mulher, que, muito peculiar, se chama Maria, se opõe a um desagradável duplo, que incita os trabalhadores a se revoltarem e derrubarem Fredersen.

Além de tais influências diretas, *Metrópolis* abarca temas maiores que podem ser encontrados em muitos romances da época: a estratificação social, colocando de um lado as poderosas figuras dos líderes e, de outro, as massas sem rosto de trabalhadores escravos; a conexão homem-máquina; o pensamento em padrões apocalípticos; grandes planos e a exuberância das emoções. Esses padrões podem ser encontrados em diversos romances utópicos e fantásticos marcados pelo expressionismo da época, desde o descontroladamente extático *Balthasar Tipho: Die Geschichte vom Stern Karina [Balthasar Tipho: A história da estrela Karina]*, de Hans Flesch-Brunningen (1919), até o ápice expressionista *Montanhas, mares e gigantes*, de Alfred Döblins (1924). Mas também romances esquecidos como os de Egmont Colerus (*Sodom* [*Sodoma*], de 1920, *Wieder wandert Behemoth. Roman einer Spätzeit* [*Behemoth vagueia novamente. Romance de um período tardio*], de 1924) ou "Roman eines Weltuntergangs" [Romance de um fim do mundo] em *Atomfeuer* [*Fogo atômico*], de Lovis Stevenhagen (1927).

Não se faria justiça ao romance (e ao filme) se alguém o considerasse apenas uma extrapolação das circunstâncias técnicas. Thea von Harbou era principalmente uma romântica, e alguns de seus livros são contos de fadas e lendas. Assim, a relação com a tecnologia é ambígua: por um lado, adoração à máquina, por outro, a sabotagem ludita das máquinas. A matéria do livro não é a tecnologia, é a emoção. A linguagem do romance, o sentimento exagerado, é hoje mais do que nunca percebida como *kitsch*, e seus componentes estão no campo do simbolismo.

No entanto, o romance articula medos e expectativas que têm uma base muito real – o temor de que a mão de obra seja substituída por máquinas, a exploração e a pauperização. A cidade aparece como uma força destruidora de qualquer ambiente natural, uma cidade-máquina que devora as pessoas, um ambiente sombrio que continua a influenciar os filmes modernos de ficção científica, como *Blade Runner* ou o *Batman* de Tim Burton. Ao contrário das cidades futuristas encontradas nas capas das revistas norte-americanas da época, sejam a *Popular Mechanics* ou os desenhos de Frank R. Paul em publicações de ficção científica, Metrópolis tem mais em comum com a arquitetura antropomórfica de *O golem*, de Gustav Meyrink.

Alusões bíblicas à "Prostituta da Babilônia", um local de vício e devassidão, podem ser encontradas tanto quanto as alusões cristãs. As figuras não têm individualidade, são tipificações, as histórias individuais não são importantes, o verdadeiro herói do romance e do cinema é a própria cidade, futurista e arcaica ao mesmo tempo, construída sobre catacumbas labirínticas e, no meio dela, uma relíquia do passado, a casinha de um alquimista cujos ossos descansam lá embaixo, com portas protegidas por pentagramas e símbolos cabalísticos. Metrópolis ao mesmo tempo se alça aos céus e é ctônica. As várias camadas da cidade são estratos arqueológicos atemporais. Nesse aspecto, o romance *Metrópolis* faz parte do fantástico alemão, como *O golem* de Meyrink, como *O outro lado*, de Alfred Kubin. Como a cidade dos sonhos de Perle, Metrópolis é uma cidade onírica, dominada pela enorme Nova Torre de Babel de Joh Fredersen, sua aparência como o Castelo Sant'Angelo superdimensionado. Fritz Lang traduziu esse mito urbano em imagens impressionantes, mas o símbolo poderoso, o mito figurativo que apresenta questões importantes e articula medos, já está plenamente desenvolvido no romance que, apesar de seus excessos emocionais, é muito mais interessante do que a maioria dos romances utópicos daqueles anos.

Thea Gabriele Harbou nasceu em 27 de dezembro de 1888, em Tauperlitz, na região alemã da Alta Francônia. Seu pai, ex-oficial empobrecido da antiga nobreza, foi um administrador florestal malsucedido, e a família teve que se mudar várias vezes. Ela era introvertida, com uma inclinação precoce pela escrita. Já aos nove anos vendeu uma história para um jornal de Dresden, e aos dezesseis já havia escrito seu primeiro romance durante as férias, *Wenn's morgen wird* [*Quando o amanhã chegar*], que apareceu no jornal literário *Deutsche Roman-Zeitung*, em 1905. Antes disso, ela se formou em artes cênicas e estreou em 1906 no Teatro de Düsseldorf, tendo posteriormente participado de várias peças no Teatro Real de Weimar, no Teatro de Chemnitz e no Teatro Municipal de Aachen. Tinha dons para as línguas estrangeiras e para a música e continuou escrevendo nesse período. Publicou contos de fadas, lendas e folhetins com sucesso, a maioria deles lançados na revista *Berliner Illustrierten*. O mais bem-sucedido foi o romance de aventura exótica *Das indische Grabmal* [*O túmulo indiano*] (1918), que deve ter chegado a cinquenta edições e ainda teve três outras após a Segunda Guerra Mundial, lançadas na coleção "Bibliothek der phantastischen Abenteuer" [Biblioteca de Aventuras Fantásticas] da editora Fischer Taschenbuchverlag. *Die Masken des Todes* [*As máscaras da morte*] (1915) contém algumas narrativas fantásticas realmente boas.

Em 1914, Thea se casou com seu colega de palco Rudolf Klein-Rogge. Após a Primeira Guerra Mundial, ela entrou em contato com o cinema, quando uma das histórias de seu livro *Legenden* [Lendas] (1919) seria filmada, e escreveu o roteiro. O ponto de virada foi seu encontro com Fritz Lang, para quem ela havia escrito o roteiro do filme *Depois da tempestade* (1920): Thea casou-se com ele em 1922. O primeiro sucesso da colaboração de ambos foi o filme baladesco *A morte cansada* (1921).

Na década de 1920, Harbou foi prolífica, tornando-se uma das escritoras e roteiristas de maior sucesso da Alemanha. Politicamente, Lang e Thea von Harbou, que em 1932 se juntara ao NSDAP, o partido nazista, diferiam fortemente. Lang preferiu fugir da Alemanha a aceitar a oferta de Goebbels de se tornar chefe da indústria cinematográfica alemã. A maneira como Lang organizava os figurantes dos filmes em padrões geométricos impressionou o alto escalão nacional-socialista, e até mesmo Hitler se mostrou favorável a *Metrópolis*.

Thea von Harbou permaneceu na Alemanha e continuou a escrever roteiros e a rodar filmes, hoje esquecidos. Depois da Segunda Guerra, ela foi desnazificada, trabalhou como uma *Trümmerfrau* (mulheres que removiam destroços e ruínas na Alemanha pós-guerra) e em uma fábrica. No final dos anos 1940, já havia reingressado na área do cinema. Morreu em 2 de julho de 1954, depois de uma queda em um cinema de

Berlim onde ela conduzia a reexibição do filme mudo *A morte cansada*: um fim simbolicamente adequado para uma vida movimentada.

Notas

1   "Metropolis, gesehen von Luis Buñuel", 1927. *In: Cinémathèque Française*, org., [s/l] [s/d], citado de acordo com Ernst Gortner, "Thea von Harbou", *in*: Bernd Flessner, org., *Visionäre aus Franken*. Neustadt an der Aisch: Ph. C. W. Schmidt, 2000, p. 97.
2   *Le Figaro*. Paris, 20 de fevereiro de 1909.
3   Joe Hembus e Ilona Brennicke, org. *Klassiker des deutschen Stummfilms 1910-1930*. Munique: Goldmann, 1983, p. 141.
4   Thea von Harbou. *Metropolis*. Berlim: Scherl, 1933, p.7.
5   Gortner, op. cit., p. 69.
6   Citado de acordo com Reinhold Keiner, *Thea von Harbou und der deutsche Film bis 1933*. Hildesheim, Zurique, Nova York: Georg Olms, 1984.
7   Os números sobre os custos de produção variam de cinco a quarenta milhões de Reichsmarks!
8   Hans Langsteiner. "Moderne Zeiten. Metropolis reloaded. Ein Meisterwerkist rehabilitiert", *in*: *Quarber Merkur* n° 111 (2010), p. 195.

O
L
E
G
A
D
O

MARINA PERSON

DE

THEA VON HARBOU

"[Eu e Fritz Lang] fomos casados por onze anos porque por dez não tivemos tempo de nos divorciar."
THEA VON HARBOU*

PELA DECLARAÇÃO ACIMA, CONCLUI-SE QUE algo não terminou bem no romance que também foi uma das parcerias mais prolíficas da história do cinema. Todo cinéfilo que se preze sabe quem é Fritz Lang, mas quase ninguém ouviu falar daquela que foi a responsável pelos roteiros dos filmes mais importantes do diretor. Antes de tratar da relação conturbada de Thea von Harbou e Fritz Lang, no entanto, vale colocar uma questão que tem sido cada vez mais discutida no mundo contemporâneo. Como separar a obra do autor? Ou melhor, como lidar com obras geniais e descobrir, em algum momento, que seus autores foram pessoas terríveis, monstros, abusadores, racistas, fascistas, ou que simplesmente tinham princípios muito distantes dos nossos ideais? No caso de Thea von Harbou, como lidar com o fato de ela ter se engendrado na máquina nazista?

Vamos ao início. Nascida em 1888, a bávara Thea von Harbou começou a carreira como atriz, mas ainda muito jovem desabrochou como escritora, já na década de 1910. Após publicar alguns romances de sucesso, e confiante em seu talento para contar boas histórias, resolveu enveredar por novos caminhos e passou a escrever também roteiros para o cinema, o que a levou a conhecer um jovem diretor chamado Fritz Lang. Ele era casado, ela também. Aliás, a morte da primeira esposa de Fritz Lang,

---

★ Citada por McGILLIGAN, Patrick. *Fritz Lang*: the nature of the beast. Minneapolis: University of Minnesota Press, 2013. p. 93.

Lisa Rosenthal, é só um dos muitos mistérios não explicados da história de Von Harbou e Lang, já que Thea estaria presente quando Rosenthal cometeu suicídio com uma arma de fogo. O que *não* é mistério é que o casal tinha uma aliança artística e erótica das mais férteis, que inspirou a construção de uma poética própria no então recém-inventado cinema.

Em onze anos de casamento, a dupla produziu uma dúzia de filmes, sempre com Von Harbou escrevendo os roteiros e Lang na direção. Eles compartilhavam a visão estética, a rotina de trabalho extenuante e ignoravam os defeitos um do outro. Ela fingia que não via as escapadas dele, que era sabidamente um mulherengo, e ele fingia que não via os ideais nacionalistas dela, que mais tarde a levariam a colaborar com o nazismo. Mas teria sido apenas essa filiação nefasta (o que não é pouco) a razão pela qual ela, uma das figuras mais destacadas da era de ouro do cinema alemão, ficou relegada a mero apêndice na biografia de Fritz Lang?

A importância dos trabalhos de Von Harbou, ainda que obliterada por sua trajetória controversa e pela proeminência do parceiro, traduz-se em uma produção artística inventiva e, em certa medida, visionária, e cuja obra máxima é *Metrópolis*. Resgatado nesta edição e base do filme homônimo dirigido por Lang em 1927, o romance influenciou gerações de escritores, cineastas e roteiristas.

E tanto o livro como o filme deixaram em seu rastro uma infinidade de referências que foram especialmente absorvidas pela cultura pop, como na música, quando a banda Queen usou cenas originais e fez outras alusões ao longa no clipe de "Radio Ga Ga", em 1984. Também Madonna, cinco anos depois, inspirou-se em *Metrópolis* – ou no próprio clipe do Queen – ao fazer o vídeo de "Express yourself". Lady Gaga, por sua vez, aparentemente desenvolveu uma obsessão pelo filme, colocando referências em "Alejandro", "Born this way" e "Applause". Outras figuras do mundo pop emularam ou homenagearam o ser-máquina Maria, personagem emblemática de *Metrópolis* e a mais replicada da obra, como Beyoncé e Christina Aguilera.

No cinema contemporâneo temos outras referências bem importantes em personagens manjados, destacando-se o Professor Brown (Christopher Lloyd), de *De volta para o futuro* (1985), que remete ao Doutor Rotwang – interpretado por Rudolf Klein-Rogge, ex-marido de Thea von Harbou, de quem ela continuou amiga depois do divórcio. Também o Coringa de Jack Nicholson em *Batman* (1989), de Tim Burton, é uma deferência tanto ao homem-morcego do primeiro longa-metragem sobre o herói (*Batman*, 1966) como ao caricato Freder (Gustav Frölich). E o que não dizer do androide C-3PO? O personagem de *Star Wars* é praticamente o filho cinematográfico da Maria de *Metrópolis*.

A cenografia e a ambiência dos filmes também beberam na fonte de Von Harbou. Se Lang e Thea se inspiraram em Nova York para criar Metrópolis, a Gotham City do Batman burtoniano é uma evolução das duas cidades.

E falando em cidade, a de *Blade Runner* também é – na visão do que seria, nos anos 1980, uma grande metrópole do século 21 – uma espécie de Metrópolis: hiperpopulosa, industrializada e habitada por humanos e replicantes. Existem estudos interessantes que comparam a fotografia e a decupagem dos dois filmes, e as semelhanças são inegáveis. Ridley Scott deve ter assistido muito à obra de Lang e Harbou durante a criação de *Blade Runner*.

Nos quadrinhos, qual é o nome da cidade do Super-Homem? Pois é.

As referências, homenagens e influências são inúmeras. Vou citar apenas mais uma, do Brasil. Em 2013, a banda Sepultura lançou um álbum *The mediator between head and hands must be the heart*, que nada mais é do que a frase ícone do roteiro de *Metrópolis* e do romance de Thea von Harbou: "O mediador entre o cérebro e as mãos deve ser o coração".

Escrito inicialmente em forma de roteiro para cinema, *Metrópolis* somente foi romanceado por Thea quando o filme já estava pronto. O longa-metragem, visualmente, é fundador de toda a ficção científica que se produziu na história do cinema, e não por acaso. A sua grandiosidade – cerca de dezessete meses de filmagem, milhares de figurantes e a produção mais cara de sua época e de muito tempo depois – justifica o impacto que ele causa até hoje, mesmo em tempos de CGI e orçamentos estratosféricos.

A obra fala do temor diante da rápida urbanização e da mecanização do trabalho e dos trabalhadores; aborda o acirramento das desigualdades tendo como pano de fundo uma cidade opressora, onde a elite parasita vive acima da superfície e a classe operária, explorada e controlada, habita os subterrâneos.

Diferentemente de hoje, em que o valor de *Metrópolis* é quase uma unanimidade, o enredo do filme foi criticado na época por parte dos intelectuais de esquerda. Segundo a enciclopédia *Women in world history*:[*]

---

[*] COMMIRE, Anne; KLEZMER, Deborah. *Women in world history*: a biographical encyclopedia. v. 16. Farmington Hills: Gale Group, 2002. p. 69.

O crítico Axel Eggebrecht condenou o filme por exaltar o "misticismo social" e negar "a lógica inabalável da luta de classes". Tanto o romance *Metrópolis* quanto a versão cinematográfica foram objeto de críticas que apontavam tendências conservadoras, reacionárias e até protofascistas. A representação dos trabalhadores em *Metrópolis*, como escravos descerebrados que se tornam destrutivos, foi comparada aos ideais neoconservadores do período, que pregavam o retorno de uma ordem social estruturada em hierarquias que traria as massas descontroladas de volta aos trilhos.

Adolf Hitler considerava *Metrópolis* um filme extraordinário, que enfatizava o triunfo de uma comunidade mediante o surgimento de um líder messiânico. É mais do que provável que ele se identificasse com o herói do filme, o jovem Fredersen, comparando os objetivos de seu próprio movimento nazista com a pseudolibertação alcançada pelos trabalhadores quando eles voluntariamente se curvaram para aceitar o governo de Fredersen.

Sim, sabemos bem que Hitler enxergava com bons olhos a subordinação do povo à autoridade e à hierarquia. Isso explica tanto a complacência do partido nazista com a ascendência de Lang (que tinha mãe judia) quanto o poder dado a Von Harbou durante o período em que o nazismo floresceu na Alemanha.

Dito isso, voltemos para o ponto mais sensível deste texto: a aproximação de Von Harbou com o nazismo. Ela era talentosa, sabia entreter e era muito convincente em seus argumentos. Nos primeiros textos já se notava uma inclinação ao nacionalismo e certo racismo, o que atraiu a simpatia da extrema direita alemã no início do século 20. Esses sentimentos se intensificaram com a queda da monarquia, em 1918, e se refletiram em sua produção intelectual. Seus escritos passaram a exaltar a pátria alemã e a denunciar seus adversários no continente, em especial França e Grã-Bretanha.

Depois de *Metrópolis*, von Harbou continuou a escrever romances e roteiros populares. Seu bem-sucedido romance *Frau im Mond* (*A garota na Lua*) foi transformado por Lang em um filme de sucesso. O roteiro para o filme *M*, de 1931, estrelado por Peter Lorre como o assassino de crianças levado a julgamento pelo submundo, continua sendo um clássico da história do cinema. Em 1922, e novamente em 1933, Lang filmou os roteiros de sua esposa sobre o personagem Dr. Mabuse, um criminoso patológico.*

E quando foi que essa parceria aparentemente perfeita desmoronou?

A história dá conta de que, provavelmente a pedido de Hitler, Goebbels, o ministro de propaganda da Alemanha nazista, procurou Von Harbou e Lang para que trabalhassem para ele. Aqui as versões diferem. Algumas fontes dizem que esse foi o motivo da separação do casal, pois Lang teria ido naquela mesma noite para Paris, enquanto Thea teria ficado e se filiado ao Partido Nazista em 1932. Outra versão, bem menos heroica, diz que Lang era muito mais tolerante com os nazistas do que reza a lenda, e que, na realidade, não foram os ideais políticos dela

---

* COMMIRE; KLEZMER, op. cit., p. 69.

que desencadearam o divórcio do casal. Foi um caso de amor, e não por parte de Lang, mas de Thea.

Bem, que Lang tinha suas namoradas mesmo casado, isso não era novidade. Dizem, porém, que a separação se deu de fato apenas quando Lang flagrou Thea na cama com o roteirista Ayi Tendulkar e a expulsou de casa. Ou seja, uma motivação não exatamente ideológica. Mas não se sabe ao certo o que aconteceu. O que se sabe é que Thea ficou na Alemanha e colaborou com o nazismo enquanto Lang se mudou para Paris e depois para os Estados Unidos, onde ficou até o fim da vida.

Durante o nazismo, ela continuou escrevendo roteiros e dirigiu dois filmes. Casou-se com o amante, Ayi Tendulkar, um roteirista e ator indiano dezessete anos mais novo que ela. O casamento, no entanto, era clandestino, pois o partido não tolerava que uma pessoa com o status de Von Harbou se relacionasse com um homem de pele escura, ainda que Tendulkar fosse um nazista fervoroso – e, ironicamente, seguidor de Gandhi e dos princípios da não violência.*

Depois da guerra, Thea foi presa. Algumas fontes dizem que, em sua defesa, ela alegou que a colaboração com o nazismo fora apenas uma fachada para poder ajudar imigrantes indianos a fugir da Alemanha. O fato é que ela foi forçada a trabalhar em um campo de internamento britânico recolhendo escombros da guerra, e quando presa chegou a fazer uma montagem de *Fausto*, de Goethe. Foi solta em 1950 e se sustentou trabalhando com legendagem de filmes, uma vez que era fluente em inglês e francês. Morreu em junho de 1954 depois de complicações

---

* McGilligan, op. cit., p. 93.

decorrentes de uma queda. Reza a lenda que na parede de sua casa estavam penduradas duas fotos: uma de Gandhi e outra de Hitler.

Fritz Lang morreu mais de vinte anos depois de Thea e, no restante de sua carreira, nunca repetiu o sucesso de sua parceria com ela. Talvez por isso, no final da vida, tenha saído em defesa da memória de Von Harbou. .

É possível que Thea von Harbou tenha sido menosprezada pela história por causa de seu passado nazista? Sim. Por ser mulher? Também. Porém, Leni Riefenstahl, cineasta e colaboradora de Hitler, é até hoje conhecida como uma grande estrela, ainda que do cinema de propaganda nazista. Será que a contribuição plástica de Riefenstahl para a sétima arte, que é inegável, é tão maior que a de Thea von Harbou? Parece-me que não. A diferença talvez seja simplesmente o fato de Riefenstahl nunca ter estado à sombra de um homem. Além de Fritz Lang, Thea também trabalhou com outros grandes nomes do cinema, como F. W. Murnau e Carl Dreyer. Fato é que, por mais que se considere abjetos os princípios e ideais de Thea, é impossível negar seu talento e sua contribuição para a história do cinema.

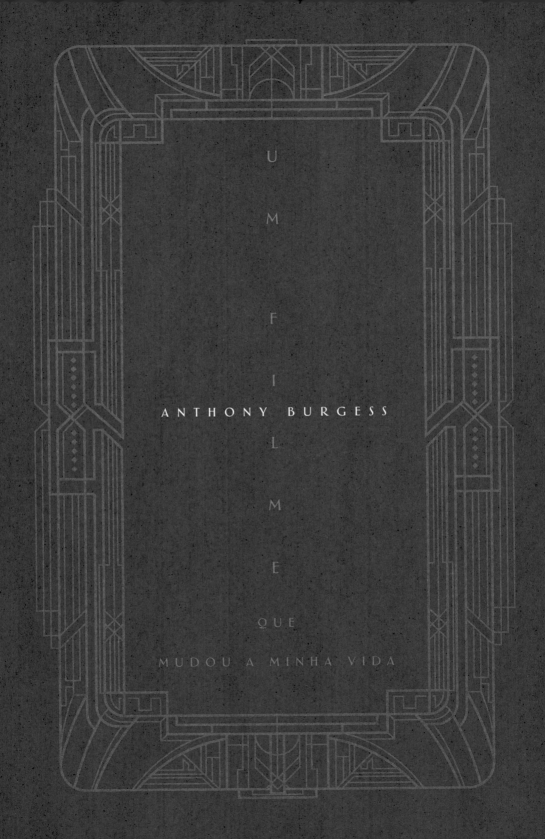

U
M

F
I
L
M
E

ANTHONY BURGESS

QUE

MUDOU A MINHA VIDA

UM FILME JÁ MUDOU A VIDA DE ALGUÉM? A ARTE ou o ofício do cinema já teve, como qualquer outro modo de expressão, a chance de modificar a maneira como pensamos, sentimos, vemos, ouvimos e até acreditamos, mas a perdeu, deixou escapar, fracassou. Livros são diferentes; a música também. Passe uma noite lendo o livro sexto de *Paraíso perdido*, de Milton, ou ouvindo a "Sinfonia da ressurreição" de Mahler, e você pode sentir sua postura em relação à vida sendo alterada. Isso provavelmente se dá porque você entrou em contato com uma sensibilidade poderosa, aliada a um intelecto gigantesco, que estão unificados e sabem no que acreditam. Mas filmes não são obras individuais; são resultado de um coletivo e, assim, eles estão repletos de meios-termos. Roteiristas conceituados choram ao descobrir que suas melhores cenas foram descartadas. Grandes diretores urram de fúria ante cortes brutais. O filme é um formato comercial e não pode permitir que o gênio irrompa desenfreado, pois o público em geral não liga muito para o gênio. A originalidade é perigosa, assim como a verdade crua. Tivemos filmes que se aproximaram da grandeza — como *Cidadão Kane*, de Orson Welles —, mas sempre tivemos que ceder àquilo que a bilheteria permitiria.

Eu falo, é claro, de Hollywood, o polo mundial, uma vez, do cinema comercial. Hollywood produzia artefatos muito eficientes, mas tinha pouca coragem — a qual seria, de qualquer forma, sempre abafada pelos censores. A situação na Europa era diferente, embora a filosofia cinematográfica americana, junto com suas finanças, acabasse finalmente prevalecendo. As coisas eram diferentes quando Buñuel e Dalí criaram *Un Chien Andalou* [Um cão andaluz] e Jean Cocteau produziu *Le Sang d'un Poète* [*O sangue de um poeta*] por uma bagatela. E, mesmo lá em 1927, antes de Fritz Lang emigrar para os Estados Unidos, foi possível se aproximar da grandeza com o filme *Metrópolis.*

Se algum filme chegou perto de mudar a minha vida, foi esse. Custou muito dinheiro para ser produzido e quase arruinou a rede alemã que o financiou, a Ufa. Mas a despesa se justificava. Eu ainda o assisto em videocassete e, em 1975, tive a chance de improvisar no piano a música para o filme em uma exibição num clube de cinema na cidade de Iowa. Meu pai tinha feito a mesma coisa profissionalmente (ou seja, por dinheiro suficiente para comprar umas duas cervejas) na primeira exibição do filme em Manchester, na Inglaterra. Eu me lembro daquela ocasião. Ficou, como dizem, gravada na minha memória. Eu tinha nove anos, e as fotos e os folhetos de divulgação me afetaram de forma profunda antes de eu assistir ao filme nas cabines de seis centavos. O filme, em si, foi uma revelação.

Em 1927, minha geração tirava seus mitos infantis de duas fontes: o passado remoto e o futuro distante. O passado remoto era para os paleontólogos, na verdade, o mundo perdido dos brontossauros, dos tiranossauros e do pterodátilo. Isso foi explorado em revistas para meninos, em um romance de A. Conan Doyle e até mesmo em um filme tosco baseado em *O mundo perdido,* do mesmo autor.

O futuro imaginário era o outro lado da nossa moeda mítica. Nós havíamos recebido o futuro muito tempo antes, nas obras *A máquina do tempo* e *When the Sleeper Wakes,* de H. G. Wells, e nossas revistas para meninos apresentaram uma versão mais crua desse futuro, com espaçonaves, robôs, arranha-céus e até mesmo o Fim dos Tempos. Se nós, crianças britânicas, tivéssemos ganhado o dinheiro para uma viagem a Nova York, teríamos visto a paisagem do futuro, mas estávamos encalhados no tedioso subúrbio, devorando o lixo subliterário e o lixo do cinema. Mas *Metrópolis* não era lixo.

O livro no qual o filme se baseou foi escrito pela esposa de Fritz Lang, Thea von Harbou. Dava para comprá-lo na Woolworths por cinco centavos. É uma história bem melodramática. Em algum momento do futuro existe uma grande cidade, governada por um homem, um tipo supercapitalista, chamado Joh Fredersen. A comunidade é dividida em operários e consumidores. Os consumidores vivem em grande luxo, enquanto os operários moram no subterrâneo e se arrastam para o trabalho quando soa um apito.

Uma garota chamada Maria (interpretada por Brigitte Helm) surge um dia nos deslumbrantes jardins do Clube dos Filhos – os filhos da ociosa classe governante. Ela traz um grupo de crianças de aparência miserável que encaram boquiabertas os pavões e as flores, e Maria olha Freder, filho de Fredersen, nos olhos e diz: "Vede, estes são vossos irmãos". Ela e aqueles sob sua guarda são levados embora, mas o jovem Freder tem um momento de intensa revelação. Metrópolis é fundada sobre a injustiça, ele se dá conta, e corre para o escritório de seu pai para lhe dizer isso. O pai não fica contente e coloca um espião atrás do filho, para garantir que ele não se meta em nenhum ardil socialista.

No entanto o jovem desce ao mundo sombrio dos operários, onde vê máquinas enormes que lhe parecem encarnações do deus Moloch engolindo serragem humana viva. A tecnologia é, segundo nossos padrões, bastante primitiva. Solta bastante vapor, mas o vapor é apropriado para esta visão do inferno.

No distrito medieval de Metrópolis vive um inventor chamado Rotwang. No passado, ele disputara com Fredersen a mão de Hel, uma linda jovem que morreu dando à luz Freder. Rotwang criou um robô, com corpo e cérebro metálicos, que mostra orgulhosamente para Fredersen. Os dois homens se odeiam, mas estão ligados um ao outro em um tipo de simbiose hostil: cérebro inventivo e poder autocrático estão unidos por necessidade mútua. No entanto, a visita de Fredersen a Rotwang diz respeito a uma questão puramente política. A adega de Rotwang leva para as antigas catacumbas, onde Fredersen suspeita que estejam ocorrendo reuniões subversivas. Os dois descem a uma região com ossadas antigas e, escondidos nas sombras, observam um desses encontros.

Joh Fredersen diz a Rotwang que os operários devem ter sua servidão confirmada, sem nenhum disparate sobre sentimentos humanos (que poderiam significar greves e a aniquilação das máquinas), e que o robô deve ter o rosto e a forma de Maria, e ser programado para pregar a obediência ao Mestre de Metrópolis. Assim, Maria é capturada e, em uma sequência impressionante, porém implausível ao estilo de Frankenstein, vemos o robô de metal assumir a aparência de carne e osso e o rosto de Maria. Em seguida, ele diz aos operários para destruírem as máquinas. Isso nunca estivera no programa. Um robô pode, aparentemente, ficar louco.

É um enredo melodramático e as improbabilidades saltam aos olhos. Algumas atuações seriam vaiadas mesmo no antigo circuito de apresentações mambembes. Mas o realismo não é bem-vindo aqui: Fritz Lang está trabalhando na tradição alemã do *Expressionismus*. O objetivo desse movimento é defender uma tese, normalmente política, com todos os mecanismos possíveis – simbolismo, música, canto coral, movimento estilizado, cenário – e um abandono total das características dramáticas tradicionais, como a personagem.

O filme é, mesmo com todos os seus defeitos, um de nossos poucos clássicos cinematográficos, e isso porque oferece ícones. Os exageros visuais são metáforas que grudam na mente. Lang viu pela primeira vez as torres de Metrópolis quando, por mar, se aproximou do horizonte de Nova York, mas sua própria cidade imaginária pega emprestado apenas o aspecto de Babel – "Vamos construir uma torre cujo topo chegará ao céu". Sua arquitetura de papelão dá arrepios por causa de sua beleza: a Torre Paternoster tem, na estrutura e no nome, uma ressonância bíblica, um aspecto de catedral que anuncia uma nova religião. A adoração ao poder e ao dinheiro é vista em Nova York não em uma filosofia arquitetônica: os arranha-céus não estão ligados entre si em um planejamento urbano; cada um deles é um monumento ao ímpeto individual e, em Nova York, o individualismo é galopante. Mas na Metrópolis de Lang, o individualismo é propriedade de apenas um homem, o Mestre. Estamos em um Estado totalitário, e a arquitetura é totalitária.

A visão de Lang é, obviamente, profética, porém a profecia nunca foi cumprida. Hitler subiu ao poder sete anos depois de o filme estar finalizado, mas sua tirania assumiu uma forma diferente daquela de Joh Fredersen. O poder de Fredersen ao menos é são, segundo o padrão americano. É baseado em dinheiro e totalmente americano. Não há nada militarista ou racial nele.

O filme é uma mídia visual e, se a tarefa da literatura é cravejar o cérebro de citações, o trabalho do cinema é entupi-lo de imagens que transcendam a linha da história e alimentem a necessidade do mito. Existem pouquíssimos filmes que fizeram isso. Os pós-estruturalistas franceses nos dizem que o escritor não escreve: o escritor é escrito, é controlado pela linguagem que usa. E, assim, Lang é controlado pelas limitações do preto e branco, pelas maquetes de paisagens urbanas que nunca pretenderam ser reais, e provavelmente pela estranha beleza ambígua de Brigitte Helm. O filme nunca teve o propósito de ser propaganda. Lang admite que estava primordialmente fascinado pelas máquinas, acima de tudo, talvez, pela imensa máquina que é o complexo cinematográfico.

Quando digo, embora com muitas ressalvas, que *Metrópolis* é um filme que mudou a minha vida, talvez o que eu queira dizer realmente é que ele mudou a minha infância. "Na infância perdida de Judas", escreveu George Russel, "Cristo foi traído". Talvez a nossa vida adulta não seja nada além de sofisticadas reprises de nossa extrema juventude. Os mitos que nutrem a nossa infância ficam enraizados para sempre. Eu nunca poderei me livrar de *Metrópolis*.

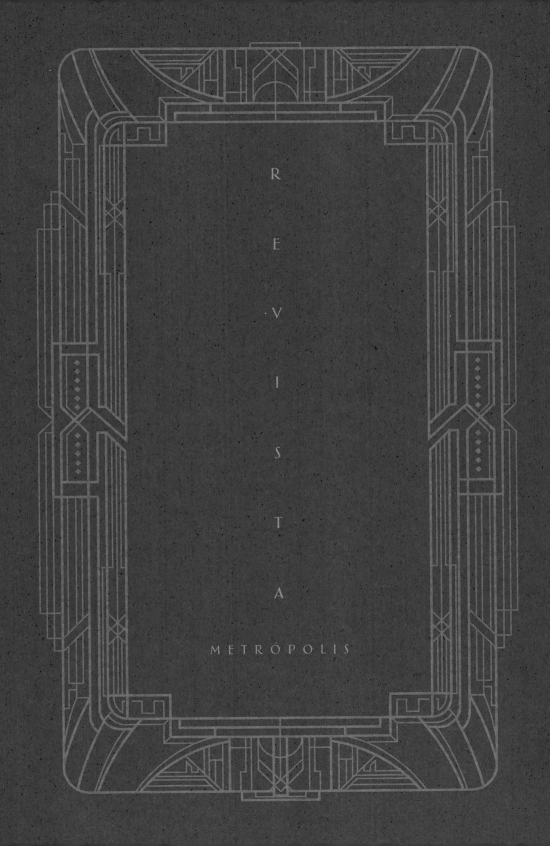

REVISTA

METRÓPOLIS

Os textos a seguir são um fac-símile de algumas páginas do programa feito para a estreia de *Metrópolis* em Londres, no Marble Arch Pavilion, em 21 de março de 1927.
O encarte raríssimo, intitulado *Revista Metrópolis*, traz curiosidades da produção do filme e textos complementares. No primeiro deles, Thea conta sobre a filmagem das cenas com crianças; no segundo, temos uma pequena biografia da autora; no último, um pouco de como ela construiu o roteiro do filme a partir deste romance.

Cenas, histórias e incidentes da produção da Maior
Obra-Prima Cinematográfica Moderna do Mundo...

Uma cena na "maravilhosa cidade do futuro".

AS CRIANÇAS DE *METRÓPOLIS*
Por Thea von Harbou

Muitas coisas extraordinárias aconteceram durante a produção de *Metrópolis*, porém a mais inesquecível foi a lamentável multidão de crianças maltrapilhas nessa gigantesca e impressionante cidade subterrânea dos operários. Elas vinham dos distritos mais pobres de Berlim para Babelsberg acompanhadas por suas irmãs e parentes para fazer parte do filme, algumas delas por semanas e semanas a fio, outras apenas às vezes, quando podíamos empregá-las. Meu coração se condoía por elas, pois naqueles dias em que não havia nada ou quase nada para fazer, Babelsberg era um paraíso para elas, que descobriram que fazer parte de um filme era uma bela surpresa e exatamente aquilo com que vinham sonhando. As salas limpas e quentes em que elas trocavam de roupa, as brincadeiras na areia linda e todo tipo de brinquedos a seu bel-prazer. Mais importante: sempre havia bastante comida para todas elas – todas aquelas boquinhas famintas. Quatro vezes por dia, havia uma refeição quente para elas, com chocolate quente e bolo às três da tarde. Não era de se espantar, portanto, que à noite sempre houvesse mais crianças do que de manhã, já que uma porção delas, mesmo sem estar envolvida nas filmagens, simplesmente pulava a cerca e se camuflava em meio às outras para conseguir algo gostoso para comer. Para ser bem honesta, eu estava com medo de filmar as cenas das crianças. Apenas a catástrofe da inundação, na cidade dos operários, já era acompanhada por imensas dificuldades técnicas. Com centenas de criancinhas sem nenhuma ideia do que significava tirar uma foto, qualquer circunstância imprevista com uma delas já seria o suficiente para destruir todo o árduo trabalho, ou semanas e mais semanas, mas ficamos muito agradavelmente desapontados. Nenhum outro filme já teve colaboradores mais entusiasmados e dispostos do que essas criancinhas. Elas estavam sempre prontas para se lançar na água gelada. Elas dominaram a situação. Retrataram medo e desespero como atores perfeitos. Só muito de vez em quando algumas delas precisavam ser lembradas caso se esquecessem e olhassem malandramente para a câmera.

Devemos nosso obrigado aos pequeninos por sua esplêndida ajuda na produção de *Metrópolis*, e eu lhes agradeço do fundo do meu coração pelo que fizeram.

THEA VON HARBOU

Autora do romance e do roteiro de *Metrópolis*

Thea von Harbou descende de uma família muito antiga, da qual muitos membros tiveram destaque na sociedade. Ainda muito jovem, sentiu-se atraída pela arte e a literatura, e muitos contos, romances e peças vieram de sua pena versátil. Quando o filme passou para o primeiro plano, Thea foi levada por seu instinto literário para essa área de poder mágico, na qual demonstrou uma percepção certeira do que era necessário para os filmes, já que seus primeiros roteiros atraíram a atenção de especialistas – atração essa que ainda permanece. Não existe nenhum roteiro seu que não tenha sido filmado, e a maioria deles vem de seus próprios livros. Sua imaginação e seu conhecimento do que a produção de bons filmes requer são extraordinários.

Basta olhar para alguns dos trabalhos que Thea já realizou para reconhecer um pouco de seus maravilhosos poderes de imaginação criativa. *Das indische Grabmal* [*A tumba indiana*], um romance a partir do qual ela construiu um roteiro ao mesmo tempo fantástico e impressionante. Todos se lembrarão do famoso filme *A morte cansada*, cujo roteiro também é da lavra de Thea, e a primeira obra-prima alemã produzida por seu marido, Fritz Lang, com quem se casou durante a época das filmagens. O mundo todo ficou impressionado com a interpretação cinematográfica de *Dr. Mabuse*, o famoso romance de Norbert Jacques. Esse roteiro também foi escrito por Thea von Harbou. Na sequência vieram *Os Nibelungos* (*A morte de Siegfried* e *A vingança de Kriemhild*). Primeiro, Thea trouxe a antiga saga ao formato de um romance, que se afinava melhor com o leitor moderno e vigoroso do que o estilo do original. Este foi um esforço muito respeitável, cuja consequência foi a criação dos dois famosos filmes. Em seguida veio a ideia de criar algo gigante e esmagador em suas possibilidades; algo que ofereceria um vislumbre do misterioso futuro e que, ao mesmo tempo, seria atraente para todas as nações. O resultado dessa ideia foi *Metrópolis*. Primeiro o romance, depois o roteiro e, então, o filme – que surpreenderá o mundo todo com suas revelações de maravilhas manifestas.

Thea von Harbou é uma autoridade imparcial no reino cinematográfico. Suas ideias e palavras são as bases mais valiosas de cada filme e tomam formas visíveis através do gênio de seu marido, Fritz Lang, reconhecido em todo o mundo como o grande arquiteto da técnica cinematográfica.

Morte às Máquinas!
Estas páginas mostram como Thea von Harbou construiu o roteiro de *Metrópolis* a partir das linhas de seu romance

O ROMANCE

Metrópolis tinha um cérebro.
Metrópolis tinha um coração.

O coração de Metrópolis, a cidade-máquina, vivia em um salão branco semelhante a uma catedral. O coração de Metrópolis, a cidade-máquina, era protegido por um único homem.

O nome do homem era Grot, e ele amava sua máquina.

Essa máquina era um universo em si. Sobre os mistérios profundos de suas delicadas juntas, como o disco solar, como o resplendor de uma divindade, ficava a roda de prata, cujos raios, no giro da rotação, pareciam um único disco reluzente. Esse painel enchia a parede dos fundos do salão em toda sua largura e altura.

Não havia nenhuma máquina em toda Metrópolis que não recebesse força desse coração.

Uma única alavanca governava essa maravilha de aço. Todos os tesouros do mundo empilhados não teriam superado a máquina de Grot.

Quando Grot ouviu a voz da grande Metrópolis por volta da hora vermelha do nascer do sol, ele olhou para o relógio sobre a porta e pensou: Isso é contra a natureza e a retidão.

Ele olhou para a máquina. A roda girava devagar. Os belos raios rodavam, claramente reconhecíveis. Grot acenou com a cabeça para sua linda máquina.

Não nos incomodarão por muito tempo, ele pensou. Ele esperava apenas um sinal

O ROTEIRO
Cena 263 – A "máquina-coração"

Plano geral: A imagem é quase toda preenchida pela estrutura gigante de aço da máquina-coração – uma massa de quadros de distribuição, alavancas e válvulas de segurança. A máquina funciona com um movimento regular em todas as suas juntas. A roda é como o disco do sol por trás dela. Grot, o contramestre, calmo e confiante, observa cuidadosamente sua máquina e masca tabaco.

Plano detalhe:

Grot, ocupado na máquina, olha para cima, assustado. Em close: Caixa sinalizadora na parede, coberta de vidro; no vidro, repete-se continuamente a palavra "PERIGO".

Seleção:

Grot salta energicamente para a alavanca grande e a puxa com toda a força.

Cena 263/1:

De outro ângulo – máquina-coração ao fundo; duas portas deslizan-

O Romance – continuação

da Nova Torre de Babel. Uma palavra de Joh Fredersen.

A palavra não veio.

Ele sabe, pensou Grot, sabe que pode contar comigo...

A porta estremeceu como um tambor gigante. Como um aríete vivo, a multidão atirava-se contra ela.

Parecem muitos, pensou Grot. Ele olhou para a porta. Ela estremeceu, mas resistiu. E parecia capaz de segurá-los por um longo tempo.

Quando Grot, na hora vermelha do nascer do sol, viu o fluxo da multidão se desenrolar, com doze membros de largura, liderado por uma garota que dançava ao ritmo da massa exultante, ele levou a alavanca da máquina para a posição de "Segurança", fechou a porta do salão cuidadosamente e esperou.

A multidão trovejou contra sua porta.

Ah, podem bater!, Grot pensou. A porta aguenta.

Grot meneou a cabeça, profundamente satisfeito. Teria pegado com prazer um cachimbo, se fumar não fosse proibido ali. Ouviu os uivos da multidão e pancada atrás de pancada contra a porta, que zumbia com uma ferocidade confortante. Ele amava a porta. Era sua aliada. Ele se virou e olhou para a máquina. Assentiu para ela, com ternura: Nós dois... O quê? Você diz isso para qualquer ébrio tolo, máquina!

A tempestade do lado de fora da porta virou um tufão. Dentro dele havia raiva ofegante, potencializada por tanta resistência.

– Abra! – grunhia a raiva. – Abra, patife!

Isso combina bem com vocês, pensou Grot. Como a porta se aguentava com coragem. Que porta valente!

O que aqueles macacos bêbados estão cantando lá fora?

O Roteiro – continuação

tes, uma subindo, outra descendo, ocupam toda a extensão da sala.

Detalhe:

Grot corre para algo parecido com um telefone e fala no bocal.

Cena 264 – Sala de Joh Fredersen:

A sala está vazia. Na mesa, há sinais luminosos chamando constantemente. Em uma máquina com uma fita correspondente à de Grot, a fita corre sem parar.

Cena 265 – Máquina-coração:

Detalhe: Grot ao telefone como na cena 263/1. Ele fala; ele grita; ele berra no aparelho. Sem resposta.

Finalmente, transpirando muito, furioso e rugindo como um touro, ele joga o telefone no chão, passa os dedos pelo cabelo e balança a cabeça.

Cena 266 – Nº 1 – Sala de máquinas:

Às máquinas – às máquinas. O "robô" Maria e uma horda de homens e mulheres correm para dentro da sala de máquinas, gritando: ...

Intertítulo:

"Afastem-se das máquinas! Deixem que funcionem até morrer!"

O Romance – continuação

– Nós anunciamos o veredito das máquinas!

Nós sentenciamos as máquinas à morte! Hahaha! Ele também podia cantar, podia cantar estupendas canções ébrias! Ele bateu os calcanhares contra a base da máquina em que estava sentado. Empurrou a boina preta para trás. Tinha os punhos vermelhos sobre o colo e cantou a plenos pulmões, a boca se abrindo inteira, os olhos pequenos e selvagens voltados para a porta:

– Venham, cambada de bêbados, se ousarem! Venham, se quiserem tomar uma surra, seus macacos preguiçosos! Suas mães se esqueceram de amarrar as calças quando vocês eram pequenos, seus remelentos! Vocês não servem nem para alimentar os porcos! Caíram do caminhão de lixo na grande curva! E agora estão diante da porta, na frente da minha corajosa porta, e choramingam: "Abra! Abra!". Seus piolhos de galinha!

A base da máquina estrondava com a batida do salto de suas botas.

Mas de repente, ambos pararam: as batidas e a cantoria. Uma luz muito forte e muito branca piscou três vezes sob a cúpula do salão. Um sinal sonoro, suave e penetrante como a campainha de um sino, se fez ouvir, dominando todos os demais ruídos.

– Sim! – disse Grot, o guardião da máquina-coração. Ele ficou em pé num pulo. Levantou o rosto largo, que brilhava na ganância alegre da obediência. – Sim, aqui estou eu!

Uma voz disse, lenta e claramente:

– Abra a porta e entregue a máquina.

Grot ficou parado. Seus punhos pendiam como martelos gorduchos de seus braços. Ele piscava convulsivamente. Engolia em seco. Mas ficou em silêncio.

– Repita o comando – disse a voz calma.

O Roteiro – continuação

Os mecânicos são arrastados para longe das máquinas e para o meio da multidão, ainda gritando: ...

Intertítulo:

"Para a máquina-coração! Para a máquina-coração!"

A multidão sai como um turbilhão. As máquinas são abandonadas ainda funcionando.

Cena 267 – Plano geral da sala de Joh Fredersen:

Joh Fredersen entra e olha ao redor. A máquina com a fita tem uma pilha de fita em volta – Joh Fredersen assume o centro da imagem, apanha a fita e lê; em seguida, vai até o telefone e pega o receptor.

Cena 268 – Máquina-coração: plano do telefone:

Grot levanta a cabeça. Um sinal característico é repetido no aparelho. Grot, gritando ao telefone, levanta o receptor e escuta.

Cena 269 – Sala de Joh Fredersen:

Detalhe: Ao telefone, Joh Fredersen dá uma ordem enfaticamente, com uma expressão enérgica.

O Romance – continuação

O guardião da máquina-coração balançou pesadamente a cabeça, como se ela fosse um fardo inconveniente.

– Eu... Eu não entendi – ele disse, ofegante.

A voz calma falou em um tom mais forte:

– Abra a porta e entregue a máquina!

Mas o homem ainda estava em silêncio, olhando para cima estupidamente.

– Repita o comando! – disse a voz calma.

O guardião da máquina-coração inspirou profundamente.

– Quem está falando? – perguntou ele. – Quem é o cachorro manco que está falando?

– Abra a porta, Grot.

– Nem pelo diabo eu abro!

– E entregue a máquina!

– A máquina? – perguntou Grot. – A minha máquina?

– Sim – respondeu a voz calma.

O guardião da máquina-coração começou a tremer. Estava parado com o rosto azulado e olhos que pareciam bolotas esbranquiçadas. A multidão, que se jogava como aríete contra a porta zumbidora, exultava, rouca pelos gritos:

– As máquinas têm que morrer, têm que ir para o inferno! Morte! Morte! Morte às máquinas!

– Quem está falando aí? – perguntou o homem, tão alto que sua voz ficou esganiçada.

– Joh Fredersen está falando.

– Quero a senha!

– A senha é mil e três. A máquina está rodando com metade da força. Você pôs a alavanca em posição de "Segurança".

O Roteiro – continuação

Intertítulo:

"Abra as portas!"

Cena 270 – Máquina-coração:

Detalhe: Grot, ao telefone, pensa que não pode ter ouvido a ordem corretamente. Grita algo no transmissor e aponta com o polegar por cima do ombro em direção à porta.

Outro ângulo de câmera:

Close-up das portas.

Na frente delas, a multidão grita e brada.

Cena 271 – Sala de Joh Fredersen:

Joh Fredersen ao telefone. Ele dá sua ordem inconfundível com mais ênfase: "Abra as portas!".

Cena 272 – Máquina-coração:

Close-up. Grot ao telefone. Parece que os olhos dele vão saltar das órbitas enquanto ele grita ao telefone com a maior agitação: "Se a máquina-coração for destruída, não vai sobrar pedra sobre pedra na cidade subterrânea!".

Cena 273 – Sala de Joh Fredersen:

Joh Fredersen ao telefone; ele bate com o pé no chão. "Faça o que eu digo!"

O Romance – continuação

O guardião da máquina-coração ficou petrificado. Então, virou-se desajeitadamente em torno de si mesmo, cambaleando em direção à porta e puxando as trancas.

A multidão ouviu. Gritou triunfo. A porta se abriu, e a multidão empurrou o homem que a encontrou na soleira. A multidão avançou contra a máquina. A multidão queria atacar a máquina. Uma garota dançando conduzia a multidão.

– Olhem! – gritou ela. – Olhem...! O coração pulsante de Metrópolis! O que deve acontecer com o coração de Metrópolis...?

– Nós anunciamos o veredito das máquinas!

Nós sentenciamos as máquinas à morte! As máquinas têm que morrer, têm que ir para o inferno!

Mas a multidão não acompanhou a canção da garota. A multidão olhava para a máquina, o coração pulsante da grande cidade-máquina chamada Metrópolis, que deles se alimentava. A massa se movia devagar, como um único corpo, em direção à máquina que cintilava como prata. No rosto da multidão havia ódio. No rosto da multidão havia um temor supersticioso. O desejo de aniquilação final estava no rosto da multidão.

Mas antes que esse desejo pudesse ser expresso, Grot, o guardião, se lançou diante de sua máquina. Não havia vitupério que ele já não tivesse usado para jogar na cara da multidão. O insulto mais sujo não era sujo o bastante para usar contra aquela massa. A multidão voltou os olhos vermelhos para ele. A multidão mediu-o. A multidão percebeu que o homem diante dela a estava insultando, e a insultava em nome da máquina. Homem e máquina

O Roteiro – continuação

Cena 274 – Máquina-coração:

Com um grito terrível, Grot joga o telefone e empurra a alavanca da porta com o pé.

Outro ângulo da câmera:

A massa em frente às portas, liderada pelo "robô" Maria, subitamente aponta: "Olha! Olha!".

Detalhe:

As portas se abrem devagar.

Detalhe:

Grot, meio louco, furioso como um leão enjaulado, gritando: "Cães! Cães!".

Outro ângulo:

As portas já mostram uma abertura. Alguns na multidão se penduram nas portas.

Detalhe:

Grot se vira, como se tivesse levado um tiro.

Cena 275:

Filmada do interior, na direção das portas. Uma das portas desaparece para o alto e a outra, para baixo. Mãos arranham; rostos aparecem; alguns corpos estão pendurados no alto da porta que se afunda.

Câmera vira para Grot:

Grot, impotente de fúria, incapaz de se controlar, pega um pé-

fundiram-se por ela. Homem e máquina mereciam o mesmo ódio. A massa avançou contra homem e máquina. Berrou com ele. Pisoteou-o. Sacudiu-o para a frente e para trás e arrastou-o pela porta. Esqueceu a máquina porque tinha o homem, tinha o guardião da pulsação de todas as máquinas – acreditou que, quando arrancasse o homem da máquina-coração, arrancaria o coração da grande cidade-máquina chamada Metrópolis.

O que deveria acontecer com o coração de Metrópolis?

Deveria ser esmagado pelos pés da multidão!

– Morte! – gritou em júbilo a massa vitoriosa. – Morte às máquinas!

-de-cabra e se levanta, bramindo, o corpo inclinado para a frente, mortalmente perigoso.

Câmera mais recuada:

A multidão escalando por cima das portas, do outro lado, gritando de raiva.

Detalhe:

Grot dá alguns passos na direção da máquina. A multidão entra em uma torrente, liderada pelo "robô" Maria, rumo à máquina-coração gritando "morte às máquinas!".

E assim as máquinas seguiram rumo a sua própria morte.

METRÓPOLIS

TÍTULO ORIGINAL:
Metropolis

COPIDESQUE:
Mateus Duque Erthal

REVISÃO:
Antonio Castro
Rebeca Michelotti
Tamires Cianci Von Atzingen

CAPA E PROJETO GRÁFICO:
Pedro Inoue

DIREÇÃO EXECUTIVA:
Betty Fromer

DIREÇÃO EDITORIAL:
Adriano Fromer Piazzi

DIREÇÃO DE CONTEÚDO:
Luciana Fracchetta

EDITORIAL:
Daniel Lameira
Andréa Bergamaschi
Renato Ritto

ILUSTRAÇÕES:
Mateus Acioli

TRADUÇÃO DE PARATEXTOS:
Marcia Men

DIAGRAMAÇÃO:
Ilustrarte Design e Produção Editorial

COORDENAÇÃO EDITORIAL:
Erika Nogueira

COMUNICAÇÃO:
Leandro Saioneti
Nathália Bergocce

COMERCIAL:
Giovani das Graças
Lidiana Pessoa
Roberta Saraiva
Gustavo Mendonça

FINANCEIRO:
Roberta Martins
Sandro Hannes

DADOS INTERNACIONAIS DE CATALOGAÇÃO NA PUBLICAÇÃO (CIP) – VAGNER RODOLFO DA SILVA - CRB-8/9410

V945m   von Harbou, Thea

Metrópolis / Thea von Harbou ; traduzido por Petê Rissatti. - São Paulo : Aleph, 2019.
480 p.

Tradução de: Metropolis
ISBN: 978-85-7657-455-2

1. Literatura alemã. 2. Ficção. I. Rissatti, Petê. II. Título.

CDD 833
2019-1358   CDU 821.112.2-3

ÍNDICE PARA CATÁLOGO SISTEMÁTICO:
1. Literatura alemã : Ficção 833
2. Literatura alemã : Ficção 821.112.2-3

 EDITORA ALEPH
Rua Tabapuã, 81, cj. 134
04533-010 – São Paulo – SP – Brasil
Tel.: [55 11] 3743-3202
www.editoraaleph.com.br

COPYRIGHT © THOMAS SESSLER VERLAG GMBH, WIEN 1925.
ANTHONY BURGESS. A MOVIE THAT CHANGED MY LIFE EXTRACT FROM THE INK TRADE: SELECTED JOURNALISM 1961-1993
© INTERNATIONAL ANTHONY BURGESS FOUNDATION, 2018.
CARCANET PRESS.
COPYRIGHT © EDITORA ALEPH, 2019

CRÉDITO DAS IMAGENS
AGRADECEMOS A TODOS OS ARTISTAS E FOTÓGRAFOS QUE REALIZARAM AS IMAGENS E FOTOS QUE ILUSTRAM PROPAGANDAS, PROMOÇÃO E PUBLICIDADE DAS OBRAS CINEMATOGRÁFICAS QUE CONSTAM DESTE LIVRO. TODOS OS DIREITOS RESERVADOS.

IMAGEM DE CAPA / FOTOGRAFIAS DO PROGRAMA

EMPREGAMOS TODOS OS ESFORÇOS DISPONÍVEIS PARA LOCALIZAR OS DETENTORES DOS DIREITOS AUTORAIS DESSAS IMAGENS E NOS COMPROMETEMOS A CORRIGIR QUALQUER OMISSÃO EM FUTURAS EDIÇÕES.

FOTO DE THEA VON HARBOU E FRITZ LANG: © GETTY IMAGES BRAZIL / ULLSTEIN BILD - RM EDITORIAL IMAGES

(EDIÇÃO EM LÍNGUA PORTUGUESA PARA O BRASIL)

TODOS OS DIREITOS RESERVADOS.
PROIBIDA A REPRODUÇÃO, NO TODO OU EM PARTE, ATRAVÉS DE QUAISQUER MEIOS, SEM A DEVIDA AUTORIZAÇÃO.

A TRADUÇÃO DESTA OBRA RECEBEU UMA BOLSA DE APOIO DO GOETHE INSTITUT.

GOETHE INSTITUT

TIPOGRAFIA:
Bembo [texto]
Aphasia [entretítulos]
Kenjo I [títulos]

PAPEL:
Pólen soft 80 g/m² [miolo]
Offset 150 g/m² [guarda]
Couché fosco 150 g/m² [capa]

IMPRESSÃO:
Ipsis Gráfica e Editora [janeiro de 2020]

1ª EDIÇÃO:
Outubro de 2019 [1 reimpressão]